Couvertures supérieure et inférieure
en couleur

TROISIÈME ÉDITION

FORTUNE DU BOISGOBEY

L'ŒIL-DE-CHAT

TOME SECOND

PARIS

LIBRAIRIE DE LA SOCIÉTÉ DES GENS DE LETTRES

L ŒIL-DE-CHAT

II

LIBRAIRIE DE E. DENTU, ÉDITEUR

DU MÊME AUTEUR

LA VIEILLESSE DE M. LECOQ. 4ᵉ édition, 2 vol . . . . 6 fr.

LES MYSTÈRES DU NOUVEAU PARIS, 7ᵉ édition, 3 vol . . . . 9 »

LES GREDINS, 2ᵉ édition, 2 vol. . . . . 6 »

LE CHEVALIER CASSE-COU, 2ᵉ édition 2 vol. . . . . 6 »

L'AS DE CŒUR, 2ᵉ édition, 2 vol. . . . . 6 »

LA TRESSE BLONDE, 5ᵉ édition, 1 vol. . . . . 3 »

LE COUP DE POUCE, 7ᵉ édition, 1 vol. . . . . 3 »

LES DEUX MERLES DE M. DE SAINT-MARS, 2ᵉ édition. 2 vol. . 6 »

L'ÉPINGLE ROSE, 2ᵉ édition, 3 vol. . . . . 9 »

OU EST ZÉNOBIE? 2ᵉ édition, 2 vol. . . . . 6 »

L'ÉQUIPAGE DU DIABLE, 2ᵉ édition, 2 vol. . . . . 6 »

L'AFFAIRE MATAPAN, 2ᵉ édition, 2 vol. . . . . 6 »

LE COCHON D'OR, 2ᵉ édition, 2 vol. . . . . 6 »

LES SUITES D'UN DUEL, 3ᵉ édition, 1 vol. . . . . 3 »

BOUCHE COUSUE, 2ᵉ édition, 2 vol. . . . . 6 »

MÉRINDOL, 2ᵉ édition, 1 volume. . . . . 3 »

LE SECRET DE BERTHE, 3ᵉ édition, 2 volumes . . . . . . 6 »

LE MARI DE LA DIVA, 2ᵉ édition, 1 vol. . . . . 3 »

LA BELLE GEOLIÈRE, 2ᵉ édition, 2 vol. . . . . 6 »

LA BANDE ROUGE. 2ᵉ édition, 2 vol. . . . . 6 »

LE CRI DU SANG, 2ᵉ édition, 2 vol. . . . . 6 »

L'AUBERGE DE LA NOBLE ROSE, 1 volume. . . . . 1 »

LA PEAU D'UN AUTRE, 4ᵉ édition, 2 vol. . . . . 2 »

UNE AFFAIRE MYSTÉRIEUSE, 7ᵉ édition, 1 vol. . . . . 1 »

LE PIGNON MAUDIT, 2 vol. . . . . 2 »

ROMANS SUR LA RÉVOLUTION :

LES CACHETTES DE MARIE-ROSE (1793, Vendée), 2ᵉ édit., 2 vol. 6 »

LE DEMI-MONDE SOUS LA TERREUR (1794), 2ᵉ édit., 2 vol. . 6 »

LES COLLETS NOIRS (1797), 3ᵉ édition, 2 vol. . . . . 6 »

LA JAMBE NOIRE (1803-1804), 2ᵉ édition, 2 vol. . . . . . . 6 »

Émile Colin. — Imprimerie de Lagny.

FORTUNE DU BOISGOBEY

L'ŒIL-DE-CHAT

II

PARIS

E. DENTU, ÉDITEUR

LIBRAIRE DE LA SOCIÉTÉ DES GENS DE LETTRES

PALAIS-ROYAL, 15-17-19, GALERIE D'ORLÉANS
ET 3, PLACE DE VALOIS

—

1888

L'ŒIL-DE-CHAT

I

Une semaine s'est écoulée, une semaine que Maxime de Chalandrey a passée dans son lit.

Il est resté quinze heures sans connaissance, et quand il est revenu à lui, le délire l'a pris et l'a tenu quatre jours.

Enfin, il est sauvé. Il est même sur pied et en état de répondre aux questions de son oncle, qui ne l'a pas quitté, depuis le lendemain de l'accident.

Ils causent ensemble, devant la cheminée du fumoir, et c'est la première fois que le commandant interroge son neveu, car le médecin, qui avait défendu au blessé de parler, vient seulement de lever l'interdiction.

— Alors, dit M. d'Argental, tu ne te rappelles rien?

— Rien... à partir du moment où je suis tombé... et je n'ai gardé qu'un souvenir très vague de ce qui s'est passé auparavant.

— C'est l'effet ordinaire des chutes sur la tête, m'a déclaré ce brave docteur Morin qui t'a si bien soigné. La commotion au cerveau a pour résultat immédiat la perte totale de la mémoire... qui revient du reste plus tard.

— Elle revient déjà un peu et je crois qu'elle reviendrait tout à fait, si vous m'aidiez à la retrouver.

— Essayons. Quand je t'ai quitté pour rentrer à Paris, nous étions à la pointe du lac, du côté de l'avenue du Bois de Boulogne.

— De cela, je me souviens très bien. Je me souviens aussi que vous m'avez dit, avant de me quitter : Je viendrai demain matin te demander à déjeuner.

— Je suis venu, parbleu !... à midi, heure militaire... et tu ne m'as pas reconnu... Ah ! Je l'ai secoué comme il le méritait, ton imbécile de valet de chambre qui n'a pas eu l'idée si simple de m'envoyer chercher, lorsqu'on t'a rapporté chez toi !... mais, peu importe, puisque te voilà tiré d'affaire.

Maintenant, voyons ! qu'as-tu fait après notre séparation ? tu m'as dit que tu allais pousser une pointe jusqu'au restaurant de Madrid... le diable m'emporte si j'ai deviné pourquoi, par exemple !

— C'était mon intention, je m'en souviens aussi... et j'ai pris le chemin de Madrid... mais j'ai dû changer d'avis en route.

— Assurément, puisque ta jument s'est abattue, tout près du restaurant de la Cascade... mais comment s'est-elle abattue ?... Elle avait des jambes

excellentes, cette bête, et tu montes proprement...
c'est moi qui t'ai donné tes premières leçons... il est
vrai que, depuis quelques années, tu t'es gâté la
main, en fréquentant les Anglais.

— Je crois bien que mon cheval s'est emballé.

— Moi, j'en suis sûr. Des gens attablés au café
t'ont vu arriver à fond de train et passer par dessus
la tête de ton pur sang qui a manqué tout à coup
des quatre pieds et qui s'est tué net. Ce que je ne
comprends pas, c'est que tu n'aies pas pu l'arrêter,
car tu sais très bien ce qu'il faut faire en pareil cas.
Et puis, pourquoi s'est-il *emballé?* Est-ce qu'il a eu
peur de quelque chose ?

— Je ne crois pas. Il n'était pas ombrageux... et
comme le chemin de fer de ceinture passe fort loin
de l'allée où je me promenais, ce n'est pas le sifflet
de la locomotive qui l'a effrayé.

— Alors, c'est bien ce que je pensais... On lui a
coulé une balle de plomb dans le cornet de l'oreille.

— Quelle idée ! murmura Maxime, pensif.

— Celui qui l'a eue ne prendra pas un brevet
d'invention... d'autres l'ont eue avant lui et ça s'est
fait plus d'une fois. C'est un excellent moyen de se
débarrasser du cheval et du cavalier... générale-
ment, ils se tuent tous les deux, l'un portant l'autre.

Et c'est ce qui a failli t'arriver.

Chalandrey passa sa main sur son front, comme
un homme qui, cherche à rassembler ses idées.

— Pendant que tu chevauchais sur la route de
Madrid, as-tu été abordé par quelqu'un ?

— Il me semble que : non... et pourtant... atten-

dez donc !... oui... je me rappelle maintenant...
j'allais au pas... un homme en blouse, qui marchait
devant moi, s'est rangé pour me laisser le chemin
libre et pour allumer sa pipe... j'avais à la bouche
un cigare que je ne songeais guère à fumer... Cet
homme m'a offert du feu... j'ai accepté... je me suis
penché sur ma selle..... il m'a tendu son briquet...

— Et il a laissé tomber un morceau d'amadou
enflammé dans l'oreille de ta jument.

— Un morceau d'amadou !... oui, je me souviens
maintenant.

— C'est encore plus sûr que la balle de plomb... le
cheval, en secouant la tête, peut rejeter la balle,
tandis que l'amadou... quand il y est, il y reste. La
bête devient folle de douleur et elle court jusqu'à ce
qu'elle crève.

— Oui... cela s'est passé ainsi... je me demande
comment j'ai pu oublier cette scène... à présent, je
revois la figure du vieil ouvrier...

— Un sinistre farceur, ton ouvrier !... A moins
qu'il n'ait prémédité de se défaire de toi.

— En doutez-vous?... Moi, j'ai compris, dès le
premier moment.

— Ah ! ça, tu as donc des ennemis bien féroces ?

— Si j'en ai !... Ah ! je crois bien !

— Quel intérêt avait cet homme à t'envoyer à la
mort?

— On l'a payé pour cela.

— Qui l'a payé ? Tu ne vas pas, je suppose, me
répondre que c'est la police qui t'en veut.

— Les assassins aussi m'en veulent... les assassins

du pavillon... ils doivent savoir que j'y suis entré avec vous et que nous nous y sommes abouchés avec M. Pigache, sous-chef de la sûreté.

— Alors, je n'aurais qu'à me bien tenir, puisque j'y étais ; mais comment diable ! le sauraient-ils ? tu te figures donc qu'ils ont des accointances avec les agents de la sûreté.

— Non, mais...

— Ton idée est absurde, mon garçon. Ces gens-là ne s'occupent pas de nous... Ils ne songent qu'à se cacher.

Il n'aurait tenu qu'à Chalandrey de démontrer que les bandits du pavillon avaient juré de le supprimer, car cette tentative de meurtre n'était pas la première. Il lui aurait suffi de raconter à son oncle l'accident du quai aux fleurs ; mais l'oncle ne se serait pas contenté de ce récit ; il aurait voulu remonter de l'effet à la cause et son neveu ne pouvait pas lui dire que la persécution avait commencé le jour où les espions de la bande l'avaient vu, dans le square Notre-Dame, recevoir les confidences de la comtesse qui les avait surpris en flagrant délit d'assassinat.

Mieux valait se taire que de chercher à détromper le commandant qui reprit, en haussant les épaules :

— Tu as eu tout bonnement affaire à un maladroit qui, sans le vouloir, a manqué de te faire rompre le cou.

Maxime ne contesta pas cette conclusion. L'histoire de l'amadou dans l'oreille du cheval avait réveillé sa mémoire et d'autres souvenirs lui revenaient, des souvenirs encore confus qu'il s'efforçait de débrouiller.

— Vous dites que je suis tombé près de la cascade ? demanda-t-il en hésitant.

— Oui, mon cher Max, répondit le commandant, et ta chute a eu de nombreux spectateurs.

— Comment savez-vous cela ?

— J'y suis allé le lendemain, à ce restaurant de la Cascade, et j'ai questionné le maître de l'établissement. Il m'a raconté que tu es arrivé, ventre à terre, par l'allée de Longchamp et que, au rond-point, tout près du champs de courses, tu as essayé de jeter ta jument à droite. C'est à ce moment qu'elle s'est abattue. J'aurais voulu l'examiner, mais elle n'y était plus. Les gardes du bois l'avaient déjà fait enlever. La selle et la bride étaient restées au café, pour le cas où on viendrait les réclamer. J'ai dit que j'étais ton oncle ; je me suis nommé et le harnachement complet a été rapporté ici, deux jours après.

— Qui donc m'y a ramené, moi ?

— Ah ! voilà !... Un monsieur se trouvait là, un monsieur qui est médecin, à ce qu'il paraît, et qui connaissait ton adresse. On t'a mis dans un fiacre et il s'est chargé de te reconduire, rue de Naples... Il t'y a en effet reconduit... Il a même poussé la complaisance jusqu'à aider ton valet de chambre à te monter au premier étage, à te déshabiller et à te coucher dans ton lit.

— Alors, il a dû dire qui il était ?

— Pas du tout. Il a, d'autorité, envoyé ton domestique chercher cet excellent docteur Morin, lequel, comme tu sais, demeure à deux pas d'ici, et François, prenant le monsieur pour un de tes amis, s'est empressé de lui obéir.

Quand il est revenu, une demi-heure après, avec le docteur, il n'a plus trouvé personne.

Ton sauveur t'avait planté là.

— Comment ! il était parti !

— Sans tambours ni trompettes, mon cher, et on ne l'a plus revu. Je m'empresse d'ajouter qu'il n'a rien volé chez toi.

— Qu'y venait-il faire, alors ?

— Je n'en sais rien du tout. C'est peut-être un philantrope modeste qui aime à secourir ses semblables, mais qui tient à les secourir incognito. Ce qu'il y a de sûr, c'est qu'il n'est pas médecin, comme on l'avait cru, là-bas, car il n'a pas pris la peine d'examiner ta blessure et encore moins de la panser.... le docteur Morin t'a trouvé comme ce monsieur t'avait laissé.

— Quel espèce d'homme est-ce ?

— François, qui l'a vu et qui lui a parlé, dit que c'est un gaillard solide, et qui n'a pas l'air commode... très bien habillé d'ailleurs.

— Mais... sa figure ?

— N'a rien de particulier... c'est du moins l'avis de ton valet de chambre. Est-ce que tu penses le connaître ?

— Je pense à quelqu'un que j'ai vu là avant ma chute...

— Ce monsieur était venu à la cascade à cheval...

—C'est bien cela.

— Pour te conduire en fiacre, il a laissé son cheval

au restaurant, et il est revenu le chercher dans la soirée. Mais il n'a pas dit qui il était, ni où il demeurait. Aussi, ai-je bien peur de ne jamais trouver le mot de cette énigme... car c'est une énigme que la conduite de ce personnage.

Je m'étais demandé d'abord s'il n'y avait pas là-dessous une affaire de femme... Si l'individu ne s'était pas introduit ici dans le but de fouiller tes tiroirs et d'y chercher des lettres d'une de tes anciennes...

— Il aurait perdu son temps. J'ai tout brûlé.

— Tu as bien fait. Il ne faut jamais conserver ces correspondances-là ; mais, ton domestique affirme qu'on n'a ouvert aucun de tes meubles... Il a retrouvé les clés dans tes poches... Donc, tu n'a rien à craindre pour la suite... à moins que cet homme n'ait pris les empreintes des serrures et qu'il ne se propose de revenir.

C'est ainsi que procédait jadis cette bande des habits noirs, dont Cabardos, l'autre jour, nous racontait les exploits.

Maxime se demanda un instant si son oncle n'avait pas deviné et si ce monsieur n'était pas un émissaire des brigands du pavillon qui l'auraient envoyé faire une perquisition dans son appartement. Il ne s'arrêta point à cette idée. Il en avait une autre plus vraisemblable et il y revint, mais il jugea inutile de l'exposer au commandant.

— Que nous importe ! dit-il en jouant l'indifférence. Ce singulier mystère s'éclaircira quelque jour. Parlons d'autre chose.

Est-on venu me voir depuis mon accident ?

— Qui ça ?... des gens du cercle ?... Ils ne songent guère à toi, mon pauvre Max, et tu pourrais bien mourir sans qu'ils se dérangeassent.

— Oh ! je les en dispense... Mais... madame de Pommeuse ?...

— Madame de Pommeuse ?... Pourquoi serait-elle venue ?... avant ton accident, elle ne t'a jamais fait de visites, que je sache.

— Elle aurait pu du moins envoyer prendre de mes nouvelles.

— Elle n'y aurait pas manqué, si elle avait appris que tu as failli te rompre le cou.

— Quoi ! vous ne lui avez pas dit...

— Je ne l'ai pas vue... et je n'ai pas eu le temps de lui écrire... depuis que je veille à ton chevet, j'ai eu autre chose à faire que d'avertir tes connaissances. Mais, puisque tu es décidé à ne pas l'épouser, d'où vient que tu te préoccupes tant d'elle ?

— Je ne veux pas l'épouser, c'est vrai, et elle n'y songe pas non plus, mais elle est restée en excellents termes avec moi... vous avez bien vu qu'elle m'a parfaitement reçu, lorsque je l'ai abordée au bois. Et quand elle saura ce qui m'est arrivé, après l'avoir quittée, Dieu sait ce qu'elle pensera de vous qui ne l'avez pas prévenue que j'étais entre la vie et la mort.

— Elle pensera ce qu'elle voudra. Elle ne m'intéresse plus autant, depuis qu'il n'est plus question de ton mariage avec elle.

Maxime s'abstint d'insister. Il ne lui déplaisait pas que son oncle cessât de fréquenter le salon de l'ave-

nue Marceau, car son oncle, qui ne connaissait pas
les dessous de la situation, n'aurait pu que le gêner,
s'il eût continué à voir souvent la comtesse.

Maxime, d'ailleurs, avait un autre souci ; il songeait à Odette.

Maxime se demandait avec angoisse ce qu'était
devenue la jeune fille qu'il aimait éperdûment et
qu'il n'avait pas revue depuis la pénible scène de
l'atelier de la rue des Dames.

Il l'avait laissée sous le coup des menaces à peine
déguisées de ce Pigache qui suspectait et menaçait
tout le monde.

Elle attendait encore les explications que Maxime
avait promises à Lucien, avant de quitter le frère et
la sœur pour reconduire la comtesse, car depuis ce
départ précipité, Maxime, hors d'état de bouger ni
d'écrire, ne leur avait plus donné signe de vie.

Odette devait croire qu'il l'abandonnait et que
l'auteur de la lettre anonyme qu'elle avait reçue ne
le calomniait pas en l'accusant de se moquer d'elle.

Maxime ne pouvait pas confier ses angoisses au
commandant qui désapprouvait fort les nouvelles
amours de son neveu et qui n'aurait pas manqué de
fulminer contre la petite chanteuse au cachet, comme
il l'appelait, en son irrévérencieux langage de soldat.

— Alors, il n'est venu personne, dit tristement
Chalandrey.

L'oncle d'Argental ne se pressa pas de répondre.
Il lui en coûtait sans doute de dire la vérité, mais il
ne voulait pas mentir et il finit par grommeler :

— Il est venu, ce garçon dont tu t'es entiché parce qu'il a fait son volontariat dans le même régiment que toi... ce bellâtre qui tourne autour de la comtesse...

— Lucien Croze !

— Oui, Lucien Croze. Il a sonné à la porte de l'hôtel, le lendemain de ton accident et il a demandé à te voir. Ton domestique, par mon ordre, lui a répondu que tu ne pouvais pas le recevoir.

— Sans lui dire que j'étais blessé?

— A quoi bon?... Il aurait insisté, ou bien il serait revenu, et le docteur avait expressément interdit les visites.

— Mais c'est indigne ce que vous avez fait là !

— Ménage tes expressions, je te prie ! Je suis ton oncle...

— Je le sais... mais me brouiller avec mon meilleur ami, en le renvoyant, sans lui donner d'explication !...

— Ton meilleur ami !... tu me la bailles belle !... Un monsieur que tu as rencontré dans la rue, il y a une quinzaine de jours, après l'avoir perdu de vue pendant sept ans !... Avoue donc plutôt que sa sœur t'a tourné la tête.

— Je ne m'en cache pas et je suis résolu à l'épouser, vous le savez bien.

— Libre à toi, je te l'ai déjà dit, le jour où tu t'es affolé d'elle, chez madame de Pommeuse. Epouse, mon garçon !... je m'en lave les mains, mais je ne suis pas tenu de favoriser ce beau mariage... et, si j'y ai nui en fermant la porte au frère, tant mieux

pour toi!... tu me maudis maintenant, tu m'en sau-
ras gré plus tard.

— Jamais!... et je vais réparer le mal que vous
avez fait..., à bonne intention, j'aime à le croire...
J'irai aujourd'hui même voir mademoiselle Croze.

— Tu veux sortir, dans l'état où tu es!

— Je me ferais porter chez elle sur un brancard,
si je ne pouvais pas y aller en voiture.

— Décidément, tu es fou, mon pauvre Max... fou
à lier... épouser une demoiselle qui va en ville...

— Comment?... qu'osez-vous dire?

— Elle accompagnait son frère quand il s'est présenté ici, j'ai oublié de te l'apprendre... aller trouver
son amoureux, à domicile, il paraît que ça se fait
dans le monde où elle vit.

Maxime pâlit de colère, mais il se contint.

Et il se dit que si Odette était venue, c'est qu'il se
passait des choses graves, car Odette, quoi qu'en pût
penser M. d'Argental, savait fort bien qu'il n'est pas
convenable qu'une demoiselle aille chez un jeune
homme, même quand ce jeune homme est son
fiancé.

Avait-elle eu, de nouveau, maille à partir avec ce
terrible policier qui ne s'était pas clairement expliqué sur les moyens d'action qu'il comptait employer,
mais qui cherchait partout les assassins du pavillon
et leurs complices?

Il tardait à Chalandrey de le savoir et il se promettait de se transporter, rue des Dames, aussitôt qu'il serait délivré de la compagnie de son
oncle.

Malheureusement, le commandant ne faisait pas mine de lever le siège. Après avoir été le garde-malade de son neveu, il paraissait avoir l'intention de se constituer son garde-du-corps, et Maxime ne pouvait guère le mettre à la porte.

Maxime, en attendant que M. d'Argental se décidât à partir, pensait à ce monsieur qui l'avait ramené en fiacre, après sa chute sur l'hippodrome de Longchamp, et qui, ensuite, s'était empressé de disparaître comme un voleur, pendant l'absence du valet de chambre.

Plus il y pensait, plus il se persuadait que cet étrange sauveteur était l'homme qu'il avait aperçu, monté sur un cheval noir, devant le restaurant de la Cascade, — l'Américain du cercle — et moins il s'expliquait la conduite de ce personnage.

M. Atkins, qu'il avait publiquement refusé de saluer, ne pouvait lui vouloir aucun bien et il devait avoir eu, pour le secourir, des raisons particulières que Chalandrey ne pouvait pas deviner.

— Je t'ai fait de la peine, je le vois, reprit le commandant, et je le regrette, mais c'était mon devoir de te dire ce que je pense, au risque de t'affliger. Je n'y reviendrai plus.

Permets-moi seulement de te rappeler la triste fin de ton père... mort assassiné.

— Je ne l'ai pas oubliée et je ne l'oublierai jamais... mais je ne vois pas quel rapport il y a...

— Entre cette mort tragique et ta situation présente. Eh! bien, prends la peine de réfléchir et tu reconnaîtras que la catastrophe qui a terminé son

existence est pour toi une leçon... un avertissement.
Ton père avait le même caractère... et les mêmes
défauts que toi. Il ne m'écoutait pas quand je lui
donnais de sages avis. Il n'écoutait personne. Il n'é-
coutait que ses passions et elles l'ont mené loin. A
force de courir les aventures galantes, il y a laissé sa
peau. C'est l'épée d'un mari qui lui a troué la poitrine.

— Qu'en savez-vous?

— Je ne suis pas en mesure de l'affirmer, mais je
n'en doute pas... et je suis sûr que les femmes por-
tent malheur aux Chalandrey... Exemple : celle que
tu as rencontrée rue du Rocher et que tu as conduite
aux fortifications.

Tu ne nieras pas qu'elle ne t'ait jeté dans de ter-
ribles embarras, cette donzelle masquée.

— Est-ce une raison pour que mon mariage avec
une honnête jeune fille m'attire d'autres mésaventures ?

— Ce n'est pas une raison..., c'est une chance...
ou si tu veux, une superstition de ma part.

— Cette chance, je l'aurais couruc tout aussi bien
en épousant madame de Pommeuse, répliqua vivement Maxime, qui aurait pu fournir beaucoup de
preuves à l'appui de ce qu'il disait, mais que l'intérêt de la comtesse condamnait à se taire.

M. d'Argental regardait le portrait du brave officier qui avait été son beau-frère et semblait le
prendre à témoin de l'utilité des conseils qu'il donnait à Maxime.

— Si quelqu'un doutait que tu sois le fils de ton

père, murmura-t-il, tu n'aurais qu'à lui montrer
cette toile. C'est toi, trait pour trait. Et si l'homme
qui l'a tué te rencontrait, il croirait que les morts
reviennent... car à quarante-cinq ans qu'il avait
quand il a été frappé, mon pauvre ami paraissait
aussi jeune que tu l'es maintenant.

— Que ne puis-je reconnaître le meurtrier comme
il me reconnaîtrait, dit entre ses dents Maxime. Je
lui ferais payer cher le crime qu'il a commis.

— Et je t'y aiderais... mais il n'est probablement
plus de ce monde... Si les traîtres vivaient longtemps, ce serait que Dieu n'est pas juste.

— Dieu a pu l'épargner pour que j'aie un jour la
joie de venger mon père.

— Malheureusement, alors même qu'il vivrait, tu
ne le trouverais pas. Je l'ai assez cherché jadis et j'y
ai perdu mes peines.

Après dix ans d'impunité, il ne viendra pas se
dénoncer... et même, s'il sait que tu existes, il évi-
tera soigneusement de te rencontrer.

— Et s'il ne le sait pas ?

— Il prendra probablement moins de précautions
pour se cacher, mais tu le trouverais sur ton chemin
que tu n'en serais pas plus avancé, car, en le voyant,
tu ne devinerais pas que c'est lui. Son crime n'est
pas écrit sur sa figure. Tu l'as peut-être déjà cou-
doyé, sans te douter que tu passais à côté du meurtrier de ton père.

— Non... vous venez de me dire qu'il me reconnaîtrait à la ressemblance... il se troublerait et son
trouble le trahirait certainement...

— Oui, s'il se rappelait le visage de celui qu'il a tué ; mais, au bout de dix ans, il a pu l'oublier.

Maxime cessa tout à coup de discuter. Son front se plissa, ses yeux se fermèrent à demi, sa bouche se contracta et ces signes de contention d'esprit étonnèrent son oncle qui lui demanda :

— A quoi penses-tu ?

Et comme Maxime hésitait à répondre, l'oncle reprit :

— Aurais-tu surpris sur la physionomie de quelqu'un le trouble caractéristique dont tu parlais tout à l'heure.

— Le trouble ?... non... mais tout récemment, j'ai été frappé de la persistance avec laquelle un homme me regardait... un homme que je n'avais jamais vu...

— Un passant ?

— Non... un membre de notre cercle. Il tenait la banque au baccarat. Aussitôt que je me suis approché de la table, il s'est mis à me dévisager comme on dévisage un ami... ou un ennemi... qu'on retrouve après une longue absence et qu'on n'est pas bien sûr de reconnaître.

Il y avait là vingt personnes qui l'ont remarqué.

— Et tu ne lui as pas demandé raison de cette impertinence ?

— Si ; après la partie, mais j'ai commencé par jouer contre lui et il m'a gagné la forte somme. Il ne me connaissait pas, car je l'ai fort bien vu demander mon nom à un de ses voisins de table. Et il a fait mieux. Il a levé la banque en emportant un gros bénéfice et, dans le salon rouge, il a eu l'audace de m'aborder pour m'adresser des compliments de condoléance.

— C'était du plus mauvais goût et j'espère que tu l'as relevé vertement.

— Je lui ai demandé pourquoi il s'était permis de me regarder fixement. Il m'a répondu, sans s'émouvoir, qu'il m'avait pris pour un monsieur Caxton, de Chicago.

— Eh ! bien, mais... c'est peut-être vrai... quoique tu n'aies pas du tout l'air d'un Yankee.

— Je m'étais promis de vous raconter cet incident, chez madame de Pommeuse où nous avons passé la soirée... et puis, j'ai oublié... à ce moment là, je n'y attachais pas beaucoup d'importance.

— Il me paraît assez insignifiant. T'es-tu informé de ce qu'est ce personnage ?

— On m'a dit qu'il s'appelle Atkins et qu'il est Américain.

— Atkins !... mais... n'est-ce pas le monsieur que tu as refusé de saluer au Bois de Boulogne ?

— Justement.

— Et parce que ce citoyen des États-Unis t'a examiné au cercle avec trop d'attention, tu te figures qu'il t'a reconnu à ta ressemblance avec ton père ! Tu as trop d'imagination, mon cher.

— C'est une idée qui m'est venue tout à l'heure.

— Elle n'a pas le sens commun, ton idée.

— Vous changerez d'avis quand je vous aurai dit que c'est cet homme qui m'a ramené ici, après ma chute.

— Quoi ! le monsieur qui est descendu de cheval pour te relever et t'emballer dans un fiacre...

— C'était lui, j'en suis certain. Avant de tomber, je l'ai vu sur un grand cheval noir, arrêté près du restaurant.

— Comment savait-il que tu demeurais rue de Naples ?

— Après la partie de baccarat, il a demandé mon adresse au cercle et on la lui a donnée.

— Et il s'est dérangé pour te ramener chez toi depuis l'hippodrome de Longchamp ?... Dans quel but, je te prie ?

— Je vais vous le dire.

— Tu me feras plaisir, car je ne m'en doute pas ; à moins que ce ne soit pour te voler... et ton valet de chambre affirme qu'on n'a rien pris chez toi.

— Supposez que M. Atkins, le soir où il m'a vu pour la première fois, au cercle, ait été frappé de ma ressemblance avec un monsieur qu'il a connu jadis et qu'il se soit demandé si ce monsieur était mon père.

— Eh bien, il n'est pas resté longtemps dans l'incertitude, puisque, pendant la partie, on lui a dit ton nom.

— Supposez que mon nom ne l'ait pas renseigné.

— Voilà bien des suppositions ! Où veux-tu en venir ?

— A établir qu'il tenait à être fixé sur un point qui l'intéressait vivement.

— Quel point?... Je comprends de moins en moins.

— Sur le point de savoir si je suis le fils de l'officier qu'il a tué, il y a dix ans.

— Comment peux-tu croire que c'est cet étranger qui s'est battu avec ton père ?

— Pourquoi ne serait-ce pas lui ?

— Prends donc la peine de raisonner, mon cher Max. Si c'était lui, il aurait su à quoi s'en tenir sur ta filiation, aussitôt qu'il a su que tu t'appelais Chalandrey. Il n'y en a pas des masses de Chalandrey... Il n'y a plus que toi.

— Rien ne prouve qu'il ait su autrefois le nom de mon père. Ils se sont battus sans témoins... ils ont bien pu se prendre de querelle, sans se connaître... et se battre immédiatement.

— Allons donc !... ça ne se passe plus comme ça, depuis le temps où les gentilshommes dégaînaient dans la rue... ou plutôt depuis qu'on ne porte plus l'épée au côté.

— Il n'est jamais difficile de se procurer des épées ou des fleurets. Mon père avait certainement des amis parmi les officiers qui tenaient garnison à Vincennes. Il aura emprunté des armes à l'un d'eux.

— Alors, il aurait prié celui-là de l'assister sur le terrain. Et dans tous les cas, on aurait su à qui il s'était adressé. Or, l'enquête a été longue, minutieuse... on s'est renseigné de tous les côtés... et s'il avait eu recours à un camarade, ce camarade l'aurait dit.

— Il a peut-être craint de se compromettre. Et

d'ailleurs, il y a une autre explication. Rien n'empêche que les armes appartinssent à son adversaire qui habitait Vincennes et qui sera allé les chercher chez lui, aussitôt après la querelle que, d'un commun accord, ils voulaient vider, séance tenante.

— C'est bien invraisemblable.

— Je ne trouve pas. Mon père était très vif et très peu endurant, vous me l'avez dit cent fois.

— Vif comme la poudre et susceptible en diable. Je l'ai vu une fois, dans un café, camper un soufflet à un monsieur qui le regardait de travers.

— Il a bien pu traiter de la même façon l'homme avec lequel il s'est battu.

— La scène aurait fait du bruit et ou aurait, sans peine, retrouvé le souffleté.

— Oui, si le soufflet avait été donné publiquement. Mais si la querelle s'est engagée en plein air... dans un sentier du bois, par exemple... un sentier où personne ne passait en ce moment... Je la vois, la scène... mon père, pour un motif quelconque, giffle un monsieur qui lui demande une réparation immédiate et sur place...

— Il est certain que Chalandrey ne la lui aurait pas refusée. Le côté romanesque de la rencontre l'aurait même séduit, mais...

— Eh! bien, l'offensé lui aura dit : je loge à deux pas, j'ai des épées chez moi et je vous somme de m'attendre ici. Croyez-vous que mon père aurait quitté le terrain ?

— Non. Il était friand de la lame et il n'aurait eu garde de manquer une si belle occasion de battre le fer. Il aurait plutôt attendu son adversaire toute la journée.

— Donc, vous devez admettre que les choses ont pu se passer comme je le suppose.

— Oui, c'est possible, à la rigueur. Mais avant de s'aligner avec le premier venu, ton père lui aurait demandé son nom et il aurait commencé par lui dire le sien.

— Pourquoi donc?... Ils étaient furieux et ils n'avaient pas besoin de formalités pour s'entr'égorger.

— Tu as réponse à tout et je n'entreprendrai pas de te convaincre que tu te trompes; mais tu ne me persuaderas pas que ton explication est la bonne. Nous raisonnons tous les deux sur des hypothèses... c'est perdre notre temps et nos paroles.

Arrive à conclure.

— Ma conclusion est très nette. Atkins, en me voyant au cercle, a cru revoir mon père. Il s'est informé de mon nom qui ne lui a rien appris. Alors, il a essayé de se lier avec moi, parce qu'il pensait que plus tard, je le renseignerais sur la mort de mon père. Je l'ai *coupé*, vous le savez; j'ai même refusé de lui rendre son salut et il a compris qu'il ne parviendrait pas à nouer avec moi des relations suivies.

— Tu oublies qu'il aurait pu apprendre par d'autres comment ton père est mort.

— Par qui?... il n'y a pas un membre du cercle qui le sache. Et cet Américain ne connaît personne à Paris.

— Ce n'est cependant pas la première fois qu'il y vient, si, comme tu le prétends, il s'y est battu en duel autrefois.

— Il se peut même qu'il y ait été élevé, car il parle admirablement le français... Mais autrefois, pas plus que maintenant, il ne voyait le monde où a vécu mon père. Cet homme n'est qu'un aventurier.

— Je le crois, mais achève tes déductions qui me paraissent se compliquer beaucoup.

— Je vous disais donc qu'il voulait à tout prix savoir si j'étais vraiment le fils de son adversaire du bois de Vincennes. Une occasion s'est présentée de s'introduire chez moi. Il en a profité...

— Supposes-tu aussi que c'est lui qui a fait *emballer* ton cheval, dans l'espoir de te ramasser et de te rapporter à domicile? demanda en guoguenardant M. d'Argental.

— Non, ce n'est pas de lui que part le coup... J'ai dit : une occasion. Le hasard a tout fait. Atkins s'est trouvé là quand je suis tombé... et vous savez comment il a manœuvré...

— Oui, il s'est donné pour médecin et une fois entré ici, il s'est arrangé pour y rester seul. Mais, encore un coup, quel intérêt avait-il à faire tout cela?

— Il comptait s'éclairer en visitant mon hôtel du haut en bas. Le tout était de s'y introduire et d'y avoir ses coudées franches... il y a réussi en éloignant mon domestique... et il a trouvé ce qu'il cherchait.

— Quoi donc? demanda l'oncle, ahuri... Tu m'embrouilles tellement avec tes conjectures que je perds le fil de mes idées.

— Il y a trouvé ce portrait, répondit Maxime, en montrant le cadre accroché à la muraille, à droite de la cheminée.

— Le portrait de ton père !

— La ressemblance avec moi est si frappante que le meurtrier ne doute plus que je sois le fils de sa victime.

— Mais, morbleu ! il ne pouvait pas savoir qu'il était ici, ce portrait.

— Il n'en était pas sûr, mais il le supposait... on a toujours chez soi un portrait de son père... et il a suffi qu'il le supposât pour qu'il se décidât à tenter l'aventure.

— Je ne vois pas trop ce qu'il y a gagné. A quoi ont abouti toutes ses combinaisons ? A lui procurer la certitude que tu es le fils d'un officier, puisque ton père s'était fait peindre en uniforme de capitaine aux guides. J'admets, si tu veux, qu'il a reconnu son ancien adversaire. Et après ?... que va-t-il faire ?... Penses-tu qu'il se propose d'exterminer toute la race des Chalandrey et qu'il va te chercher noise pour te forcer à accepter une rencontre où il te tuerait, comme il a tué ton père... sans témoins ?

— Je ne sais pas ce qu'il fera, mais je sais fort bien ce que je ferai, moi.

— Et que feras-tu ?

— Je le provoquerai, et je me battrai avec lui.

— Sous quel prétexte ?

— Le prétexte est tout trouvé. Il s'est permis

d'entrer chez moi... de s'y installer... de fureter partout... je lui demanderai raison de ces procédés...

— As-tu seulement la preuve que c'est lui qui est venu ici ?

— Je l'aurai... dussé-je le mettre en présence de François, que j'amènerai au cercle et qui le reconnaîtra.

— Soit !... que t'en reviendra-t-il ? Cet Américain dira qu'il t'a rendu service en te ramenant à ton domicile et qu'après t'avoir assisté, il est parti parce qu'il a pensé qu'il ne pouvait plus t'être utile. Tout le monde te donnera tort.

— Eh ! bien, j'emploierai les grands moyens...

— Les voies de fait. Tu le souffléteras... et tu te mettras encore plus dans ton tort. Envisage donc la situation telle qu'elle est. De deux choses l'une : ou Atkins n'a jamais connu ton père et alors tu n'as contre lui aucun grief sérieux ; ou, au contraire, il l'a assassiné... tué en traître, ce qui revient au même... et dans ce cas, ton devoir de fils est de le dénoncer à la justice. On ne se bat pas avec un assassin.

Ce raisonnement, sous forme de dilemme, parut faire impression sur Maxime qui se mit à lisser sa moustache — signe d'indécision bien connu — et l'oncle, profitant de l'effet produit, corsa son argumentation.

— Si tu lui faisais cet honneur, reprit-il, ce serait comme si tu reconnaissais qu'il est digne de croiser le fer avec un galant homme et tu ne pourrais plus déposer de plainte contre lui. Je crois d'ailleurs que, si tu le dénonçais, on ne le poursuivrait pas, fût-il cent fois coupable, car l'affaire du duel sans témoins est vieille de plus de dix ans, et il y a prescription. Mais on l'expulserait de France, par ordonnance de police. Ce serait toujours ça.

— Oui, s'il est étranger... et j'en doute fort.

— Je me charge de vérifier le fait. Cabardos m'y aidera.

— Cabardos? interrogea Maxime, qui n'avait pas la mémoire des noms.

— Le brigadier de la sûreté... mon ancien maréchal des logis... il m'est tout dévoué et de plus, il est mon obligé, car je crois bien que, sans moi, son chef l'aurait cassé de son grade. Je le prierai de se renseigner discrètement sur cet Américain... il en a les moyens, puisqu'il est de la police... et il ne me refusera pas ce bon office. Lorsque je connaîtrai le résultat de ses recherches, nous verrons ce que nous aurons à faire pour nous débarrasser de M. Atkins.

Maxime allait sans doute élever de nouvelles objections, mais François, son domestique, entra sans qu'il l'eût sonné, et Maxime, revenant à son idée fixe, lui demanda brusquement :

— Tu le reconnaîtrais, n'est-ce pas, ce monsieur qui m'a ramené?

— Oui, monsieur, répondit sans hésiter le valet de chambre, qui était jeune et intelligent.

— Et tu crois qu'il a rôdé dans l'hôtel, pendant que tu étais allé chercher le docteur Morin?

— Je suis sûr qu'il est entré ici dans le fumoir,

car il y a renversé une chaise et déplacé un fauteuil... celui qui est là, à droite, près de la cheminée... Je me suis aperçu en revenant qu'il n'était plus au même endroit, et ce n'est pas monsieur qui y a touché, puisque monsieur était sur son lit, sans connaissance.

— Il l'a dérangé pour regarder le portrait de plus près, dit Maxime en s'adressant à son oncle.

— Monsieur, reprit François, il y a en bas une personne qui désire parler à M. d'Argental.

— A moi ! s'écria le commandant. Comment sait-elle que je suis ici ?... une personne ?... tu veux dire une femme ?...

— Oui, monsieur.

— La comtesse, peut-être, pensa Maxime.

— Elle vient pour une affaire très importante et elle dit qu'elle est certaine que M. d'Argental la recevra.

— Elle a de l'aplomb, celle-là. Dans tous les cas, je ne la recevrai pas ici.

— Il serait bon de savoir qui c'est, dit Chalandrey.

— Eh ! bien, je vais y aller voir, grommela l'oncle ; mais, toi, François, tu aurais dû lui demander son nom.

— Je le lui ai demandé, monsieur. Elle s'appelle madame Crochard.

Ce nom de Crochard n'apprenait rien à Chalandrey qui l'avait complètement oublié, comme il avait oublié celui de Cabardos, brigadier de la sûreté ; mais le commandant savait fort bien qu'il s'agissait de son ancienne cantinière, plus connue sous le pseudonyme de la mère Caspienne.

Et il changea immédiatement d'avis, car il comprit que la brave femme apportait des nouvelles qui devaient intéresser Maxime.

— C'est bon! fais-la monter, dit-il au valet de chambre.

Et dès que François fut sorti :

— Mon cher Max, voilà des renseignements qui nous arrivent.

— Sur quoi? sur Atkins?

— Au diable ton Atkins!... sur le crime du pavillon, parbleu!

— Comment! cette femme...

— C'est la cabaretière du *Lapin qui saute*, et pour qu'elle vienne me relancer chez toi, il faut qu'il se soit passé là-bas des événements. Oui, mon petit, c'est la mère Caspienne qui va fouler le tapis de ton fumoir. Je parie que tu te figurais que c'était madame de Pommeuse qui me demandait.

— Sa visite m'aurait moins surpris que celle de madame Crochard.

— Et probablement elle aurait été moins utile, car la pauvre comtesse n'a rien à t'apprendre, tandis que Virginie...

La porte s'ouvrit et l'ex-cantinière entra, en exécutant le salut militaire.

— Bonjour, mon commandant, dit-elle de sa grosse voix enrouée. Faut pas m'en vouloir d'avoir forcé la consigne.

Le *larbin* ne voulait pas me laisser monter.

Monsieur m'excusera quand il saura pourquoi je viens.

— Laisse-nous! dit Chalandrey à son domestique.

— Comment diable! as-tu deviné que tu me trouverais chez mon neveu? demanda M. d'Argental.

— Je ne l'ai pas deviné. Je suis allée d'abord chez vous, rue du Helder. Là on m'a dit que monsieur était malade et que depuis huit jours, vous ne le quittiez pas. On m'a donné l'adresse et me v'là. Mais il y a une trotte depuis la cité du Bastion et je n'en peux plus.

— Assieds-toi.

La mère Caspienne ne se fit pas prier. Elle se laissa tomber dans un fauteuil qui gémit sous son poids et elle se mit à souffler comme une baleine échouée.

— Il y a du nouveau, là-bas, hein? lui demanda M. d'Argental.

— Il y a qu'on vient de me mettre à la porte, répondit tristement la cabaretière.

— Comment cela?

— La police a fait fermer ma cambuse.

— Et pourquoi?

— Sous prétexte que je reçois toute sorte de monde... moi! une médaillée de Crimée!... moi qui n'ai jamais servi à boire qu'à des pratiques connues dans le quartier et qui n'ai jamais souffert un pochard dans mon établissement!... Vous êtes là pour le dire, mon commandant... et monsieur aussi, puisqu'il y est venu avec vous.

— J'atteste que le jour où nous avons déjeuné chez toi, tout y était paisible.

— Eh! bien, c'était tous les jours comme ça.., et la police le sait bien, car depuis que je tiens *le Lapin qui saute*, je n'ai pas eu de contravention. C'est un prétexte qu'ils ont pris pour se débarrasser de moi.

— Tu les gênais donc?

— Faut croire... à cause de la souricière...

— Qu'est-ce que c'est que ça, la souricière?

— Un mot qu'ils ont inventé... ils ont mis des agents partout, dans le pavillon, dans le souterrain, dans le cabaret, et ils se figurent que les assassins viendront se prendre au piège. Sont-ils bêtes, ces roussins!

— C'est Cabardos qui a eu cette idée-là. Il nous en a parlé l'autre jour, en nous conduisant à travers tes caves. Alors, ces messieurs se figurent que tu éventerais la mèche, si les étrangleurs montraient leur nez aux alentours du pavillon?

— Comme si je les connaissais, les étrangleurs!... Il y avait p't-être des années qu'ils faisaient leur sabbat dans l'enclos et je ne m'en suis jamais doutée, vu que pour y entrer, ils ne passaient pas par ma cuisine. Mais... vous savez... quand on veut tuer son chien, on dit qu'il a la gale.

Si je vous disais, mon commandant, qu'ils m'ont cherché des raisons parce que je n'ai pas pu leur donner l'adresse du particulier qui touche les loyers.

— Et pourquoi ne la leur as-tu pas donnée?

— Parce que je ne la connais pas. Il venait chercher tous les trimestres l'argent du terme et je l'ai toujours payé rubis sur l'ongle... mais il ne m'a jamais dit où il demeurait.

— Bon!... mais il signait les quittances.

— Naturellement.

— Alors, tu sais son nom.

— Oui, mon commandant. Il s'appelle Tévenec... à moins qu'il n'ait fait des faux... toutes les quittances sont signées de ce nom-là... je croyais vous l'avoir dit le jour où vous êtes venu déjeuner.

— Possible... je l'avais oublié.

— Moi pas, dit à demi-voix Chalandrey qui écoutait avec un intérêt passionné les explications de la mère Caspienne.

De M. Tévenec à madame de Pommeuse, il n'y avait pas loin et Maxime sentait que l'orage s'amassait sur la tête de la malheureuse comtesse.

— Et le commissaire les a confisquées, les quittances, reprit Virginie Crochard.

— Alors, il soupçonne ce gérant d'avoir fait partie de la bande, murmura l'oncle, beaucoup moins informé que son neveu.

— Ça me fait cet effet-là. Eh *ben!* s'il veut voir Tévenec, il n'a qu'à venir le jour du prochain terme, le 15 avril. En attendant, cherche, mon bonhomme!... mais c'est pas sûr que tu trouveras.

— Non, puisque jusqu'à présent, la police en est toujours au même point. On n'a rien découvert de nouveau, hein?

— On dit dans le quartier qu'ils ont pincé des messieurs de *la haute*... des gros bonnets.. des *capitalisses*, comme ils les appellent. Mais c'est des bêtises et j'en crois pas un mot... d'abord, ça serait *sus* les journaux. Il y a aussi un gabelou de la porte de Clichy qui m'a conté hier qu'on allait faire comme qui dirait une répétition générale de l'affaire... amener au pavillon les *rupins* qu'ils ont pincés... et les mettre en face d'un individu qui les a dénoncés... et qui les reconnaîtra, si on les lui montre.

— Est-ce que la comtesse aurait suivi le conseil que je lui ai donné? se demanda Maxime, de plus en plus attentif.

— Et à ce que prétend le gabelou, ça serait la raison pourquoi on m'a chassée de mon débit et on a r... es volets. Les chefs de la *rousse* ne veulent pas être dérangés par mes pratiques.

— C'est très possible, dit le commandant. Et si c'est ainsi, quand la confrontation aura eu lieu, on te rendra la permission qu'on t'a retirée provisoirement.

— Et d'ici là, qu'est-ce que je deviendrai? s'écria Virginie. On ne m'a pas seulement laissé le temps d'emporter mes hardes et mon mobilier est sous les scellés. Hier soir, à la tombée de la nuit, ils sont arrivés, trois; ils m'ont montré un ordre du commissaire et puis : Allons! la vieille!... houste!... décanille! Ah! ils n'y mettent pas de cérémonie!... ça ne se passerait pas autrement dans le pays des Cosaques... et dire que nous sommes à Paris!

— Le fait est que le procédé est raide. Il faut que je m'abouche avec Cabardos, pour savoir où ils en sont. Il n'était pas de cette belle expédition, Cabardos?

— Non, mon commandant, et j'en suis bien aise, car il a servi sous vos ordres et je n'aurais pas pu m'empêcher de lui dire des sottises. Mais, avec tout

ça, me v'là sur le pavé et j'aurais couché à la belle
étoile, si je n'avais pas gardé l'habitude que j'ai prise
en Crimée de porter mon argent dans une ceinture,
entre ma chemise et ma peau.

Enfin, j'ai trouvé une chambre dans un garni de la
rue des Épinettes, et ce matin, j'ai pensé tout de
suite à venir vous raconter la chose, mon commandant.

— Tu as bien fait, sacrebleu! et je te remercie, car
tout ce que tu viens de nous dire nous intéresse
beaucoup, mon neveu et moi... mon neveu surtout.
Et ne t'inquiète pas, maman Caspienne; je te sou-
tiendrai, si on te tracasse. Les anciens de Sébastopol
sont toujours là. Mon neveu Chalandrey n'y était pas
à Sébastopol, mais tu peux compter sur lui tout de
même.

— C'est bien de la bonté de sa part.

— Maintenant, quand tu voudras me voir, tu
n'auras plus besoin de venir ici. Maxime est tiré
d'affaire et il peut se passer de garde-malade. Je vais
reprendre mes habitudes. Tu me trouveras tous les
soirs, de cinq à six, devant le café du Helder... avec
des vieux camarades de Crimée qui te connaissent
presque tous et qui prennent là leur absinthe.

Si ça te gêne de t'asseoir à côté de nous, à cause
de ton chapeau ciré, tu n'auras qu'à me faire signe
en passant sur le boulevard. Je viendrai te parler...
quand bien même je serais l'invité d'un général.

— Merci, mon commandant, dit en se levant Virginie Crochard. Et, vous savez... ils m'ont consignée
à la porte de ma boîte, mais ils n'ont pas le droit de

m'empêcher de flâner dans le quartier et d'écouter les on-dit. Dès qu'il y aura du nouveau, j'arriverai au rapport.

— Très bien. Et si j'avais à te parler, où faudrait-il aller te chercher?

— Rue des Épinettes, le premier garni à gauche, en arrivant par l'avenue de Clichy, comme la dernière fois.

Salut, mon commandant... et toute la compagnie !

Ayant dit, la mère Caspienne fit demi-tour avec la précision d'un soldat à l'exercice, et sortit au pas ordinaire.

— Eh bien ! qu'en dis-tu? demanda l'oncle. Ça marche là-bas. On tient la bande et la justice va travailler les côtes à tous ces coquins. J'en suis ravi, parce que maintenant elle va te laisser en repos. Tu ne seras plus *filé*.

Maxime n'en était pas très convaincu. Maxime était très content qu'on arrêtât les assassins, mais il redoutait le contre-coup de l'arrestation, moins pour lui que pour madame de Pommeuse que ces scélérats pourraient bien dénoncer.

Et, d'ailleurs, ils n'étaient probablement pas tous pris, et les affiliés qui battaient encore le pavé de Paris recommenceraient leurs tentatives contre sa personne à lui.

Les deux premières avaient échoué; la troisième pouvait réussir, et quoi qu'en dît le commandant, Maxime ne se sentait pas complètement rassuré.

— Rien ne t'empêchera plus de te donner du bon

temps, continua M. d'Argental. Oublie toutes ces
vilaines histoires, mon garçon, et puisque tu ne veux
pas de madame de Pommeuse, amuse-toi tant que
tu pourras, maintenant que te voilà guéri. Si tu pouvais oublier aussi ta dulcinée du solfège, je bénirais
l'accident qui t'a cloué chez toi pendant huit jours.

Maxime ne crut pas devoir relever l'épithète mal-
séante que son oncle venait d'appliquer à mademoiselle Croze ; Maxime se contenta de répliquer :

— Il y a une chose que je n'oublierai pas, quoi
qu'il arrive... c'est que le sang de mon père crie
vengeance.

— Je ne l'oublierai pas non plus, s'écria d'Argental, et si tu me laisses faire, sans t'en mêler, je
te promets que tu l'auras, ta vengeance. Là-dessus,
mon petit, je te laisse au coin de ton feu. J'éprouve
une forte envie de marcher pour me dégourdir les
jambes ; toi, tu n'es pas encore en état de sortir. Ce
sera, j'espère, pour demain. Tu me donneras le bras et
nous descendrons ensemble sur le boulevard.

Aujourd'hui, je vais y descendre sans toi, à seule
fin de montrer ma figure à de vieux amis qui ne
m'ont pas vu depuis la semaine dernière, et qui
doivent croire que j'ai pris ma feuille de route pour
l'autre monde.

Le commandant qui, au fond, adorait son neveu,
l'embrassa sur les deux joues, et s'en alla en faisant
le moulinet avec sa canne.

Maxime n'attendait que le départ de son oncle
pour courir à la rue des Dames d'abord, et ensuite
à l'avenue Marceau. Il lui tardait de rentrer en grâce

auprès d'Odette et de savoir où en était la comtesse avec ses ennemis.

Pierre d'Argental avait d'autres desseins qu'il s'était abstenu d'exposer au fils de sa sœur, mais l'heure n'était pas venue de les mettre à exécution et avant de se transporter au cercle, il tenait à boire frais, en plein air.

C'était un type tout particulier que cet ancien chef d'escadron. Il tenait tout à la fois du gentilhomme et du soudard.

Les Argental étaient de la plus vieille noblesse. Ils avaient figuré aux Croisades et, sous Louis XIV, ils avaient, haut la main, fait leurs preuves pour monter dans les carrosses du roi.

Malheureusement, la Révolution les avait ruinés à fond et, à la rentrée des émigrés, le père du commandant s'était estimé très heureux de servir en qualité de sous-lieutenant dans les armées de l'*usurpateur*, c'est-à-dire de Napoléon Ier.

Il y avait fait son chemin et, en 1814, le gouvernement de la Restauration l'avait confirmé dans le grade de colonel qu'il avait gagné à la pointe de son épée.

Il était même passé général, vers 1820, et cinq ans après, à la veille de prendre sa retraite, il s'était marié avec une jeune demoiselle très noble et très pauvre qui lui avait donné un fils et une fille.

Le fils avait suivi la carrière militaire et la fille, moins bien dotée par ses parents que par la nature, avait épousé, sur le tard, un M. de Chalandrey, aussi bien né qu'elle et beaucoup plus riche, car sa fortune

patrimoniale représentait à peu près cinquante
mille francs de rente.

Ce Chalandrey avait eu une jeunesse orageuse et
n'avait pas donné à sa femme, morte en couches, tout
le bonheur qu'elle attendait de lui. Engagé volontaire
à vingt-cinq ans, il était devenu, en dépit de ses fredaines, officier dans la garde, et il avait mal fini, tué
en duel par un inconnu suspect, et laissant à son
fils Maxime ses défauts, ses qualités et un héritage
pas trop écorné.

Pierre d'Argental, son beau frère, avait conservé
de sa première éducation d'excellentes façons et le
goût de la bonne compagnie, mais la vie de soldat
qu'il avait menée pendant vingt ans avait laissé son
empreinte sur ce descendant des preux du moyen âge.

Il ne recherchait pas le monde aristocratique, mais
il ne le craignait pas et il y faisait encore bonne
figure; seulement, il se trouvait plus à son aise avec
de vieux troupiers comme lui. Il allait volontiers
chez les anciens amis de son père, et même chez la
comtesse de Pommeuse qui, cependant, ne datait
pas des croisades, mais il allait aussi au café, et
l'heure de l'absinthe comptait dans son existence à
deux faces.

Son neveu, qu'il aimait tendrement, occupait le
reste. Il lui consacrait tout le temps qu'il ne donnait
pas à ses visites mondaines ou à ses camarades et
s'il le prêchait souvent, c'était à peu près pour la
forme, car au fond il ne le blâmait pas de jeter sa
jeunesse à tous les vents du plaisir et il se sentait
revivre en lui.

Il avait craint de le perdre, après ce funeste accident de cheval, et maintenant que Maxime était sauvé, le reste lui importait médiocrement.

Que Maxime épousât ou n'épousât pas une jeune fille sans dot, il s'en souciait peu, pourvu que Maxime restât son ami ; et rassuré sur ce point, il pouvait, en toute liberté, d'esprit s'en aller prendre son divertissement favori, qui consistait à s'asseoir, sur le boulevard des Italiens, au café du Helder.

C'est presque une institution que ce café où, de temps immémorial, se réunissent les officiers de terre et de mer.

Ils y viennent des cinq parties du monde, et ceux qui arrivent du Tonkin ou de la Nouvelle-Calédonie y retrouvent des camarades de promotion, fraîchement débarqués de l'Algérie, du Sénégal ou de la Guyane.

On y réclame à tout instant l'*Annuaire*, et on y vit longtemps le célèbre Félix, un simple garçon qui était dans le secret des dieux — ou des ministres de la guerre — et qui annonçait les avancements, avant qu'ils fussent insérés au *Moniteur de l'armée*.

Félix n'y est plus, mais l'Annuaire y est toujours et il ne traîne pas sur les tables. Il est toujours en main et toujours demandé.

Le commandant, ce jour-là, arriva au café avant l'heure accoutumée, et il n'y vit personne à qui parler. Ses vieux amis n'étaient pas encore à leur poste, c'est-à-dire aux tables qu'ils occupaient quotidiennement, à droite, contre la devanture. Mais le commandant savait bien qu'ils viendraient. Il s'ins-

°talla, en attendant, et il se mit à préparer avec tous les soins voulus la mixture verte qu'on lui servit.

Pierre d'Argental, vétéran des guerres du dernier Empire, possédait à fond l'art difficile de *battre* l'absinthe, c'est-à-dire d'y verser de l'eau à petits coups, pour obtenir un mélange progressif, et c'est une opération délicate qui exige une attention particulière.

Pendant qu'il s'y livrait consciencieusement, d'autres consommateurs s'établissaient dans son voisinage; des messieurs qu'il ne connaissait point et qui ne l'intéressaient pas, parce qu'il voyait à leurs figures et à leur tenue qu'ils n'appartenaient pas à l'armée.

Les *péquins* aussi fréquentent le Helder. C'était même un des chagrins du commandant, qui aurait voulu que la terrasse de l'établissement fût exclusivement réservée aux militaires en activité ou en retraite.

Tout au plus aurait-il toléré que les bourgeois s'établissent dans les profondeurs du café, pour y jouer aux dominos.

Mais il lui fallait bien souffrir ce qu'il ne pouvait empêcher et il se consolait en s'abstenant de regarder ces intrus.

Cette fois, il en était entouré. Il y en avait devant lui—pas immédiatement à côté, car on réservait trois tables au commandant et à sa société, et pour le moment, il occupait seul celle du milieu.

Mais deux messieurs, placés un peu en avant, lui

masquaient presque le boulevard et il les donnait
à tous les diables, parce qu'il aimait ses aises.

Ces gens qui venaient de s'asseoir, sans prendre
garde à lui, causaient entre eux avec animation et
les rangées de chaises étaient si rapprochées les
unes des autres que d'Argental entendait tout ce
qu'ils disaient. Seulement, ils n'y comprenait rien,
car ils parlaient anglais.

Et le commandant, qui exécrait tous les étrangers,
s'agaçait de ce gazouillement inintelligible pour lui.
Peu s'en fallut qu'il ne déménageât, mais comme il
tenait à son coin préféré, il resta et, un peu plus
tard, il ne regretta pas d'être resté.

Il s'était repris à réfléchir aux nouvelles apportées
par la mère Caspienne et à l'entretien qu'il venait
d'avoir avec son neveu, et, plus il réfléchissait, plus
il se persuadait que les susdites nouvelles n'étaient
pas inquiétantes et que les idées de Maxime sur
M. Atkins n'étaient que des chimères.

La conduite de cet Américain était étrange, mais
rien ne prouvait qu'il eût tué jadis le capitaine de
Chalandrey, et M. d'Argental se promettait bien
d'empêcher Maxime de se lancer à l'aveuglette dans
une querelle où il aurait tous les torts.

Cependant, M. d'Argental voulait savoir à quoi
s'en tenir sur la personnalité et sur les antécédents
du Yankee suspect.

Il comptait se renseigner par l'intermédiaire de
Cabardos et aussi par lui-même, au cercle, où il se
proposait de dîner, ce soir-là, dût-il pour en venir à
ses fins aborder Atkins et le questionner adroitement.

Il ne se flattait pas de le reconnaître, n'ayant fait
que l'apercevoir de loin au bois de Boulogne, mais
on le lui désignerait et il trouverait bien un moyen
d'entrer en conversation avec lui.

Pour le moment, il n'avait rien de mieux à faire
que de tuer le temps et il s'ennuyait de ne pas voir
arriver ses camarades qui aimaient autant que lui
à deviser de leurs anciennes campagnes de guerre,
de l'avenir de l'armée française et de la revanche,
qu'ils souhaitaient tous avec une ardeur juvénile.

Il se reprochait de ne pas leur avoir donné signe
de vie depuis quelques jours et il se demandait si,
faute de le rencontrer au Helder, ils n'avaient pas
changé de café — supposition invraisemblable, s'il
en fut, car les vieux troupiers tiennent à leurs habitudes.

Enfin, ils n'arrivaient pas et l'oncle d'Argental en
était réduit à entendre, malgré lui, le jargon exotique
des deux individus derrière lesquels il était placé.

— Parlons français, veux-tu? dit l'un des deux à
son interlocuteur. L'anglais m'est aussi familier qu'à
toi, mais au bout de cinq minutes, j'en ai assez.

— Comme tu voudras, répondit l'autre. Je te disais
donc que j'ai été bien content de te rencontrer, en
débarquant à Paris... d'autant plus que je ne m'y
attendais guère. Je t'avais laissé à Chicago dans une
situation...

— Peu brillante, c'est vrai... mais j'ai trouvé une
veine là-bas... des actions d'une mine au Colorado
que j'avais eues à peu près pour rien et qui ont
monté tout d'un coup. Alors, comme je ne m'amu

sais guère à Chicago, j'ai eu l'idée de venir faire un tour en France. Pour se retremper, mon cher, il n'y a encore que Paris.

— Oui, quand on a de l'argent dans sa poche...

— J'en ai. Mes affaires vont de mieux en mieux.

— Et quand on ne craint pas d'y être inquiété.

— Oh ! de ce côté-là, je suis bien tranquille. Je n'y connais plus personne et tout le monde m'y a oublié.

— Même les camarades d'autrefois ?

— Ils sont loin, ceux-là. La bande joyeuse s'est dispersée. Les uns sont morts, les autres ont sombré et il n'en est plus question. Toi seul as surnagé, et ce n'est pas toi qui me tracasseras, puisque nous menions la même vie.

— Une vie de Polichinelle, ça, c'est vrai. Moi, je m'en suis encore assez bien tiré, et j'ai fait ma pelote en Amérique, mais... il me semblait qu'avant de partir pour ce pays-là, tu avais eu... des désagréments.

— C'est fini,.. je n'y pense plus... j'ai fait peau neuve.

— Est-ce que tu comptes te fixer à Paris ?

— Ma foi, oui !... et toi ?

— Oh ! moi, j'ai des intérêts à surveiller aux États-Unis et j'y retournerai le mois prochain. Mais j'espère que d'ici là, nous nous verrons souvent. Où loge-tu ?

— Provisoirement, au Grand-Hôtel.

— Tiens ! c'est drôle... j'y suis descendu aussi... je ne me doutais pas que nous demeurions sous le même toit.

— Ni moi non plus... et jamais l'idée ne me serait venue de demander si M. Caxton de Chicago habitait l'hôtel... car je suppose que tu t'appelles toujours Caxton?

L'interpellé répondit en anglais et la conversation continua un instant dans cette langue, dont M. d'Argental ne comprenait pas un mot.

Le dialogue qu'il venait d'écouter ne l'avait pas beaucoup intéressé, mais le nom de Caxton éveilla son attention. Il se rappelait très bien que son neveu l'avait prononcé devant lui, en lui racontant que M. Atkins, pour s'excuser de l'avoir dévisagé au cercle, prétendait l'avoir pris pour un de ses amis de Chicago.

Or, le Caxton, assis devant le café du Helder, ne ressemblait pas du tout à Maxime, et si c'était de celui-là que M. Atkins avait parlé, M. Atkins avait menti, car il était impossible de confondre un homme gros, blond et trapu avec Chalandrey, qui était grand, mince et brun.

Le commandant commençait donc à se demander si l'autre causeur n'était pas ce même Atkins qu'il cherchait à rencontrer et que le hasard aurait amené là tout à point.

— Te souviens-tu de nos parties de campagne? reprit, en français, Caxton. En avons-nous fait des farces, à Joinville-le-Pont et à Vincennes!

A ce mot de : Vincennes, Pierre d'Argental dressa les oreilles comme un cheval d'escadron qui entend la trompette.

— J'ai des raisons pour m'en souvenir, répondit

l'autre Américain. Si je n'y ai pas laissé ma peau, ce n'est pas faute d'avoir fait tout ce qu'il fallait pour ça. Nous n'y allions jamais sans nous coigner avec des canotiers ou avec des soldats.

— Mais nous *écopions* rarement, dit Caxton, en riant.

— *Écoper* ! pensa le commandant, c'est de l'argot parisien et voilà un Américain qui me fait l'effet d'avoir passé sa jeunesse de ce côté-ci de l'Océan Atlantique.

— Ça n'empêche pas qu'elles ont mal fini pour moi, nos caravanes dans la banlieue, reprit le premier Yankee.

— Comment, mal fini?... tu as ramassé deux ou trois duels... mais tu ne les craignais pas, dans ce temps-là, les duels, et tu t'en es toujours bien tiré.

— Pas si bien que tu crois. Écoute un peu ce qui m'est arrivé, une fois.

Pour le coup, l'oncle se dit que cet homme devait être M. Atkins et que Maxime n'avait pas tort de l'accuser d'avoir tué son père. Un hasard providentiel avait amené le meurtrier à portée des oreilles attentives du beau-frère de sa victime, et M. d'Argental bénissait déjà le doigt de Dieu.

Il attendait avec impatience le récit annoncé, mais, par malheur, le récit fut fait en anglais.

Le narrateur prenait ses précautions pour que ses confidences ne fussent pas recueillies par ses voisins, sachant bien que peu de Français connaissent les langues étrangères.

Jamais le commandant n'avait tant regretté d'avoir

fait des études incomplètes, car il était véritable-
ment au supplice. Il devinait, aux gestes et aux in-
tonations, que cet homme racontait une querelle
et le duel qui s'en était suivi. Il en était convaincu
et il ne comprenait pas les paroles qui auraient
changé sa conviction en certitude, s'il les eût com-
prises.

Et ce supplice dura longtemps, car les deux causeurs ne se pressèrent pas de reprendre l'autre
idiome, que tous les deux cependant possédaient
parfaitement.

Sans doute, ils échangeaient des souvenirs intimes
qui les intéressaient tous les deux, car Caxton donnait vivement la réplique à son ami.

Et M. d'Argental se trouvait dans la situation irri-
tante d'un lecteur de romans, alléché par le début
d'un feuilleton qu'on a coupé dans le journal à l'endroit le plus palpitant,

Pour se dédommager, il s'éfforçait de voir la figure
des deux personnages qui lui tournaient le dos et il
n'apercevait que des profils perdus.

Il lui semblait bien reconnaître la taille et l'en-
colure du cavalier que Chalandrey avait refusé de
saluer à la pointe du lac, mais il n'en était pas sûr
et il enrageait de tout son cœur.

— Quand ils s'en iront, je les suivrai, gromme-
lait-il sous son épaisse moustache.

Il en était là lorsqu'il avisa, planté sur le large
trottoir du boulevard, un monsieur qui lui envoyait
des bonjours avec la main et qui se décida bientôt à
venir à lui, en dérangeant les chaises.

Ce monsieur, crânement campé sur ses longues jambes et portant le chapeau incliné sur l'oreille, était un des aspirants à la main de madame de Pommeuse, le général Bourgas, qui avait jadis introduit son ancien subordonné d'Argental dans le salon de l'avenue Marceau.

— Bonjour, mon cher d'Argental, cria ce vieux guerrier, de sa grosse voix de commandement.

Il parlait si haut que tous les consommateurs assis devant le café levèrent la tête; mais il n'y en eut qu'un qui se retourna pour voir à qui s'adressait cette bruyante salutation et, celui-là, c'était l'ami de M. Caxton.

Ce mouvement fut aussitôt suivi d'un appel au garçon pour payer les deux *bitters* que lui et son compatriote américain venaient d'avaler.

Ils allaient évidemment lever le siège et l'oncle d'Argental maudissait l'arrivée du général qui allait l'empêcher de les suivre.

— C'est décidément Atkins, se disait le commandant, et il décampe parce qu'il a entendu mon nom. Je saurai bien le retrouver; mais que le diable emporte Bourgas!

— Que devenez-vous donc? lui demanda le général; on ne vous voit plus... et j'ai un tas de choses à vous dire. Offrez-moi un vermouth.

L'ex-chef d'escadron s'empressa de héler le garçon qui venait de recevoir l'argent du présumé Atkins et qui se précipita pour prendre la commande.

Les deux étrangers, ou soi-disant tels, filaient déjà sur le boulevard, vers la Madeleine.

— Mon cher, commença M. Bourgas, après s'être attablé à côté du commandant, où en êtes-vous avec la comtesse?

— C'est à vous qu'il faut demander cela, répondit d'Argental.

— Oh! moi, je ne suis plus sur les rangs. Votre neveu aura le champ libre.

— Il n'en profitera pas, car il a renoncé à lui plaire. J'avais eu l'idée de le marier à madame de Pommeuse, parce que je pensais que vous ne vous occupiez pas sérieusement d'elle.

— Mais si!... c'était très sérieux. J'ai encore bon pied, bon œil, et depuis qu'elle est veuve, je l'ai demandée en mariage, trois fois. Seulement, j'ai fini par faire comme votre neveu. Je me suis retiré.

— Puis-je vous demander pourquoi, mon cher général ?

— D'abord, parce que, l'autre samedi, j'ai vu chez elle des choses qui m'ont donné à réfléchir. Elle a *flirté* toute la soirée avec un blondin qui me déplaît souverainement.

— Et à moi, donc !

— J'ai compris qu'elle en tient pour ce blanc-bec, et il ne me convient pas d'avoir pour rival un gamin. Il me convient encore moins d'épouser une femme qui s'enflamme si facilement pour les jeunes.

— A votre âge, ce serait peut-être imprudent, mais je pense que vous exagérez un peu. Madame de Pommeuse est une honnête femme.

— Je le croyais; mais depuis quelques jours, il court sur elle des bruits...

— Quels bruits? demanda vivement d'Argental, qui ignorait toujours les récentes aventures de la comtesse.

— Les uns disent qu'elle est complètement ruinée. Cela m'étonnerait, car je n'imagine pas comment elle aurait dissipé sa fortune en vivant comme elle vit. Mais d'autres prétendent qu'elle va se trouver compromise dans de très fâcheuses affaires.

— Quelles affaires ?

— On ne précise pas. On raconte tout bas que son père s'est enrichi en fraudant l'octroi, qu'elle a continué ce joli commerce et qu'elle aura bientôt maille à partir avec la justice.

— Allons donc !... c'est absurde. Madame de Pommeuse n'est pas responsable des méfaits de ce père... qui ne valait pas cher, je le crois.

— Vous oubliez qu'elle a hérité de lui... Il ne m'est pas démontré qu'on ne pourrait pas la forcer à restituer des biens mal acquis. Ce qu'il y a de certain, c'est qu'elle est devenue tout à coup complètement invisible. Éclipse totale, mon cher.

— Bah !... je l'ai rencontrée, l'autre jour, au Bois.

— Bon ! mais elle n'a pas reçu, avant-hier. Adieu, les samedis ! le salon de l'avenue Marceau est clos.

— Vous m'étonnez prodigieusement.

— Allez-y voir, si vous doutez de ce que je vous dis. Finie, la musique !... aussi bien, on en faisait trop et je ne la regrette pas. Je vais me lancer dans la colonie étrangère... on y trouve des veuves américaines qui ont des millions de dollars et qui ne demandent qu'à convoler avec un général français, bien conservé. Je chercherai dans ce monde-là et je n'aurai pas de peine à y trouver mieux que la comtesse.

— C'est la grâce que je vous souhaite, mon général.

— Et vous-même, mon cher, vous vous y caserez très bien, si le cœur vous en dit. Vous êtes plus jeune que moi et pas plus déjeté. Nous sommes tous les deux de glorieux débris et les femmes les apprécient, les glorieux débris.

— J'aime autant ne pas tenter l'aventure, dit le commandant, qui avait en tête bien d'autres soucis que celui de plaire à des citoyennes de la libre Amérique.

Le commandant pensait à la comtesse qui, si Bourgas disait vrai, devait avoir grand besoin de l'appui de tous ses amis et à ce soi-disant étranger qui lui semblait maintenant plus que suspect. Il lui tardait d'aller se mettre aux ordres de madame de Pommeuse et d'entrer en campagne contre M. Atkins. Mais il lui fallait d'abord se débarrasser de la compagnie du général, lequel ne paraissait pas pressé de lever la séance.

— Vous savez l'anglais? lui demanda-t-il tout à coup.

— Assez pour faire ma cour à une Américaine, répondit Bourgas en se rengorgeant. J'ai été dans ma jeunesse attaché militaire à l'ambassade de Londres.

— Alors, je regrette bien que vous ne soyez pas venu plus tôt vous asseoir au Helder. Il y avait là

tout à l'heure deux individus qui parlaient alternativement anglais et français.

— Ceux qui sont partis au moment où je suis arrivé?

— Précisément. Leur conversation m'intriguait et
j'en ai perdu la moitié.

— Il y en a un des deux que, depuis quelques
jours, je rencontre tous les matins à cheval dans
l'allée des Poteaux. Je l'ai remarqué parce qu'il
monte à merveille...

— Un cheval noir, n'est-ce pas?

— Oui... un demi-sang qui a des actions superbes.
J'ai cru que ce monsieur était un écuyer de quelque
manège. On ne voit que ça au Bois, maintenant.
Mais en quoi vous intéresse-t-il?

— Il me semble l'avoir vu à Paris, il y a une
dizaine d'années et, au cercle des Moucherons où on
l'a reçu tout dernièrement, il se fait passer pour un
Américain, récemment débarqué.

— Ça vous étonne? Les cercles sont remplis d'a-
venturiers, vous le savez bien.

M. d'Argental n'avait pas pris le bon moyen pour
se délivrer de la présence du brave général. Il aurait
assurément mieux fait de laisser tomber la conversation; mais il était tellement plein de son sujet qu'il
se laissait aller malgré lui à chercher des renseignements au hasard.

Et il reprit, après un court silence :

— Vous avez connu mon beau-frère?

— Chalandrey!... Ah! je crois bien que je l'ai
connu. C'était un brillant officier... un peu braque..

un peu coureur... Mais brave comme son sabre
Encore un que les femmes ont mis à mal...

— Comment, les femmes?

— Eh! oui, ce duel où il est resté sur le carreau,
c'était pour une femme.

— On ne sait pas. Il s'est battu sans témoins.

— Dans le bois de Vincennes, parbleu! Eh bien!
je puis vous affirmer qu'il avait une maîtresse de ce
côté-là. J'y allais assez souvent à Vincennes, dans le
temps, et je l'ai vu plus d'une fois se promenant avec
elle... Il aura eu affaire au mari ou à un rival.

— La justice a cherché le meurtrier et ne l'a pas
trouvé.

— C'est regrettable, mais que voulez-vous, mon
cher! Chalandrey était querelleur comme pas un et
je ne serais pas surpris qu'il eût provoqué son adversaire.

— Vous n'avez pas su qui était cette maîtresse?

— Non, ma foi! Pourquoi me demandez-vous
cela?

— Mais... parce que, si on la connaissait, on arriverait par elle à connaître l'homme qui a tué mon
malheureux beau-frère... ou plutôt qui l'a assassiné... car un duel sans témoins est un assassinat...
Et, cet homme, je crois être sur sa trace.

— Que feriez-vous, si vous le retrouviez, demanda
le général. Est-ce que vous le dénonceriez à la justice? Il faudrait alors fournir la preuve que le duel
a été déloyal.

— Et, après dix ans, ce serait très difficile, je le
sais, dit le commandant; mais je pourrais du moins

me donner le plaisir de lui loger quatre pouces de fer dans la poitrine.

— Peste! mon cher, vous avez la rancune tenace. Moi, à votre place, je laisserais cet homme tranquille... Car, après tout, ce serait à votre neveu de venger son père.

— Oui, mais mon neveu pourrait se faire embrocher et, à l'âge qu'il a, ce serait dommage, tandis que ma vieille peau ne vaut pas cher. D'ailleurs, je tire beaucoup mieux que Maxime.

— Bon! mais de quoi lui demanderez-vous réparation à ce monsieur que vous ne connaissez pas encore et qui, lui, ne vous connaît pas du tout?

Pas de l'ancienne affaire de Vincennes, je suppose. Il vous rirait au nez.

— Je trouverai un prétexte pour le souffleter. Il faudra bien qu'il se batte... et vous me servirez de témoin.

— Je ne dis pas non... si vous étiez sûr d'avoir affaire à l'individu qui a tué ce pauvre Chalandrey que j'aimais bien, malgré ses défauts. Mais c'est ce qu'il faudrait d'abord me démontrer... et quels indices avez-vous contre celui que vous soupçonnez?

— Des indices de toute sorte. Ainsi, je viens d'apprendre qu'à l'époque du duel, il allait très souvent à Vincennes.

— La belle raison !... moi aussi, j'y allais très souvent, je vous l'ai déjà dit. Je me rappelle même que, dans ce temps-là, le pays était infesté de mauvais garnements qui faisaient les cent coups... au bal d'Idalie et ailleurs. Ils insultaient les femmes et ils cherchaient dispute aux soldats... si bien que le bal a fini par être consigné aux militaires de la garnison. C'est peut-être un de ces drôles qui a attaqué votre beau-frère. Mais la bande a dû se disperser... et puis, cherchez dans le tas !... Ils étaient une vingtaine, à ce qu'on disait.

Le général ne se doutait pas qu'en cherchant à décourager son vieux camarade, il ne faisait que confirmer les soupçons qui venaient de germer dans la tête de cet oncle entêté.

Le soi-disant Atkins avait rappelé tout à l'heure au soi-disant Caxton les débauches auxquelles ils se livraient jadis, dans la banlieue, et M. d'Argental en concluait que ces deux prétendus Américains faisaient autrefois partie de la vilaine société dont le brave Bourgas racontait les exploits suburbains.

Et Bourgas, qui ne s'arrêtait plus quand il avait commencé à égrener le long chapelet de ses souvenirs, Bourgas reprit :

— Ce qu'il y a de curieux, c'est que ces chenapans avaient un chef... un gredin qu'ils appelaient le capitaine Henri...

— Comment ! un officier ?

— Eh ! non... capitaine de brigands... c'était lui qui dirigeait les expéditions quand il s'agissait de rosser les agents ou d'enlever les bonnes amies des militaires.

— Henri !... ce n'est pas un nom... il devait en avoir un autre... un nom de famille.

— Peut-être bien... mais on ne l'appelait pas autrement. On disait qu'il était riche et je le croirais volontiers, car il dépensait beaucoup d'argent dans les cafés, dans les bastringues et autres mauvais lieux de l'endroit.

— Comment était-il de sa personne ?

— Je ne l'ai jamais vu, mais des camarades m'ont dit qu'il était très beau garçon. Il y avait des femmes qui couraient après lui. Il était la terreur des maris de Vincennes.

— Et... la fin de l'histoire ?

— Je ne l'ai pas sue. Je commandais alors un régiment à Versailles... le 9e chasseurs. On m'a envoyé commander à Lunéville une brigade de cavalerie... c'est là qu'on m'a fendu l'oreille et, quand je suis revenu manger ma retraite à Paris, vous pensez bien, mon cher, que je ne me suis pas enquis de ce qu'étaient devenus les malandrins de Vincennes C'est vous qui, en me parlant du duel de Chalandrey, m'avez remis en tête ce vieux souvenir. Mais je parierais bien qu'on ne l'a pas oublié dans le pays. Vous pourriez vous y renseigner.

— C'est ce que je ferai. Et je ne comprends pas que l'enquête de la justice n'ait pas signalé ces gens-là.

— Le fait est que l'un d'eux... le chef peut-être... a bien pu en découdre avec Chalandrey, à propos de cette maîtresse qu'il promenait volontiers dans le bois. Elle était très jolie, et, là-bas, personne ne la connaissait.

Mais, croyez-moi, mon cher ; ne vous occupez plus de cette vieille affaire... On ne gagne jamais rien à remuer les cendres... Suivez mon exemple... Mon mariage avec la comtesse est manqué... J'en suis tout consolé et je ne m'occuperai plus jamais d'elle.

Sur ce, mon vieux camarade, je vous laisse payer mon vermouth et je file. On m'attend aux Champs-Elysées chez un marchand de chevaux qui voudrait bien m'enrosser et qui n'y réussira pas, parce que je suis plus malin que lui.

Ayant dit, le général Bourgas octroya une énergiquée poignée de mains au commandant, se leva et se dirigea vers la Madeleine... comme M. Atkins.

L'oncle ne le retint pas et ne perdit pas de temps à réfléchir aux propos que lui avait tenus ce vieux guerrier.

L'heure n'était pas venue d'aller dîner au cercle, comme il en avait l'intention, mais rien ne l'empêchait de courir à l'avenue Marceau.

Les dangers que courait madame de Pommeuse ne le laissaient pas indifférent, quoiqu'il ne songeât plus à elle pour son neveu, et avant de se mettre à ses ordres, il voulait voir le fond des choses, car le général ne s'était expliqué que très vaguement sur les accusations qu'on portait contre la pauvre comtesse.

Le commandant savait bien que le père Grelin ne valait pas grand'chose, mais il se demandait comment sa fille, acceptée depuis longtemps par le meilleur monde, avait pu se trouver compromise du jour au lendemain.

Ses camarades décidément n'arrivaient pas à l'absinthe, et il était écrit qu'il ne les verrait pas ce jour-là.

Il jeta sur la table le prix des deux apéritifs et il sauta dans un flacre qui stationnait devant le café.

Vingt minutes après, il débarquait à la porte de l'hôtel de madame de Pommeuse et il demandait à la voir. Le valet de pied, qui vint au coup de sonnette, lui répondit que madame la comtesse était sortie et, à l'air embarrassé de ce domestique, le commandant crut deviner qu'il mentait, par ordre de sa maîtresse.

— Remettez-lui ma carte; je suis certain qu'elle me recevra, dit-il en cherchant dans son portefeuille.

— J'ai l'honneur de répéter à monsieur que madame n'y est pas...

— Voyons... vous me connaissez bien... je suis M. d'Argental.

Si le commandant insistait, c'est que l'attitude du valet lui semblait singulière, car il n'y avait pas lieu de s'étonner que la comtesse n'attendît pas sa visite ce jour-là, et il était tout naturel qu'elle fût allée se promener au bois de Boulogne, en voiture, ou visiter ses pauvres.

Ce colloque se tenait à la grille entrebaillée, et à travers les barreaux, Pierre d'Argental entrevoyait une femme habillée de noir, qui avait tout l'air d'écouter le dialogue.

Cette femme s'avança tout à coup et dit au visiteur :

— Entrez, monsieur !

Le valet de pied qui barrait le passage s'effaça

aussitôt et le commandant ne se fit pas prier pour pénétrer dans la cour de l'hôtel.

Il n'avait jamais vu au service de la comtesse cette personne qui prenait sur elle de lever la consigne et il se demandait à qui il avait affaire.

Elle était très modestement vêtue et il la prit tout d'abord pour une femme de charge, mais il s'aperçut bientôt qu'elle était vieille, cassée, déjetée et qu'elle marchait péniblement en s'appuyant sur une canne. On eût dit qu'elle sortait d'un hôpital d'incurables.

— Monsieur, reprit-elle d'une voix faible, madame n'est pas ici, mais je sais que vous êtes de ses amis et je voudrais bien vous parler.

— Parlez, ma brave femme, dit d'Argental, de plus en plus intrigué.

— Pas ici... nous serons mieux dans le jardin.

La vieille traversa la cour, clopin-clopant, et ne s'arrêta qu'à la porte de cette serre où quelques jours auparavant, la comtesse avait reçu l'affreux Tévenec.

Là, elle s'assit sur un banc rustique et le commandant, qui l'avait suivie, y prit place à côté d'elle.

— Qu'avez-vous donc à me dire? demanda-t-il, doucement.

— Il faut que vous sachiez qui je suis. Je m'appelle Julie Granger. J'ai vu naître madame de Pommeuse et je l'ai nourrie de mon lait. Je ne vis que de ses bienfaits, depuis bien des années, et je me jetterais au feu pour elle.

— Je n'en doute pas, mais... vous n'êtes plus à son service.

— Non, monsieur. Je suis malade et il y avait trois
mois que je ne m'étais pas levée de mon lit... mais
Octavie venait me voir, presque tous les jours...
Excusez-moi de l'appeler par son petit nom comme
je l'appelais autrefois, quand elle était enfant... je
n'ai jamais pu m'en déshabituer.

— Alors vous n'habitiez pas son hôtel ?

— Je demeure rue du Rocher, dans un petit appartement qu'elle a loué et meublé pour moi.

— Rue du Rocher, murmura M. d'Argental, qui
se souvenait vaguement d'avoir entendu, dans ces
derniers temps, citer le nom de cette rue-là.

— Octavie a encore monté, avant-hier, mes quatre
étages, et elle m'a parlé de vous, comme elle le fait
souvent, car elle vous aime beaucoup...

— C'est bien de l'honneur pour moi, interrompit
le commandant que ces préambules commençaient à
impatienter ; mais... vous aurait-elle chargée de me
dire quelque chose de particulier ?

— Hélas ! non, monsieur... elle était très surprise
de ne pas vous voir vu depuis plusieurs jours, mais
elle ne pouvait pas se douter que, moi, je vous ver-
rais aujourd'hui, puisque vous ne saviez seulement
pas que j'existais, et puisque je ne quittais plus ma
chambre. Il a fallu pour m'amener ici un événement... qui m'a bouleversée...

— Qu'est-il donc arrivé ? demanda vivement d'Argental. Un accident à la comtesse ?

— Je n'en sais rien encore, mais c'est fort à
craindre... et je suis dans une inquiétude mor-
telle...

— Expliquez-vous, sacrebleu !

— Ce matin, la femme de chambre de madame de Pommeuse est venue chez moi, rue du Rocher, chercher sa maîtresse. Elle croyait l'y trouver, et quand je lui ai dit que je ne l'avais pas vue, elle m'a raconté ce qui s'est passé, hier soir. Un commissionnaire s'est présenté ici, à l'hôtel, en disant que c'était moi qui l'envoyais... que j'avais eu une attaque et que je voulais voir ma bienfaitrice avant de mourir.

— Et la comtesse a cru cela ?

— Malheureusement, oui, et elle a si bon cœur qu'elle n'a pas même pris le temps de faire atteler son coupé... elle est sortie précipitamment... elle est montée dans une voiture de place qui s'est trouvée là... et elle n'est pas rentrée. Ses domestiques supposaient qu'elle avait passé la nuit près de moi... comme il y a quinze jours... cette fois, ils se trompaient... elle n'est pas venue chez moi.

— Et, depuis qu'elle est partie, elle n'a pas donné de ses nouvelles ?

— A personne, monsieur. Jugez de mon désespoir.

— Bah ! dit d'Argental, d'un ton dégagé, elle va rentrer.

Il pensait :

— Ah ! elle découche, cette chère comtesse !

Le commandant croyait peu à la vertu des femmes.

Il avait cru longtemps à celle de madame de Pommeuse, mais sa foi n'était pas inébranlable, et, pour qu'il soupçonnât la comtesse, il avait suffi d'un incident difficile à expliquer.

Il se disait déjà que, décidée à passer la nuit dehors et tenant à sauver les apparences, elle avait pris le prétexte d'aller veiller sa nourrice malade.

L'envoi du commissionnaire qui prétendait venir de la part de Julie Granger devait être une comédie arrangée à l'avance et, la preuve, c'est qu'elle s'était bien gardée de sortir dans son coupé.

Elle n'avait pas prévu que sa femme de chambre irait la demander, le lendemain matin, rue du Rocher, et elle se trouvait prise au piège tendu à ses gens.

Et il n'était pas autrement fâché de cette découverte. Maxime avait renoncé à épouser madame de Pommeuse; elle était veuve et aux yeux de M. d'Argental, qui ne se piquait pas de sévérité sur le chapitre des mœurs, elle avait bien le droit d'avoir un amant.

Il trouvait que le général Bourgas l'avait mieux jugée que lui et que son neveu Chalandrey l'avait échappé belle en retirant sa candidature à la main de l'opulente héritière d feu Grelin.

Cet amant qu'il attribuait si légèrement à la comtesse était-il Lucien Croze, le blondin qui déplaisait si fort au général? Peu importait à Pierre d'Argental, lequel, du reste, penchait à croire qu'elle s'était pourvue ailleurs, depuis que Maxime avait cessé de la voir.

Il se tenait pour édifié sur le fond de la question et il ne songeait déjà plus qu'à se remettre à la poursuite de l'Américain, vrai ou faux, avec lequel il avait un compte à régler.

Il regrettait même d'avoir perdu, en se transportant à l'avenue Marceau, un temps qu'il aurait pu mieux employer au cercle où il espérait rencontrer M. Atkins.

Pendant qu'il se préparait à lever la séance, Julie Granger pleurait à chaudes larmes et la douleur de cette pauvre créature le toucha.

— Ne vous désolez pas, lui dit-il. Votre bienfaitrice n'est pas morte, que diable ! Elle va reparaître et tout s'expliquera. Elle assiste d'autres personnes que vous, vous le savez bien... elle aura passé la nuit et la journée au chevet d'une autre malade.

— Si je pouvais le croire !... Mais non... c'est de ma part qu'on est venu la chercher... le valet de pied peut vous le dire, lui qui a reçu le commissionnaire... et c'était un mensonge, puisque je n'ai envoyé personne.

— C'est juste... mais pourquoi ce mensonge ?... Serait-ce une farce qu'on a voulu faire à madame de Pommeuse ?... J'ai peine à le croire. Nous ne sommes pas encore au 1er avril.

— On l'a attirée dans un guet-apens.

— Ho ! ho ! dit le commandant, ce serait grave... et jusqu'à preuve du contraire, j'en douterai très fort. Dans quel but lui aurait-on joué ce mauvais tour ?

Serait-ce pour la voler ?

— Non... ils l'auraient relâchée, après.

— Vous ne supposez pas cependant qu'on l'a assassinée.

— Je n'en sais rien, murmura la vieille nourrice, en secouant tristement la tête.

— Madame de Pommeuse a donc des ennemis ?

— Elle en a au moins un.

— Vraiment ?... nommez-le-moi.

— Il s'appelle Jean Tévenec.

— Tévenec !... il me semble que je connais ça.

— Vous avez dû le voir aux soirées du samedi... C'est l'ancien associé de feu son père... et son homme d'affaires à elle.

— Bon ! je sais... un monsieur sec et noir qui a l'air d'un croque-mort.

— C'est lui.

— Et pourquoi est-il son ennemi ?

— Parce qu'elle n'a pas voulu l'épouser. Il la hait mortellement et il hait tous ceux qu'elle aime.

— Comment se fait-il alors qu'elle lui ait confié ses intérêts ?

— C'est son père qui le lui a imposé. Du reste, depuis quelques jours, il lui a rendu ses comptes et il n'est plus son intendant. Elle me l'a dit, avant-hier. Mais il n'a pas renoncé à la persécuter. Elle a de lui une peur effroyable. Depuis des années, il la surveille, il l'espionne. Elle ne peut pas faire un pas sans l'avoir sur ses talons, et elle a toujours eu le pressentiment qu'il lui arriverait malheur, par cet homme-là.

— Diable ! voilà qui est plus sérieux, murmura le commandant ; M. Tévenec est évidemment un gredin... et je lui dirais volontiers deux mots. Où loge-t-il ?

— Je ne sais pas et je crois que la comtesse ne le
sait pas non plus. Il a des allures mystérieuses... il
cache tout ce qu'il fait.

Ici, M. d'Argental se souvint tout à coup que la
mère Caspienne avait parlé devant lui de ce Tévenec
qui venait toucher les loyers du cabaret et dont personne ne connaissait l'adresse.

Ce rapprochement lui donna à réfléchir et il aperçut des côtés de la situation de la comtesse qui ne
s'étaient jamais présentés à son esprit.

Il se promit d'en conférer avec son neveu, pour
s'éclairer ; en attendant, il reprit l'entretien avec la
vieille qui probablement n'avait pas encore vidé son
sac.

— Alors, lui demanda-t-il, vous croyez que ce
Tévenec est capable d'avoir enlevé et séquestré madame de Pommeuse ?

— Oh ! très capable ! répondit Julie Granger.
Seulement, je ne peux pas jurer que c'est lui. Octavie a tout le monde contre elle, *du moment*.

— Comment cela ?

— Si je vous disais pourquoi sa femme de chambre est venue, ce matin, la chercher rue du Rocher ?

— Mais... parce qu'elle était inquiète de ne pas la
voir rentrer, je suppose.

— Non... ce n'était pas la première fois que ça
arrivait... Octavie a passé d'autres nuits chez moi
et Justine ne s'en est pas autrement tourmentée. Si
Justine s'est dérangée ce matin, c'est qu'on a apporté à sa maîtresse un papier...

— Quel papier ?

— Un papier qui venait du Palais de Justice. Une citation d'un juge d'instruction, à comparaître dans son cabinet, demain matin, à dix heures.

Justine n'y a rien compris... ni moi non plus... mais elle a pensé que c'était pressé... et elle est accourue chez moi pour remettre la citation à la comtesse... qui ne l'a pas reçue et qui ne la recevra peut-être jamais... Ah ! ce n'est pas elle qu'ils devraient citer !... c'est le brigand qui l'a enlevée.

Pierre d'Argental hocha la tête. Il se rappelait les propos du général Bourgas et il croyait maintenant que ces propos n'étaient pas aussi en l'air qu'il l'avait pensé.

Evidemment, il se passait des choses étranges et la comtesse se trouvait en mauvaise posture.

Le commandant, qui lui aurait pardonné d'avoir un amant, se demandait s'il devait la défendre contre la justice, dans une affaire où il ne voyait pas clair, car l'idée ne lui était pas encore venue que madame de Pommeuse pût être inquiétée pour les mêmes raisons que Maxime.

— J'ai voulu vous voir pour vous consulter, reprit la vieille ; me conseillez-vous d'y aller, moi, chez ce juge, et de lui dire que si la comtesse ne s'est pas rendue au Palais, c'est qu'elle a disparu.

— Gardez-vous en bien ! s'écria d'Argental. On vous demanderait des explications que vous ne pourriez pas fournir, puisque vous ignorez ce que madame de Pommeuse est devenue... et Dieu sait ce qu'on supposerait...

— Mais on la chercherait, du moins... on mettrait la police en campagne... et si ma pauvre maîtresse est tombée entre les mains de ces bandits, on la sauverait peut-être... tandis que si on attend, ils auront le temps de se débarasser d'elle.

— S'ils avaient l'intention de la tuer, ce serait déjà fait, ma brave femme. Et si, comme je l'espère encore, son absence a une toute autre cause qu'un enlèvement, vous la compromettriez en parlant trop tôt.

— Et si la justice envoyait ici des gendarmes pour la prendre ?... ils ne plaisantent pas, les juges, quand on n'obéit pas à leurs papiers.

— Madame de Pommeuse n'est évidemment citée que comme témoin... et si elle ne comparaissait pas, elle en serait quitte pour une amende. Donc, nous n'avons pas besoin de nous presser. Laissez-moi agir et comptez qu'il n'arrivera rien de fâcheux.

Vous allez rester ici, n'est-ce pas ?

— Oui, car je n'ai pas perdu toute espérance de revoir ma chère bienfaitrice et, si elle revient, je veux être là pour la recevoir.

— Alors, vous lui direz que vous m'avez vu, que je m'occupe d'elle et que je reviendrai demain savoir si elle est rentrée. Je vous quitte en vous recommandant de ne rien dire, si on vous interroge. Vous n'êtes pas censée savoir que madame de Pommeuse a reçu une citation.

Ayant dit, le commandant se leva, sans attendre la réponse de Julie Granger, rentra dans la cour où il ne trouva plus le valet de pied, sortit et remonta

dans son fiacre, après avoir dit au cocher de le conduire rue de Naples.

L'oncle d'Argental éprouvait le besoin de conférer d'abord avec son neveu, avant de rien entreprendre, car il pensait que Maxime devait en savoir
plus long que lui sur la comtesse, et il ne voulait
pas agir sans lui avoir préalablement demandé son
avis.

Une grosse déception l'attendait, à l'hôtel de
Chalandrey : Maxime, qu'il avait laissé souffrant et
mal en train, Maxime était sorti à pied, sans dire à
son domestique où il allait.

Où le chercher ? Le commandant n'en avait aucune idée. Il avait oublié Odette Croze et il ignorait
qu'elle demeurait avec son frère, rue des Dames,
presque dans le voisinage de la rue de Naples. Il
aurait donc perdu ses peines en courant après son
neveu et il se contenta de dire à François, le valet
de chambre, qu'il reviendrait dans la soirée.

Pour se consoler de cette première déconvenue,
il se fit mener au cercle où il pensait rencontrer
M. Atkins ou, du moins, trouver à qui parler de ce
personnage.

Il tombait mal. Le cercle était désert. Une belle
journée de printemps avait attiré, hors de Paris, les
habitués d'avant-dîner, et ils n'étaient pas revenus
de leurs promenades au Bois et aux Champs-Elysées.

Goudal lui-même, Goudal, un des plus fidèles
causeurs de cinq à sept, Goudal était resté en partie
fine, au pavillon d'Armenonville.

Le baccarat chômait, et au salon rouge, où se rassemblaient ordinairement les colporteurs de nouvelles, il n'y avait que des joueurs de whist, fort mal informés, qui ne pensaient qu'aux *impasses* et aux *renonces*.

M. d'Argental en fut réduit à dîner avec des gens qu'il ne connaissait pas et qu'il n'avait garde d'interroger sur le problématique Américain du Helder.

En sortant de table, il se mit à lire consciencieusement les journaux, dans l'espoir d'y trouver, aux faits divers, des informations inédites sur le crime du pavillon, et, n'y trouvant rien de pareil, il se décida, vers dix heures, à reprendre, à pied cette fois, le chemin de la rue de Naples.

Maxime n'était pas encore de retour.

On eût dit que tous ceux que cherchait le commandant s'étaient donné le mot pour disparaître.

— Que le diable les emporte tous ! grommela-t-il, en guise de conclusion. Ils se débrouilleront bien sans moi. Je ne veux plus me mêler de leurs affaires et je vais me coucher.

Il ne se doutait pas qu'au moment même où il renonçait ainsi à les aider, le dénouement du drame approchait.

II

·

A l'heure même où le commandant apprenait de la bouche de Julie Granger l'étrange disparition de madame de Pommeuse, la disparue subissait une terrible épreuve.

Et si le commandant avait eu le pouvoir magique de voir à travers l'espace et à travers les murailles, il aurait bien regretté d'avoir soupçonné la malheureuse comtesse de courir le guilledou, sous prétexte d'aller visiter à domicile les indigents et les malades.

Très probablement même, il aurait reconnu que c'était un peu sa faute, à lui, si elle se trouvait dans une situation épouvantable, et il se serait amèrement reproché d'être resté près de huit jours sans lui donner signe de vie.

Cette coupable négligence avait eu pour effet de la rendre plus nerveuse, plus accessible à toutes les impressions et, partant, plus facile à entraîner dans un piège.

Ne recevant aucune nouvelle de Maxime de Chalandrey, et ne sachant pas qu'il était entre la vie et

la mort, Octavie de Pommeuse s'était crue abandonnée de tous ses amis, même de Lucien Croze et
de sa sœur dont elle n'avait plus entendu parler,
depuis la funeste scène où M. Pigache avait tenu le
premier rôle, et qui s'était jouée dans l'atelier de la
rue des Dames.

Elle n'était pas allée les voir, de peur d'attirer sur
eux l'attention de la police, mais elle comptait que
la chère Odette viendrait chez elle, ou que, du moins,
elle lui écrirait. Elle comptait aussi sur la promesse
de Chalandrey qui s'était engagé à expliquer à Lucien
le véritable but du voyage qu'elle avait fait un matin, aux fortifications.

Elle avait même autorisé Maxime à parler de ce
frère dont elle aurait voulu cacher le retour en
France et qu'elle était allée retrouver dans le pavillon du boulevard Bessières.

Elle se flattait qu'après avoir reçu de son ancien
camarade de volontariat cette confidence délicate,
Lucien Croze ne l'accuserait plus d'avoir un amant
et trouverait un moyen de lui faire savoir que ses
sentiments pour elle n'avaient pas changé.

Toutes ces espérances reposaient sur Maxime qui,
seul, était à même de réparer le mal produit par les
interrogatoires du sous-chef de la sûreté.

Et rien de ce que la comtesse attendait n'était
arrivé. De ce silence qui se prolongeait et de l'aban-
don où elle vivait depuis quelques jours, elle avait
conclu que Lucien, n'ayant pas voulu croire aux
affirmations de son ami Maxime, avait renoncé à la
défendre.

Et elle était tombée dans un profond découragement qui allait jusqu'au dégoût de la vie.

Elle songeait très sérieusement à se dépouiller de tous ses biens et à s'enfermer dans un cloître.

Elle en était là, lorsque, la veille du jour où allait venir Pierre d'Argental qui l'aurait rassurée, rien qu'en lui apprenant l'accident arrivé à son neveu, un commissionnaire s'était présenté à l'hôtel de l'avenue Marceau, de la part de Julie Granger qu'il disait être mourante.

Madame de Pommeuse l'avait interrogé elle-même, et cet homme lui avait raconté qu'il était envoyé par la concierge de la rue du Rocher, qu'il était venu en fiacre et que ce fiacre attendait à la porte pour emmener madame la comtesse.

Octavie avait saisi avec empressement cette occasion de faire encore œuvre charitable avant de quitter le monde. Elle était fort attachée à sa vieille nourrice et, puisque cette brave femme allait mourir, Octavie tenait à adoucir par sa présence les derniers moments de la moribonde.

Elle avait à peine pris le temps de s'habiller pour sortir et, après avoir dit à sa femme de chambre où elle allait, elle s'était précipitée hors de son hôtel.

La nuit tombait et l'avenue Marceau était déserte.

Le fiacre annoncé attendait à dix pas de la grille. Le commissionnaire l'y conduisit et l'y fit entrer, après lui avoir dit qu'il monterait sur le siège.

A peine eut-il refermé la portière que la comtesse se trouva dans une obscurité complète.

La voiture avait des glaces de bois et au même

instant, les chevaux qui la traînaient partirent à fond de train.

La comtesse effrayée essaya d'ouvrir et elle n'y parvint pas. Les portières étaient verrouillées en dehors, comme l'étaient jadis les premiers wagons qui roulèrent sur les lignes ferrées.

Elle appela au secours, en criant de toutes ses forces, elle frappa du poing contre les parois de cette prison mouvante. Elle ne réussit pas à se faire entendre. La voiture, intérieurement, était matelassée d'un cuir épais qui amortissait le bruit des coups et étouffait les cris.

Et cet étrange véhicule filait toujours avec une rapidité vertigineuse, sans cahots, sans secousses, comme un traîneau file sur la neige durcie.

Où s'arrêterait-il? Madame de Pommeuse ne le devinait pas, mais elle comprenait qu'elle était perdue sans rémission et elle se demandait dans quelles mains elle était tombée.

Assurément, ce n'était pas la police qui la faisait enlever, comme on enlevait jadis les seigneurs qu'une lettre de cachet jetait à la Bastille.

Au temps où nous vivons, la police emploie d'autres procédés pour arrêter les gens.

Le coup devait partir des assassins du pavillon.

Ils la surveillaient étroitement — elle en avait eu la preuve à la Morgue; — ils étaient donc au courant de toutes ses démarches, ils avaient constaté qu'elle avait des amis, qu'elle les voyait souvent et ils ne se fiaient plus du tout à sa discrétion. Alors ils s'é- taient dit que le plus sûr était de la supprimer pour l'empêcher de parler. Il n'y a que les morts qui ne bavardent pas, avait dit devant elle l'affreux vieillard qui présidait le conciliabule de ces bandits. Ils l'avaient épargnée, mais il s'étaient ravisés et ils allaient en finir avec elle, comme ils en avaient sans doute déjà fini avec Maxime de Chalandrey.

La comtesse s'expliquait maintenant pourquoi son plus ferme défenseur n'était pas venu la voir, depuis quelques jours, et elle tremblait que Lucien Croze n'eût subi le même sort.

Qu'allaient faire d'elle ces scélérats? La tuer sans doute. Mais où la conduisaient-ils ?

Le fiacre roulait toujours et le train s'accélérait de plus en plus, comme il arrive quand une voiture descend une côte.

Madame de Pommeuse en conclut que le fiacre descendait vers la Seine.

L'avenue Marceau aboutit au pont de l'Alma et, au départ, les chevaux avait été lancés dans cette direction. S'ils avaient tourné brusquement, elle s'en serait aperçue, et ils filaient à la même allure égale et rapide.

Les brigands qui la tenaient se proposaient-ils donc de la jeter à la rivière avec une pierre au cou ? C'était peu probable, car l'heure ne se prêtait pas à une expédition de ce genre, dans des parages si fréquentés.

D'autre part, ils ne la menaient certainement pas au boulevard Bessières où ils opéraient avant que la justice se fût mêlée de leurs affaires. Ils avaient dû abandonner ce local où ils n'étaient plus en sûreté pour perpétrer leurs œuvres de malfaisance.

Tout à coup une idée surgit dans le cerveau de madame de Pommeuse.

Tévenec, l'affreux Tévenec, l'avait quittée, quelques jours auparavant, en lui signifiant qu'il ne s'occuperait plus d'elle et elle l'avait laissé partir, trop heureuse d'être débarrassée de lui ; mais Tévenec était sujet à caution.

Rien ne prouvait qu'il n'avait pas organisé ce guet-à-pens pour la contraindre à l'épouser.

La séquestrer jusqu'à ce qu'elle consentît à l'accepter pour mari, la violenter même, cet homme en était très capable, et le sort qu'il lui réservait semblait à la comtesse plus horrible que la mort.

Elle méditait déjà de se tuer plutôt que de lui céder, mais on ne se tue pas comme on veut.

On allait peut-être l'enfermer dans une chambre close et capitonnée où elle n'aurait même pas la ressource de se jeter par la fenêtre ou de se briser la tête contre les murs.

Elle comprit bientôt qu'il ne lui servirait à rien de se perdre en conjectures et elle mit toute son attention à deviner quel chemin on lui avait fait prendre.

Pour s'en rendre compte, elle n'avait à son service que les sensations vagues que lui donnait le mouvement de la voiture qui l'emportait.

Le vue est un sens, faute duquel les autres sens sont d'une très médiocre utilité. Or, dans cette boîte roulante, elle n'y voyait pas plus qu'on n'y voit à mille pieds sous terre, et elle n'entendait pas beaucoup mieux.

Un instant, elle eut l'intuition que le flacre passait sur un pont.

Le bruit que faisaient les roues n'était plus tout à fait le même.

Mais cette impression dura peu.

Le roulement redevint sourd, avec des soubresauts intermittents.

En même temps, elle perçut le son prolongé et mélancolique d'une trompe d'avertissement.

La comtesse pensa qu'elle suivait un boulevard, sillonné par une ligne de tramway, et que les soubresauts se produisaient lorsque le flacre, obligé de se ranger, franchissait les rails.

Quel boulevard? Probablement un de ceux qui, sur la rive gauche, font le pendant des boulevards du Nord, ouverts il y a quelque trente-cinq ans, sur l'emplacement de l'ancien mur d'enceinte, démoli en 1861.

Elle chercha à se rappeler où ils aboutissaient et elle n'y réussit que très imparfaitement, car la topographie de ces régions excentriques lui était beaucoup moins familière que celle du quartier des Epinettes.

Peu importait d'ailleurs, puisque la mort ou le déshonneur, pire que la mort, l'attendaient au bout du voyage.

Décidément, les flacres lui portaient malheur.

La comtesse n'avait plus la notion du temps. Les bruits extérieurs n'arrivaient plus jusqu'à elle, l'air respirable commençait à lui manquer et elle étouffait dans cette voiture hermétiquement fermée.

Combien d'heures devait durer ce supplice? Elle

ne pouvait pas le prévoir et rien n'annonçait qu'il dût finir bientôt.

On la conduisait peut-être hors de Paris, dans quelque château encore plus isolé et surtout plus inaccessible que le pavillon du boulevard Bessières.

Et si on l'emmenait au delà de l'enceinte fortifiée, elle franchirait la barrière sans s'en apercevoir, puisque les employés de l'octroi n'arrêtent pour les visiter que les voitures qui entrent en ville.

Maintenant, elle ne roulait plus sur le macadam uni des grandes voies nouvelles, ni même sur les pavés arrondis des vieilles rues.

Elle sursautait sur le sol inégal et caillouteux d'un chemin mal entretenu, comme il en existe encore dans certaines communes de la banlieue.

Les chevaux trottaient moins vite, non seulement à cause des cahots et des achoppements, mais aussi parce que le terrain allait en montant.

Sans doute, on approchait du terme de ce voyage inquiétant.

La comtesse n'en douta plus, quand elle sentit que le fiacre, après avoir tourné lentement, roulait sur une terre molle où les roues s'enfonçaient.

On devait traverser un champ, et les champs sont rares dans l'intérieur de Paris.

On était donc en pleine campagne, et, selon toute apparence, le dénouement de cette étrange aventure n'allait plus se faire attendre.

Tout à coup, l'attelage s'arrêta et madame de Pommeuse sentit le balancement que le cocher imprimait à la voiture en descendant de son siège.

Presque aussitôt, un léger craquement et une bouffée de vent frais apprirent à madame de Pommeuse qu'une des portières venait d'être ouverte du dehors.

Elle fut très étonnée de ne pas apercevoir le plus petit coin du ciel, elle qui croyait que le fiacre s'était arrêté au milieu d'un champ.

L'obscurité était toujours aussi profonde et certainement ce fiacre maudit se trouvait sous une voûte ou du moins dans un lieu clos et couvert, car il n'est nuit si noire qui, en plein air, ne donne un peu de clarté.

— Venez!... nous sommes arrivés, dit une voix rude.

En même temps, une grosse main se posait sur le bras de la comtesse et l'attirait hors de la voiture, sans qu'elle essayât de résister.

Elle n'appela même pas. A quoi lui eût-il servi de crier? Elle pensait que sa dernière heure allait sonner, et à l'approche de la mort, elle élevait son âme à Dieu.

Elle se sentit enlevée et ses pieds touchèrent le sol avant qu'elle pût se rendre compte de ce qui se passait.

La main la tenait toujours et la voix reprit:

— Prenez garde. Il y a des marches à monter.

Cet avertissement la délivra d'une crainte qui, depuis un instant, s'était emparée de son esprit.

Sans savoir pourquoi, elle s'imaginait qu'on allait la faire descendre dans un caveau où on la laisserait mourir de faim et voilà qu'au contraire on l'invitait à monter.

Elle obéit, en se demandant si ses ennemis inconnus se proposaient de la reléguer au haut d'une tour, comme en usaient jadis, avec les princesses persécutées, les enchanteurs félons.

Ces procédés d'un autre âge ont passé de mode et les tours sont infiniment plus rares qu'au temps de la chevalerie.

La comtesse, qui savait cela, ne s'arrêta guère à cette idée par trop fantastique, mais elle ne parvint pas à deviner où on la menait.

L'escalier, d'ailleurs, était large et l'ascension n'avait rien de pénible, car les marches que madame de Pommeuse franchissait, une à une, étaient recouvertes d'un tapis qu'elle sentait sous ses pieds.

Elle n'avait pas assez de sang-froid pour les compter, mais il y en avait beaucoup et on la faisait monter si vite qu'elle commençait à perdre haleine, lorsque l'homme s'arrêta, ouvrit une porte et poussa par les épaules sa prisonnière qui resta éblouie par des clartés aveuglantes.

Elle entendit cette porte se refermer sur elle, puis grincer une clé dans une serrure, puis, plus rien.

Tout cela s'était fait si rapidement qu'elle ne comprenait pas encore ce qui lui arrivait.

Quand elle regarda autour d'elle, madame de Pommeuse vit qu'elle était à l'entrée d'un salon inondé de lumière et luxueusement meublé.

Une lampe allumée pendait du plafond; vingt bougies brûlaient dans des candélabres.

Il y avait des sièges de toutes espèces, des fauteuils, des pouffs, des divans et même un lit de repos garni de coussins moelleux qui invitaient au sommeil.

A coup sûr, rien ne ressemblait moins à une prison que ce local illuminé, et pourtant elle n'était pas libre d'en sortir, puisqu'on venait de l'y enfermer.

Elle chercha les fenêtres et elle en aperçut deux qui se faisaient vis-à-vis, deux fenêtres protégées par d'épais rideaux de soie.

Elle y courut pour s'assurer qu'elles n'étaient pas grillées, et en écartant les rideaux de la plus rapprochée, elle constata quelle n'était pas munie extérieurement de barreaux destinés à empêcher une évasion.

C'était une honnête fenêtre, haute, large, avec de grands carreaux d'un seul morceau, et une espagnolette dorée, une fenêtre comme on en voit dans les appartements riches.

Tout était riche dans cette pièce où on venait de loger la comtesse, sans lui en demander la permission.

Ce n'était cependant pas pour son agrément qu'on l'y avait jetée, puisqu'on l'y enfermait pour l'empêcher d'en sortir.

Elle n'avait pas d'autre issue que la porte par laquelle madame de Pommeuse était entrés malgré elle.

Il s'agissait de savoir si une évasion par la fenêtre était praticable. La comtesse ouvrit et se pencha en dehors pour regarder.

Il n'y avait pas de lune, mais il n'y avait pas non

plus de nuages au ciel et, à la pâle clarté qui tombait des étoiles, la prisonnière vit qu'elle se trouvait au troisième étage d'une maison située au milieu d'un parc planté de grands arbres, au-delà desquels s'élevait sans doute un mur qu'on n'apercevait pas.

Impossible de se sauver par là, à moins d'avoir des ailes ou de posséder une échelle.

Encore aurait-il fallu que cette échelle fût d'une longueur inusitée, car, autant que la comtesse pouvait en juger dans la demi-obscurité d'une nuit de printemps, il y avait bien dix mètres entre la fenêtre et le sol du parc.

Autour, au dedans et au dehors, le silence était complet. Il ne faisait pas un souffle de vent et il n'y avait pas encore de feuilles aux arbres. On n'entendait pas même le bruissement des branches frémissant sous la brise, ni ce roulement lointain des voitures qui ne cesse jamais à Paris.

Madame de Pommeuse conclut qu'elle n'était plus dans la ville et qu'elle ne pouvait pas compter sur les passants pour la délivrer.

S'il en eût été autrement, les gens qui l'avaient fait enlever auraient aussi fait condamner la fenêtre.

Elle la referma et elle rentra dans le salon, où elle se laissa tomber sur une chaise longue qui semblait disposée tout exprès pour qu'on pût y dormir.

La comtesse n'en avait guère envie, quoiqu'elle fût brisée, moins par la fatigue que par les émotions du voyage.

Elle se demandait encore une fois ce qu'on allait faire d'elle, et elle penchait à croire qu'on ne l'avait pas amenée là pour l'assassiner.

Il eût été plus simple de la tuer en route.

Et l'organisateur de ce guet-apens ne s'en tiendrait certainement pas à un enlèvement qui n'aurait d'autre effet que de mettre en émoi les domestiques et les amis de madame de Pommeuse.

Il allait se montrer et s'expliquer, proposer peut-être à sa prisonnière quelque honteux marché, ou même tenter de lui faire violence.

Et il lui tardait qu'il parût, car un danger inconnu est plus effrayant qu'un danger qu'on voit en face, et l'incertitude est le pire de tous les maux.

L'imagination de madame de Pommeuse s'exaltait de plus en plus; sa raison se troublait. Elle croyait voir des fantômes passer devant ses yeux.

Tantôt, c'était la sinistre bande du pavillon qui lui apparaissait, comme elle l'avait vue dans la grande salle, vitrée par en haut, et elle croyait entendre encore les appels désespérés du malheureux qu'on étranglait.

Tantôt c'était Tévenec, sombre et cauteleux, son portefeuille sous le bras, qu'elle se figurait apercevoir, se glissant, à travers les meubles, et s'asseyant près d'elle, comme il l'avait fait dans la serre, pour lui poser des conditions.

Elle avait beau fermer les yeux, ces affreuses visions ne cessaient pas de l'obséder et elle commençait à craindre de devenir folle.

Ses idées s'obscurcirent; son cerveau s'assoupit et

elle tomba peu à peu dans un sommeil étrange ; un sommeil entrecoupé de réveils passagers et hanté par des rêves effrayants, un sommeil comme en ont des fiévreux que le délire agite.

Sa dernière pensée lucide fut de se demander si on ne lui avait pas fait avaler un narcotique excitant, du *hachich*, par exemple, ou quelque drogue du même genre ; de celles qui procurent au patient des hallucinations plus pénibles qu'agréables, quoiqu'on en dise.

Puis, elle perdit tout à fait le sentiment de l'existence et elle resta complètement à la merci des misérables qui l'avaient séquestrée.

Ils n'abusèrent pas de la situation, car au moment où elle se réveilla, elle se retrouva comme elle était quand elle s'était affaissée sur la chaise longue.

De son assoupissement maladif il ne lui restait qu'une forte migraine.

Rien n'avait été dérangé dans le salon. Les bougies achevaient de se consumer, la lampe suspendue au plafond s'était éteinte, et le jour commençait à filtrer par l'interstice des rideaux qui masquaient les fenêtres.

Madame de Pommeuse courut à celle qu'elle avait ouverte et refermée avant de s'endormir.

Elle regarda — cette fois, à travers les vitres, car elle n'osait pas se montrer au dehors — et elle put mieux se rendre compte de l'emplacement qu'occupait la maison.

Elle était bien au milieu d'un parc, ou d'un très grand jardin, et entourée d'arbres séculaires.

Mais, au-dessus des arbres, la comtesse aperçut une éminence plantée qui lui rappela les collines artificielles des Buttes-Chaumont, transformées en square, sous le dernier Empire.

Elle distinguait sur ce sommet des arbustes et des allées, évidemment tracées de main d'homme.

C'était sans doute une promenade publique et tout indiquait maintenant que la maison se trouvait en dedans des fortifications, car en dehors de l'enceinte, les jardins créés par l'édilité parisienne sont rares.

De murs, on n'en voyait point. Les arbres les cachaient, mais il devait en exister un qui mettait la maison à l'abri des incursions des passants.

Probablement même, une rue séparait le parc privé et le parc municipal. Mais la distance n'était pas si grande qu'on ne pût échanger des signaux de la fenêtre à la butte.

Pour le moment, sur cette butte, il n'y avait personne, et la comtesse fit sagement de ne pas ouvrir la croisée.

Sa prison était peut-être gardée et, en avançant la tête, elle se serait exposée à recevoir, sinon un coup de fusil, du moins un avertissement menaçant.

Elle se contenta de regarder longuement ce qu'elle pouvait voir sans se découvrir.

Il serait toujours temps de recourir à la télégraphie aérienne quand elle verrait paraître des promeneurs sur la colline.

Et le dénouement de cette incarcération provisoire ne pouvait pas tarder beaucoup.

5.

On ne l'avait évidemment pas amenée là pour l'y laisser mourir d'ennui, d'inquiétude... et d'inanition.

A vrai dire, elle avait déjà faim et elle n'aurait pas pu supporter longtemps un jeûne absolu.

Mais elle ne songeait qu'à la scène qu'elle prévoyait et elle se préparait à tenir tête à ses persécuteurs, quels qu'ils fussent.

Elle était restée le front collé contre les carreaux, épiant, comme sœur Anne, dans le conte de Barbe-Bleue, l'apparition d'un sauveur, et ne voyant, toujours comme sœur Anne, que le soleil qui dorait la butte et la poussière soulevée par le vent matinal.

Un bruit la fit tressaillir.

La porte s'ouvrait.

Madame de Pommeuse se retourna vivement, pour faire face à l'ennemi; car ce ne pouvait être qu'un ennemi qui allait entrer par cette porte qu'elle voyait tourner lentement sur ses gonds, sans que personne se montrât.

Mais elle ne s'éloigna pas de la fenêtre, et pour cause.

Cette fenêtre, c'était peut-être le salut, si elle était forcée de choisir entre le suicide et le déshonneur : le salut par la mort, suprême ressource des désespérés.

Elle ne bougea pas et elle attendit, les bras croisés, la tête haute, dans la fière attitude d'un brave qu'on va fusiller et qui se prépare à commander le feu.

Elle vit entrer un homme qu'elle ne connaissait

pas et dont l'aspect la rassura un peu; un homme, jeune encore, qui n'avait pas du tout l'air d'un bandit.

Il était très convenablement habillé et sa physionomie douce prévenait tout d'abord en sa faveur.

Il commença par fermer la porte derrière lui et par y mettre le verrou; — il y avait un verrou que la comtesse n'avait pas remarqué et qui aurait pu lui servir à se protéger contre un envahisseur mal intentionné.

Ce personnage avenant ôta aussitôt son chapeau, s'inclina courtoisement, et de très loin, devant madame de Pommeuse, après quoi il s'abstint d'avancer, comme s'il eût voulu marquer, par cette attitude réservée, qu'il n'avait aucun projet hostile.

— Qui êtes-vous? et que me voulez-vous? lui demanda la comtesse, enhardie par ses allures discrètes.

— Mon nom ne vous apprendrait rien, répondit d'un ton doux ce visiteur inattendu; mais je puis vous dire que je suis envoyé par une personne qui s'intéresse beaucoup à vous...

— Et qui m'a attirée dans un piège infâme, interrompit Octavie. Que ne vient-il donc lui-même, ce misérable que je hais et que je méprise !

— Ne le condamnez pas sans m'entendre. Il m'a chargé de vous expliquer sa conduite, et je vous jure, madame, qu'il ne pouvait pas agir autrement qu'il ne l'a fait.

— Assez, monsieur! cet homme est un scélérat. Je n'ai pas d'autre réponse à donner à son ambassadeur... et vous pouvez la lui porter de ma part.

— Vous feriez mieux, permettez-moi de vous le dire, d'écouter sa justification et de vous entendre avec lui.

— Jamais !

— Si je vous prenais au mot, madame, il vous en coûterait cher.

— Est-ce à dire que je paierais de ma vie ma résolution de ne pas entrer en pourparlers avec celui qui vous envoie?... Je le sais et je suis prête à mourir. Je vous épargnerai même la peine de me tuer, car si vous faites un pas de plus, je me jetterai par la fenêtre.

— A Dieu ne plaise, madame ! nous pouvons très bien causer à distance. Je vous demanderai seulement l'autorisation de m'asseoir... et j'espère que vous voudrez bien en faire autant, lorsque vous serez certaine que je ne vous veux pas de mal.

La comtesse se tut et l'équivoque messager prit place sur un fauteuil, à mi-chemin de la porte à l'embrasure de la fenêtre où la prisonnière resta prudemment cantonnée.

— Partez de ce principe que vous auriez tort de ne pas me parler franchement, reprit l'homme. Je sais tout.

— Tout, quoi?... je ne comprends pas, répondit sèchement madame de Pommeuse.

— Vous allez comprendre. Je sais que, de son vivant, votre père était le chef d'une association de contrebandiers qui ne se bornaient pas à frauder l'octroi. Je sais que la fortune dont vous jouissez n'a pas d'autre origine que les méfaits de cette bande.

— Ma fortune ?... je suis prête à y renoncer... Vous devez le savoir, si, comme je n'en doute ¦pas, vous venez de la part de...

— Peu importe! je suis bien informé, vous ne le nierez pas. Et ce n'est pas tout. Je sais aussi qu'un hasard... regrettable... vous a mise à la merci des complices de feu M. Grelin.

La comtesse tressaillit. Elle ne s'attendait pas à ce coup.

— Faut-il que je précise ?... que je vous raconte la scène qui s'est passée dans le pavillon du boulevard Bessières et que je vous rappelle le rôle que vous y avez joué?... Non, ce serait vous affliger inutilement. Je me contenterai de vous montrer à quels dangers vous êtes exposée.

Les gens qui vous ont épargnée n'ont pas cessé de vous surveiller et ils regrettent maintenant de vous avoir fait grâce; ils ont juré votre mort...

— Et c'est vous, je suppose, qu'ils ont chargé de les débarrasser de moi.

— Laissez-moi achever, je vous prie. Ceux-là sont moins à craindre pour vous que la justice. Elle est sur leurs traces et elle soupçonne que vous les avez aidés à commettre un crime. A l'heure qu'il est, ils sont peut-être arrêtés et vous n'auriez pas tardé à l'être aussi, si vous étiez restée dans votre hôtel de l'avenue Marceau. Au moment où je vous parle, on y apporte une citation à comparaître devant le juge d'instruction... une citation qui ne vous touchera

pas, puisque vous avez quitté votre domicile, hier
soir.

— Allez-vous tenter de me persuader que le rapt
odieux dont j'ai été la victime avait pour but de
m'éviter le désagrément d'être interrogée par un
magistrat ? Ce serait trop d'impudence !

— Vous êtes libre de ne pas me croire, mais je
vous affirme qu'il s'est trouvé un homme qui a pris
à tâche de vous sauver. Je ne le ferai pas meilleur
qu'il n'est. Il peut arriver qu'il soit compromis, lui
aussi, dans cette fâcheuse affaire, car il a été l'ami et
le confident de votre père...

— Nommez-le donc !... il s'appelle Tévenec !

— Supposez que c'est lui. Il vous veut du bien
vous n'en doutez pas.

— C'est ma fortune qu'il veut.

— Il n'aurait tenu qu'à lui de se l'approprier et il
l'a toujours fidèlement gérée. Vous devriez lui en savoir gré et vous êtes injuste envers lui.

Mais il vous a pardonné de l'avoir méconnu et
maltraité et il a toujours pour vous un profond atta-
chement. Lorsqu'il s'est senti menacé, il a dû songer
à se mettre en sûreté. Il y est maintenant. La justice
ne peut plus rien contre lui, mais elle peut tout
contre vous. Et c'est alors qu'il n'a plus rien à craindre et que vous, au contraire, vous pouvez être
arrêtée d'un instant à l'autre... c'est alors qu'il a résolu de faire encore une tentative pour vous sauver.

— Et il n'a rien trouvé de mieux que de me tendre un abominable guet-apens... de me faire enlever et amener ici de force !...

— Il tenait à vous offrir une dernière fois de vous tirer du mauvais pas où vous vous trouvez et il ne pouvait plus se présenter chez vous... pour plusieurs raisons.

D'abord, vous l'en avez chassé.

— Il est venu me proposer... un arrangement... que je ne pouvais ni ne voulais accepter... il est parti en m'annonçant qu'il ne reviendrait plus et je ne l'ai pas retenu.

— Alors, vous êtes bien décidée à ne pas l'épouser ?

— J'aimerais mieux mourir.

— Consentiriez-vous du moins à quitter Paris, avec lui ?

— Jamais. Pourquoi fuirais-je ? Je n'ai rien à me reprocher ?... Qu'il parte, s'il se sent coupable. Moi, je resterai.

— Si vous restez, vous serez arrêtée.

— Je prouverai que je suis innocente.

— Ce sera difficile. Vous êtes la fille de M. Grelin... et la justice sait maintenant que votre père a été le premier organisateur d'une association qui a commencé par la fraude et qui a fini par l'assassinat. Elle sait aussi que vous étiez au pavillon du boulevard Bessières, le jour où on y a exécuté un traître.

— J'expliquerai pourquoi j'y étais venue.

— Alors, vous livrerez votre frère... il ne se justifiera pas, lui... il est déjà condamné.

La comtesse ne répondit pas. Le coup avait porté. Et l'ambassadeur de M. Tévenec profita de l'effet qu'il venait de produire, pour renouveler ses instances.

— Comprenez bien la situation, dit-il. Vous n'avez pas été touchée par la citation et avant que le juge la convertisse en mandat d'amener, la journée s'écoulera. Il voudra savoir pourquoi vous n'avez pas comparu. Il enverra chez vous. On interrogera vos gens qui diront que vous êtes sortie pour aller chez Julie Granger, rue du Rocher, où vous n'avez pas paru.

Tout cela prendra du temps. Vous pouvez donc disposer de vingt-quatre heures... au moins.

Il ne tient qu'à vous d'utiliser ce répit pour vous mettre à l'abri. Une voiture vous conduira, ce matin, chez Maître Boussac, votre notaire, qui vous remettra vos obligations et vos titres de rente. Vous irez de là au chemin de fer du Nord... et demain, vous serez en Angleterre.

— Avec M. Tévenec? demanda ironiquement la comtesse.

— Vous l'y retrouverez, mais vous ne serez pas forcée de vivre avec lui. L'avis qu'il vous donne, par ma bouche, est désintéressé. Il veut vous sauver, voilà tout. Et quand vous serez en sûreté, vous ferez ce que vous voudrez de votre personne et de votre fortune.

Mais, je vous le répète, madame, vous n'avez pas un moment à perdre. Décidez-vous.

— Et... si je refuse de suivre le conseil de M. Tévenec, qu'arrivera-t-il de moi?

— Je viens de vous le dire. Vous serez arrêtée.

— Chez moi ?...

— Chez vous... ou ailleurs.

— Dans cette maison, par exemple ?

— Peut-être. Elle a été signalée à la police.

— Vous comptez donc m'y laisser, si je ne consens pas à vous suivre ?

— Je ne suis pas chargé de vous en tirer, malgré vous... mais il ne tient qu'à vous d'en sortir avec moi, immédiatement.

— Alors, ouvrez-moi toutes les portes. Je suis prête...

— A m'accompagner chez le notaire ? Rien n'est plus facile. Une voiture m'attend en bas.

— Je n'y monterai pas et je rentrerai chez moi... à pied.

— Je vois que nous ne nous entendons pas. Vous n'avez que deux partis à prendre : ou me suivre, ou rester ici... jusqu'à ce qu'on vienne vous y chercher.

— Vous savez bien que personne ne viendra.

— Pourquoi donc ?... Cette maison n'est pas au bout du monde... et elle n'est pas non plus inaccessible. Elle a des portes et des fenêtres. Elle n'est plus habitée, mais elle l'était encore avant-hier. Vos amis, s'il vous en reste, auraient quelque peine à la trouver... d'autres la trouveront.

— D'autres ? répéta la comtesse. Que voulez-vous dire ?

— Vous le verrez bientôt. Je n'ai rien à ajouter et je vais vous quitter. Ma mission est terminée. J'aurais pu la remplir hier soir, mais j'ai préféré vous laisser le temps de réfléchir. La nuit ne vous a pas porté conseil, à ce que je vois. Il est donc inutile que j'insiste davantage.

S'il vous arrive malheur, ne vous en prenez qu'à vous-même.

Sur cette conclusion menaçante, l'envoyé extraordinaire et plénipotentiaire se leva, s'inclina profondément devant madame de Pommeuse, abasourdie, recula jusqu'à la porte, tira le verrou qu'il avait poussé en arrivant et sortit sans bruit.

La comtesse entendit la clé tourner en dehors dans la serrure. On l'enfermait encore une fois.

Elle était prisonnière comme avant la visite de l'étrange représentant de M. Tévenec, et tout annonçait que ce délégué d'un coquin ne reparaîtrait plus.

Elle en était encore à chercher pourquoi il était venu. Les discours entortillés qu'il lui avait tenus ne l'avaient pas éclairée sur ses véritables intentions.

Elle comprenait bien que Tévenec aurait voulu l'entraîner hors de France, afin de pouvoir disposer d'elle, à sa fantaisie, lorsqu'il l'aurait éloignée de ses défenseurs. Mais pourquoi ne s'était-il pas présenté lui-même, au lieu d'employer un intermédiaire ? Et quel sort réservait-il à la pauvre femme dont il s'était emparé par la ruse et par la force ?

Il aurait eu beau jeu pour la violenter et il ne l'avait pas fait. Donc, il avait d'autres desseins, encore plus noirs, et la comtesse devait s'attendre à tout.

Quel plan machiavélique avait-il conçu et que signifiaient les menaces énigmatiques de son messager ?

Madame de Pommeuse n'y comprenait rien et se demandait qui était cet ambassadeur de l'affreux Tévenec. Son ami? non; Tévenec n'avait pas d'amis. Son domestique? non plus. Cet homme n'avait ni la mine ni le langage d'un valet. Son complice, ce n'était pas douteux, mais quel lien l'unissait à l'ancien associé de feu Grelin?

Autant de questions que la comtesse n'était pas en état de résoudre et qui, d'ailleurs, la touchaient moins que sa situation présente.

Le grand problème, c'était de sortir de cette maison où on l'avait amenée, malgré elle, et où l'agent mystérieux du non moins mystérieux Tévenec venait de l'enfermer, sans lui dire clairement ce qu'on allait faire d'elle.

Allait-on l'y laisser mourir de faim, ou viendrait-on l'y étrangler, la nuit, pendant qu'elle dormirait, comme on avait étranglé le condamné du pavillon?

Madame de Pommeuse ne tenait plus à la vie, mais mourir pour mourir, elle préférait se tuer en tentant une évasion périlleuse.

Elle ouvrit la fenêtre, au risque de recevoir un coup de fusil tiré par quelque bandit subalterne, embusqué dans le parc, et elle se mit à examiner avec plus de soin les abords de sa prison.

Elle ne vit au-dessous d'elle que des arbres dont la cime ne s'élevait pas jusqu'à l'étage où on l'avait reléguée.

Trente à quarante pieds au-dessus du sol constituaient un premier obstacle infranchissable.

Impossible de fuir en sautant de cette hauteur,

comme Maxime avait sauté de la galerie extérieure du chalet du boulevard Bessières.

Il aurait fallu une échelle et la comtesse n'avait même pas la ressource d'en improviser une avec ses draps, attachés bout à bout, car il n'y avait pas de lit dans la pièce où elle avait couché.

Elle ne pouvait donc attendre son salut que d'un secours venu du dehors, et personne ne pouvait approcher d'une maison entourée de hauts murs dont elle apercevait maintenant la crête à travers les branches des grands arbres.

Au-delà de cette clôture de maçonnerie, il devait y avoir une rue, mais comment avertir les gens qui passaient par là ?

La comtesse aurait eu beau crier ; ils n'auraient pas entendu ses cris.

L'homme au masque de fer, enfermé au château-fort de l'île Sainte-Marguerite, lança, dit-on, à travers les barreaux de son cachot, une assiette d'étain sur laquelle il avait gravé, avec la pointe d'un couteau, son nom et l'histoire de ses malheurs.

Mais, n'ayant à sa disposition ni assiettes d'étain, ni projectiles d'aucune sorte, madame de Pommeuse ne pouvait pas user de ce procédé pour appeler à son aide les passants de bonne volonté.

Probablement, d'ailleurs, ils ne se seraient pas détournés de leur chemin s'ils avaient vu tomber à leurs pieds une pierre, et madame de Pommeuse ne pouvait leur jeter qu'un tabouret ou les pincettes de la cheminée.

Le tabouret trop léger et les pincettes trop lourdes ne seraient pas arrivés à leur destination.

Restait la télégraphie aérienne, c'est-à-dire les signaux adressés à quelque promeneur matinal qui aurait eu l'idée de grimper sur la butte dont le sommet s'élevait au-dessus et assez loin du mur d'enceinte de ce parc étrange.

Et encore ce promeneur comprendrait-il ce que la prisonnière attendait de lui?

Elles sont rares, à Paris, les femmes qu'on retient de force, et celles qui se mettent à la fenêtre pour appeler les gens ne méritent pas qu'on se dérange pour leur venir en aide.

Et puis, alors même que le promeneur comprendrait, il y regarderait sans doute à deux fois avant de chercher à s'introduire dans une maison close, une maison de bonne apparence, qui n'avait pas l'air d'être une geôle ou un coupe-gorge.

Il prendrait peut-être la recluse pour une folle, et les gesticulations désespérées de la pauvre comtesse ne produiraient pas d'autre résultat que de mettre en fuite ce passant providentiel.

Tout au plus se déciderait-il à avertir un sergent de ville qu'il y avait là tout près une femme en détresse, et les sergents de ville n'ont pas coutume d'abandonner, même momentanément, leur service, à la première réquisition d'un simple particulier.

Si ce particulier venait lui-même voir de quoi il s'agissait, comment pénétrerait-il dans le parc? Il devait exister une porte extérieure, mais cette porte devait être fermée à clé.

Et si, par impossible, elle ne l'était pas ; si ce généreux mortel arrivait jusque sous la fenêtre, à portée d'entendre ce que lui dirait la prisonnière, ne ne serait-il pas appréhendé au corps par des agents de l'organisateur du guet-apens ?

Rien ne prouvait que la maison ne fût pas gardée par des surveillants invisibles.

L'envoyé officiel de M. Tévenec était parti et il devait être loin — la comtesse avait cru entendre rouler, sur le pavé de la rue prochaine, la voiture qui emmenait cet astucieux coquin, — mais, selon toute apparence, il n'était pas venu seul et il avait laissé en sentinelle quelques-uns de ses acolytes.

Il avait à peu près affirmé le contraire, puisqu'il avait dit que la maison était signalée à la police et que madame de Pommeuse courait le risque d'y être arrêtée.

Si c'eût été vrai, il n'aurait pas exposé ses complices à être ramassés, du même coup de filet, par les agents de la sûreté qui viendraient fouiller cette succursale du pavillon de la porte de Clichy.

Mais la comtesse ne croyait pas à cette affirmation d'un homme qui cherchait à l'effrayer pour la décider à le suivre.

La comtesse n'était pas de force à deviner le secret des infernales combinaisons de M. Tévenec qui, faute de pouvoir la dépouiller de tout son avoir, voulait au moins se venger d'elle en la compromettant dans l'affaire de l'assassinat.

Et les conjectures auxquelles se laissait aller la pauvre femme ne pouvaient pas la tirer de peine.

Elle ne comptait plus que sur l'aide de Dieu et elle en était à se demander si elle méritait encore que Dieu intervînt en sa faveur.

Elle se reprochait amèrement l'imprudence qu'elle avait commise en se fiant à un soi-disant commissionnaire qui se présentait de la part de Julie Granger; elle se reprochait d'être restée huit jours sans donner signe de vie à Maxime de Chalandrey; elle se reprochait surtout d'avoir involontairement attiré l'attention de M. Pigache, sous-chef de la sûreté, sur Lucien Croze qui n'en pouvait mais.

Elle sentait bien qu'elle l'aimait, ce frère de la malheureuse Odette, compromise aussi peut-être; elle se demandait ce qu'ils devaient penser d'elle, et elle était obligée de s'avouer à elle-même qu'elle n'aurait pas dû agir avec cet amoureux discret et délicat, comme agissent les femmes du monde avec ceux qui aspirent ouvertement à les épouser.

Elle aurait dû faire les premiers pas et elle s'apercevait trop tard que pour avoir été trop réservée, elle avait passé à côté du bonheur.

Regrets superflus dans la terrible situation où elle se trouvait ! Mais tout en regrettant ses erreurs — assez excusables au fond — elle ne perdait pas de vue la butte où elle espérait vaguement que le sauveur allait apparaître.

Le jour, maintenant, l'éclairait en plein cette butte, et permettait à la comtesse de mieux se rendre compte de l'emplacement qu'elle occupait.

Elle s'élevait à cent mètres, à peu près, de la fenêtre qui servait d'observatoire à la prisonnière et elle avait tout l'air de faire partie d'un jardin ou tout au moins d'un square, comme on en voit maintenant dans presque tous les quartiers de Paris.

Un square accidenté, car du côté qui faisait face à la maison, cette colline était presque coupée à pic. Elle devait être plus accessible du côté opposé, et même sur la pente abrupte, elle était couverte d'arbustes plantés symétriquement et entretenus avec soin.

En regardant avec attention, madame de Pommeuse finit par découvrir, sur le haut de ce monticule, un banc, un de ces bancs à claire-voie et à dossier renversé que l'édilité parisienne a multipliés pour la commodité des passants, sur les promenades publiques.

Robinson Crusoé, dans son île, fut plus surpris que charmé d'apercevoir, marquée sur le sable, l'empreinte des pas d'un homme.

En constatant au sommet du monticule l'existence de ce banc peint en vert, la comtesse éprouva une satisfaction à laquelle ne se mêlait aucune inquiétude.

Un banc est fait pour s'asseoir et celui-là était si bien placé, qu'il y avait des chances pour qu'un flâneur vînt s'y chauffer au soleil, et jouir de la vue qui, de ce point culminant, devait être, sinon très agréable, du moins très étendue.

Seulement, l'heure n'était pas celle où les promeneurs abondent, dans les quartiers éloignés du centre.

Le matin, les ouvriers sont à l'atelier et leurs femmes vaquent aux occupations du ménage.

Ce n'est guère que l'après-midi qu'elles sortent pour mener leurs marmots courir par les allées des jardins gratuitement ouverts à tous.

Et la comtesse, convaincue qu'on l'avait menée très loin du boulevard des Italiens, n'espérait pas voir arriver un beau monsieur ou une belle dame.

Les mondains et les mondaines n'entreprennent pas de si longues excursions, surtout avant midi.

Et du reste, madame de Pommeuse aimait autant ne pas avoir affaire à ceux-là, sachant bien que les pauvres gens sont plus secourables que les riches qui craignent presque toujours de se compromettre en intervenant.

Elle ne voyait rien venir et le temps s'écoulait.

Elle entendit sonner onze heures à une horloge qu'elle ne pouvait pas voir, mais qui devait être celle d'une église, d'un hôpital ou d'une prison, — les trois édifices publics qu'on rencontre le plus souvent dans les faubourgs de Paris.

Ce bruit était le premier qui fût arrivé jusqu'à elle depuis le départ du représentant de M. Tévenec.

Et le silence l'oppressait. Il lui semblait qu'elle était retranchée du nombre des vivants et que le son d'une voix humaine ne frapperait plus jamais ses oreilles.

Quand cesserait ce supplice de la solitude absolue, si dur à supporter pour une prisonnière ?

Il n'y avait pas de raison pour qu'il prît fin et le découragement gagnait peu à peu la comtesse.

Il lui prenait des envies de se coucher sur la chaise longue où elle avait passé une si mauvaise nuit, de fermer les yeux et d'attendre la mort, comme faisaient les Romains qui, pour ne pas la voir venir, se cachaient le visage avec les plis de leur toge.

Avant de se résoudre à prendre ce parti désespéré, elle regarda encore une fois le ciel bleu et la colline verdoyante.

O bonheur! un homme se montra tout à coup, un homme qui avait escaladé la butte par le revers opposé.

Cet homme était trop loin d'elle pour qu'elle pût distinguer ses traits, mais sa silhouette se détachait très nettement sur le ciel clair et elle vit tout de suite qu'il était grand et mince.

Elle vit aussi que ce n'était pas un ouvrier.

Il portait un long pardessus et un chapeau haut de forme.

Il ne venait assurément pas là pour admirer le paysage, car il marchait la tête basse.

Etait-ce un poète cherchant une rime qui lui échappait? A son allure méditative, la comtesse fut tentée de le croire, et elle déplora d'être si mal tombée.

Les poètes sont des rêveurs qui chantent la nature, mais que se préoccupent fort peu de ce qui se passe autour d'eux.

Celui-là pouvait fort bien passer sans apercevoir la pauvre séquestrée qui cherchait à attirer son attention.

Le hasard d'une promenade l'avait sans doute conduit sur cette cime, et s'il y était venu sans but déterminé, il ne s'y arrêterait pas longtemps.

Les naufragés de la *Méduse*, mourant de faim et de soif sur leur radeau, virent poindre à l'horizon un navire qui aurait pu les sauver et qui s'éloigna, au lieu de leur porter secours.

Pareille déception menaçait madame de Pommeuse.

Elle avait beau agiter son mouchoir, comme le nègre du célèbre tableau de Géricault agite un lambeau d'étoffe, l'inconnu planté sur le sommet de la butte ne levait pas les yeux et ne se doutait pas qu'une femme malheureuse l'observait.

Du reste, il ne paraissait pas qu'il fût pressé de partir et après quelques minutes d'immobilité, il se laissa tomber plutôt qu'il ne s'assit, sur le banc municipal.

La comtesse se reprit à espérer.

Mais l'homme se tenait dans un attitude qui ne lui permettait pas de voir la fenêtre où elle se démenait.

Le haut du corps courbé, les coudes appuyés sur les genoux, les yeux fichés en terre, il ne bougeait plus, absorbé qu'il était sans doute par de tristes pensées, car il n'y a guère que les affligés qui réfléchissent si profondément.

Madame de Pommeuse eut alors l'idée que ce promeneur solitaire était un désespéré qui fuyait la compagnie des hommes et qui se réfugiait dans ce lieu désert pour broyer du noir tout à son aise.

Et cette idée ne la chagrina point.

Elle se dit encore une fois que les êtres persécutés par le sort sont, plus que les heureux de ce monde, accessibles à la pitié et que ce désolé ne refuserait pas de lui venir en aide.

Encore aurait-il fallu qu'il l'aperçût et il se cachait le visage avec ses deux mains.

Que n'eût-elle pas donné pour avoir à sa disposition un moyen de se faire entendre de lui : un porte-voix ou une arme à feu !

Elle passa un quart d'heure dans de cruelles angoisses.

Mais le rêveur obstiné se redressa tout à coup, se leva brusquement, s'avança jusqu'au bord de la pente et tira de la poche de son pardessus un objet qui brillait au soleil.

La comtesse crut deviner que cet objet métallique était un revolver et que l'étrange promeneur était monté là pour se casser la tête, sans témoins.

Elle n'en douta plus, lorsqu'elle le vit jeter bas son chapeau et approcher de son front le canon du pistolet.

Elle jeta un cri qui se perdit dans l'espace, mais, avant de presser la détente, l'inconnu se mit à regarder à droite et à gauche, pour s'assurer que personne n'allait déranger son suicide et il aperçut enfin la prisonnière gesticulant à la fenêtre du troisième étage.

Son premier mouvement fut de cacher son arme et de partir pour aller se tuer plus loin.

Mais il comprit sans doute que les gestes de cette femme étaient des signaux de détresse et qu'ils s'adressaient à lui, car il resta, peut-être tout simplement par curiosité, quoiqu'il n'y ait guère de place pour ce sentiment dans l'âme d'un homme qui va mourir.

Il se fit un abat-jour avec sa main et il regarda avec une attention qui parut de bon augure à la comtesse.

Il s'agissait maintenant pour elle de lui faire comprendre ce qu'elle attendait de lui.

Agiter un mouchoir ne suffisait plus. Il fallait recourir à une mimique plus expressive et plus claire, une mimique de mélodrame qu'elle aurait trouvée ridicule en toute autre circonstance.

Inspirée par la situation, elle joignit les mains, les éleva au-dessus de sa tête, se pencha en avant et garda quelques instants cette attitude de suppliante.

Crier eût été inutile et dangereux, car le promeneur n'aurait pas entendu les cris et d'autres auraient pu les entendre : des valets de Tévenec apostés sous la fenêtre.

Madame de Pommeuse en était réduite à la pantomime.

Elle avait commencé par exprimer qu'elle était malheureuse et qu'elle implorait du secours ; elle compléta l'explication en arrondissant son bras étendu et en le ramenant à elle à plusieurs reprises.

C'est le geste usité dans tous les pays pour appeler quelqu'un et tout le monde en comprend la signification.

L'inconnu répondit en appuyant un doigt sur sa poitrine, ce qui voulait dire évidemment :

— Est-ce à moi que vous vous adressez ?

6.

— Oui, oui, c'est à vous. Venez, je vous en prie, venez vite ! exprima la comtesse en hochant la tête pour affirmer, et en joignant de nouveau les mains pour implorer.

L'homme hésita un instant ; et son hésitation était assez naturelle, car en admettant qu'il eut le désir de se rendre à cet appel, il devait être très embarrassé.

Le langage des gestes est forcément assez borné et madame de Pommeuse ne pouvait pas, par des mouvements et par des attitudes, expliquer comment il fallait s'y prendre pour arriver jusqu'à elle.

C'était d'autant plus impossible qu'elle n'en savait rien elle-même.

Amenée, la nuit, dans une voiture fermée, elle n'avait pas pu se rendre compte de la position qu'occupait la maison, par rapport à l'éminence où se tenait le sauveur attendu.

Il était beaucoup mieux placé qu'elle pour trouver le chemin qu'il fallait suivre pour aller de la colline au mur du parc.

Allait-il se décider à tenter l'aventure ? La prisonnière en désespérait presque, lorsqu'elle le vit ramasser son chapeau qu'il avait jeté, l'enfoncer sur sa tête et faire un signe qui voulait dire évidemment :

— Je viens à vous.

Presque aussitôt, il fit volte-face et il disparut derrière un massif d'arbustes.

Sans doute, il descendait le revers de la butte qu'il avait escaladé en arrivant et il allait chercher une route qui pût le conduire à la maison mystérieuse.

La comtesse suffoquait de joie. Et pourtant que d'obstacles encore entre elle et ce généreux inconnu ! N'allait-il pas se heurter à une porte fermée ? et dans ce cas, se donnerait-il la peine d'aller au plus prochain poste de police raconter ce qu'il venait de voir et réclamer l'assistance du commissaire ou de ses agents ?

C'était douteux et la séquestrée se dit bientôt qu'elle se hâtait trop de remercier la Providence de lui avoir envoyé un défenseur, car toute la bonne volonté de ce défenseur pouvait n'aboutir à aucun résultat utile.

Et elle se trouvait maintenant condamnée à l'inaction. Plus de télégraphie possible, puisque l'homme avait disparu. Elle n'avait plus qu'à attendre et à prier Dieu de protéger le généreux inconnu qui avait le courage d'essayer de la délivrer.

Elle resta à la fenêtre, afin de pouvoir l'appeler, à haute voix, s'il reparaissait, après avoir réussi à s'introduire dans le parc.

Elle se pencha même en dehors, plus qu'elle n'avait osé le faire jusqu'à ce moment.

Elle voulait s'assurer que la maison n'était pas gardée et que le défenseur qu'elle attendait n'allait pas tomber dans une embuscade.

Elle ne vit personne sous les arbres et elle se rassura un peu, quoique l'essai ne fût pas concluant.

Le parc était vaste et, s'il était gardé, ceux qui le gardaient pouvaient s'être postés d'un autre côté.

Elle ne se contenta pas de regarder; elle écouta, dans l'espérance d'entendre frapper à la porte extérieure, et avec l'intention, si elle entendait, de crier de toutes ses forces, pour encourager celui qui arrivait à son secours.

Il s'écoula ainsi un temps qu'elle ne songea guère à évaluer, mais qui lui parut bien long.

Enfin, en se penchant encore, elle entrevit au bout de l'allée qu'elle dominait de son troisième étage, un homme qu'elle crut reconnaître, mais qu'elle n'eut pas le loisir d'examiner, car il ne fit que traverser l'allée, sans lever la tête et il disparut derrière l'angle de la maison.

Etait-ce le sauveur? Elle n'en était pas absolument certaine, quoique tout semblât l'indiquer.

Un homme vu en raccourci, de haut en bas, à vol d'oiseau, pour ainsi dire, ne ressemble guère à un homme vu de loin, en pied, se profilant sur l'horizon.

La comtesse, cette fois, n'avait aperçu que le fond de son chapeau, puisqu'il n'avait pas eu l'idée de regarder en l'air.

Il avait sans doute trouvée ouverte la porte percée dans le mur du parc et il était allé tout droit à la porte de la maison, qui était peut-être ouverte aussi.

Mais, d'autre part, comment se faisait-il que l'envoyé de M. Tévenec, en se retirant, n'eût pas pris la précaution de fermer à clé toutes les issues par lesquelles madame de Pommeuse aurait pu fuir.

Il avait bien fermé celle du salon où elle était. Pourquoi n'aurait-il pas fermé les autres?

L'homme qui venait d'entrer si facilement était-il aussi un complice de Téveneo et n'était-il pas chargé d'achever la besogne en étranglant sans bruit la comtesse, comme les muets du sérail étranglent, dit-on, les sultanes infidèles.

La comtesse se posa cette question et ses terreurs la reprirent.

Elle était à la merci d'un bourreau, puisqu'elle ne pouvait s'échapper qu'en sautant par la fenêtre.

Elle tenait à se ménager du moins cette suprême ressource, et elle resta où elle était, prêtant l'oreille aux moindres bruits.

Bientôt il lui sembla entendre un bruit de pas dans l'escalier, un pas hésitant, car le bruit cessait par intervalles.

On eût dit que le survenant ne savait pas très bien où il allait.

Cette idée releva un peu le courage de madame de Pommeuse, qui se préparait déjà à mourir.

Elle se dit qu'un assassin n'aurait pas tergiversé de la sorte avant d'accomplir sa sinistre besogne, car ceux qui l'envoyaient avaient dû lui donner des instructions précises et lui indiquer le troisième étage.

Les pas se rapprochaient ; ils s'arrêtèrent sur le palier, et un instant après, on frappa à la porte, assez timidement.

Singulière précaution que prenait là l'exécuteur d'un arrêt rendu par des scélérats.

La comtesse n'eut garde de répondre.

Alors, la clé, laissée en dehors, grinça dans la serrure, et la porte s'ouvrit lentement.

Le sort de la prisonnière allait se décider.

Etait-ce la mort ou le salut que lui apportait l'homme qui entrait?

La comtesse attendit, tremblante, mais résignée.

L'homme se montra, de face cette fois et en pleine lumière.

— Vous ! s'écria-t-elle. C'est vous !...

Une exclamation toute pareille lui répondit.

L'homme, c'était Lucien Croze et il venait de reconnaître madame de Pommeuse.

Peu s'en fallut qu'elle ne se jetât à son cou, et, sans aucun doute, il se serait laissé embrasser, mais elle se contint et elle lui dit d'une voix entrecoupée :

— Dieu a fait un miracle en vous envoyant ici.

— J'y suis venu parce que vous m'avez appelé, balbutia-t-il. Je ne vous avais pas reconnue....

— Et vous êtes venu quand même au secours d'une femme dont vous ignoriez le nom !

— Il suffisait qu'elle fût en péril.

— Oui, vous êtes bon, vous êtes généreux.... je vous devrai l'honneur et la vie.

— La vie ?... quoi! vous étiez menacée de...

— J'ai été attirée dans un piège... je vous dirai tout à l'heure ce qui m'est arrivé... dites-moi comment vous avez pu arriver jusqu'ici.

— Très facilement, madame. J'ai trouvé toutes les issues ouvertes... excepté celle de ce salon et on y avait laissé la clé dans la serrure... je n'ai eu qu'à la tourner.

— Et.... vous n'avez rencontré personne?

— Non, personne. Je me demandais si je m'étais

trompé, car cette maison me semblait abandonnée...
et du haut de la butte, j'avais aperçu une femme à
la fenêtre... je commençais même à croire que cette
femme, en me faisant des signaux, avait voulu me
mystifier...

— Où sommes-nous ici? interrompit madame de
Pommeuse.

— Quoi! vous l'ignorez?

— J'ai été amenée, hier soir, dans une voiture à
glaces de bois, et je ne sais pas quel chemin elle a
pris... j'y étais montée avenue Marceau, à vingt pas
de chez moi.

— On vous a conduite à l'autre bout de Paris, tout
près des fortifications... entre la porte d'Auteuil et
la porte de Gentilly... dans un quartier à peu près
désert...

— Et ce jardin où je vous ai vu?...

— C'est le parc de Montsouris. Cette maison est
bâtie de l'autre côté d'une rue qui borde le parc et
qui s'appelle la rue Gazan... je viens de lire le nom
de la rue en la traversant... la maison et l'enclos
planté qui l'entoure sont à l'angle du boulevard
Jourdan.

Ce nom impressionna un peu la comtesse.

Décidément, les maréchaux du premier empire ne
lui portaient pas bonheur.

Après le boulevard Bessières, le boulevard Jourdan.

Mais cette dernière aventure sur un chemin de
ronde paraissait maintenant devoir mieux finir que
celle du pavillon.

— Oserai-je, madame, vous demander à qui appartient cette immense propriété? interrogea à son tour, Lucien Croze.

— Je n'en sais rien, répondit madame de Pommeuse. Comment le saurais-je, puisque je ne connais pas les misérables qui m'y ont conduite de force?

— Que voulaient-ils donc faire de vous?

— M'y laisser mourir, je suppose... et sans vous, j'y serais morte... car personne ne serait venu m'y chercher... mes domestiques ignorent où je suis.

L'explication était très incomplète et cependant Lucien s'abstint d'insister.

La comtesse devina qu'il la soupçonnait de ne pas dire la vérité; elle pensa que ce n'était pas encore le moment de la dire tout entière, et elle reprit vivement:

— Mais, vous, monsieur, comment vous trouviez-vous dans ce quartier... si éloigné du vôtre?

— J'y suis venu voir le directeur d'une tannerie qui devait me prendre comme caissier; quand je me suis présenté, la place était donnée.

— Et, alors?...

— Alors, je suis entré machinalement dans ce parc de Montsouris... pour me reposer... j'étais las... j'étais découragé...

— Vous y êtes entré pour vous tuer.

— Me tuer?... répéta en rougissant Lucien; non, madame... je vous jure que non.

— Ne niez pas. Je vous ai vu... prendre un revolver... le diriger contre votre front... heureusement, vous n'avez pas tiré.

— Parce que je me suis aperçu à ce moment-là que vous me regardiez... et je ne regrette pas de m'être arrêté puisque j'ai pu vous délivrer.

— Pourquoi vouliez-vous mourir ?

Lucien ne répondit pas.

— Ce n'est pas, je suppose, parce que vous avez perdu l'emploi que vous occupiez chez ce banquier, reprit madame de Pommeuse, en regardant le frère d'Odette.

— J'avais oublié que vous saviez cela, murmura tristement Lucien.

— Oui, je le sais... et je sais aussi que cet homme vous a indignement calomnié...

— En m'accusant de l'avoir volé... c'est une infamie qu'il a commise, mais la calomnie a fait son chemin... je m'en aperçois tous les jours... On ne veut de moi nulle part... Ce matin encore, on m'a fait comprendre qu'un caissier renvoyé n'a plus rien à attendre... Cette dernière humiliation m'a désespéré... La mesure était comble... Je ne me suis plus senti le courage de supporter la vie.

— Comment n'avez-vous pas pensé que vous aviez une sœur... et une amie, ajouta la comtesse en tendant la main à son sauveur.

Lucien pâlit, mais il ne la prit pas cette main qu'il aurait dû baiser avec transport.

Cette fois, madame de Pommeuse comprit tout à fait. Elle n'avait revu ni le frère, ni la sœur, depuis le jour funeste où le sous-chef de la sûreté l'avait interrogée devant eux, dans l'atelier de la rue des Dames. Maxime de Chalandrey lui avait promis de

leur apprendre pourquoi elle était allée au boulevard Bessières. Elle devinait maintenant que Maxime
n'avait pas tenu sa promesse et que Lucien en était
encore à croire qu'elle avait un amant.

L'erreur où Maxime l'avait laissé expliquait son
attitude présente et peut-être aussi son dégoût de la
vie.

Il voulait se tuer, parce qu'il aimait madame de
Pommeuse, qui était la maîtresse d'un autre.

Les larmes vinrent aux yeux de la comtesse.

Comment détromper cet homme qu'elle adorait,
comment se justifier dans cette maison où il venait de la trouver et où il pouvait croire qu'un
nouveau rendez-vous l'avait amenée ?

Elle n'essaya même pas. Il lui en aurait trop coûté
de parler de Tévenec, ancien associé de son père
dans des œuvres de malfaisance.

Il lui en aurait plus coûté encore de parler de son
frère, condamné par contumace.

Et la place eût été mal choisie pour raconter l'histoire de sa vie.

Elle ne s'était déjà que trop attardée dans ce re-
paire où on l'avait attirée et où ceux qui lui avaient
tendu ce piège pouvaient reparaître d'un instant à
l'autre.

— Je vais la voir, votre sœur, reprit-elle avec
émotion. Vous allez m'accompagner chez elle. Dois-je
lui dire que vous êtes résolu à mourir ?

— Non... je vous en supplie...

— Eh ! bien, jurez-moi que vous ne vous tuerez
pas.

Il y eut un silence.

Lucien ne se pressait pas de prêter le serment qu'exigeait de lui la comtesse.

— Ne me forcez pas à briser le cœur d'une pauvre enfant qui n'a rien à se reprocher, elle, insista madame de Pommeuse.

— Soit! répondit enfin Lucien Croze; je vivrai pour Odette.

Il est des inflexions de voix qui soulignent un mot et lui donnent une signification particulière.

En appuyant sur le mot « elle », la comtesse semblait dire : « votre sœur est irréprochable ; moi je ne le suis pas. »

En ajoutant à sa réponse les deux mots : « pour Odette » Lucien sous-entendait évidemment : « mais ce n'est pas à cause de vous que je consens à vivre. »

Chacun d'eux comprit et se tut.

La situation eût été embarrassante, si elle eût été moins tendue. Mais ils avaient tous deux la même pensée qui était de sortir de la maison le plus tôt possible et, par un accord tacite, ils coupèrent court à un dialogue qui menaçait de dégénérer en discussion pénible.

Ce fut Lucien qui parla le premier.

— Madame, dit-il en s'efforçant de comprimer son émotion, je suppose qu'il vous tarde de rentrer chez vous. Je ne vous propose pas de vous y accompagner, mais vous me permettrez, je l'espère, de partir d'ici avec vous, et de ne pas vous quitter jusqu'à ce que vous ayez trouvé une voiture.

— J'allais vous le demander, murmura la com-

tesse. J'avoue que je n'oserais pas sortir seule. Je
m'imagine... à tort peut-être... que cette maison
n'est pas aussi abandonnée qu'elle en a l'air... qu'on
me guette et que, si je tentais de fuir, je serais attaquée.

Près de vous, je n'aurai plus cette crainte.

— Crainte mal fondée, je vous l'affirme. Si la maison était gardée, on ne m'aurait pas laissé passer...
je n'aurais même pas pu y entrer, tandis que j'ai
trouvé ouvertes toutes les portes... excepté celle de
ce salon qu'on avait fermée en dehors... sans retirer
la clef.

— Je ne m'explique pas plus que vous ce défaut
de précaution... à moins que ce ne soit une ruse...
dont je n'aperçois pas le but. Ce qui me ferait croire
que cette négligence apparente cache un nouveau
piège, c'est que, deux heures avant vous, un homme
est entré ici et m'a offert de m'emmener.

— Ah! un homme?

— Oui, un homme que je ne connais pas et qui
m'a proposé de me mettre en liberté à certaines
conditions que j'ai refusé d'accepter... et il devait
savoir d'avance que je ne m'y soumettrais pas.
Pourquoi a-t-il joué cette comédie? Je ne peux pas
le deviner; mais, certainement, il a un plan et c'est
avec intention qu'en me quittant il n'a pas fait ce
qu'il fallait pour empêcher qu'on entrât ici.

— Quoi qu'il en soit, je pense qu'il est temps de
partir, puisque le chemin est libre.

— Je suis prête à vous suivre.

— Alors, venez, madame.

Au lieu d'avancer, madame de Pommeuse se rapprocha de la fenêtre qui était restée ouverte.

— C'est singulier, murmura-t-elle, j'ai cru entendre marcher et parler dans le parc.

— Vous vous trompez, sans doute, dit froidement Lucien; mais je vais m'assurer qu'il n'y a personne.

Et il arriva à la fenêtre avant la comtesse.

Il regarda et, à son grand étonnement, il vit quatre individus, assez mal habillés, qui suivaient l'allée qu'il avait traversée en arrivant.

Ces gens rasaient le mur et ils allaient, non pas côte à côte, mais à la file indienne.

Madame de Pommeuse, qui avait vite rejoint Lucien Croze, les vit aussi et en regardant d'un autre côté, elle en aperçut quatre ou cinq autres qui dépassèrent presque aussitôt l'angle de la maison et disparurent.

Elle se retira vivement de la croisée, et Lucien se retira aussi.

— Les voilà ! murmura-t-elle. Ils se sont partagés en deux groupes... les uns vont faire le guet en bas, pendant que les autres nous égorgeront ici...

Lucien commençait à le croire, mais il ne perdit point la tête.

Il courut à la porte et poussa le verrou, comme l'avait fait l'envoyé de M. Tévenec.

— Maintenant, ils n'entreront pas sans ma permission, dit-il résolument... et s'ils enfoncent cette porte, ils passeront sur mon corps avant de porter la main sur vous.

Je les recevrai à coup de revolver, ajouta Lucien

Croze en tirant de sa poche l'arme dont il avait failli se servir pour se brûler la cervelle.

Il était superbe, ainsi, faisant face à la porte, le revolver au poing.

Le danger l'avait transfiguré. Sa physionomie douce et calme avait pris une expression d'énergie presque sauvage. Ses yeux étincelaient et menaçaient, ses yeux bleus dont le regard était si tendre.

— Je mourrai avec vous, s'écria la comtesse, en se serrant contre lui.

Ils faisaient *tableau*, comme on dit au théâtre.

Autour d'eux, le silence était profond.

Sans doute, les scélérats qui venaient pour en finir avec la comtesse ne voulaient agir qu'à coup sûr, et, avant de monter, ils prenaient leurs mesures pour qu'on ne vînt pas déranger leurs opérations.

Ils cernaient la maison et ils plaçaient des sentinelles à toutes les portes.

Lucien aurait pu s'étonner que ces gens eussent l'audace de se rassembler ainsi pour commettre, en plein jour, un crime qu'un seul homme aurait perpétré facilement, la nuit, en se glissant près de madame de Pommeuse endormie.

C'était bon dans les premières années du Directoire où les brigands opéraient en bande et ouvertement.

En cet heureux temps, on égorgea un beau soir quinze personnes, maîtres et domestiques, au château de Choisy-le-Roi, dans la banlieue de Paris.

Mais ces expéditions sont impossibles en l'an de

grâce 1887; et, par le temps qui court, les brigands n'opèrent plus qu'individuellement.

Ni Lucien ni la comtesse n'avaient fait cette réflexion si simple. Ils étaient tous les deux dans un état d'esprit qui ne leur permettait pas de raisonner. Et ce n'était pas la peur qui les troublait, puisqu'ils étaient résignés à mourir; c'était la douleur de se quitter pour toujours sans s'être dit qu'ils s'aimaient.

— J'ai une grâce à vous demander, dit la comtesse d'un ton saccadé.

— Une grâce! vous!

— Oui... je voudrais... vous m'avez soupçonnée et le temps me manque pour vous prouver que je n'ai rien à me reprocher... les minutes qui nous restent à vivre sont comptées... je voudrais entendre de votre bouche un mot... non pas de pardon... je n'ai rien à me faire pardonner... je voudrais être sûre que vous ne me croyez plus coupable... il me serait trop cruel de quitter la vie sans emporter la certitude que vous me croyez encore digne de vous... de votre amour, ajouta madame de Pommeuse, en appuyant son front sur l'épaule de Lucien, qui s'écria :

— Vous m'aimez donc ?

— Ne l'aviez-vous pas deviné ?

— Non... et l'eussé-je deviné, je ne vous aurais jamais dit que je vous aimais... je puis vous le dire maintenant, puisque nous allons mourir ensemble... oui, je vous aime depuis le jour où je vous ai vue pour la première fois... j'étais fou... j'ai tout

fait pour arracher de mon cœur cet amour insensé....
c'est parce que je désespérais d'y parvenir que je
voulais me tuer.

— Je le savais... quand je vous ai vu approcher
de votre front le canon de ce revolver, j'ai compris
et j'aurais voulu vous crier : vivez !... vivez pour
moi qui mourrais de douleur, si je perdais le seul
homme que j'aie aimé.

Lucien n'y tint plus. Il ouvrit ses bras à Octavie
de Pommeuse et la serra contre son cœur. Ils échan-
gèrent un baiser — le premier — et ils oublièrent un
instant que le monde existait, et que la mort approchait.

Cet aveu *in-extremis* n'avait pas coûté à la pauvre
comtesse. Elle se croyait perdue et elle ne songeait
guère à l'avenir.

Lucien non plus. Il goûtait enfin le bonheur d'être
aimé. Que lui importait de mourir dans un pareil
moment ?

C'était la situation du quatrième acte des *Hugue-
nots* et il aurait pu chanter comme Raoul à Valen-
tine :

> Vienne la mort, puisqu'à tes pieds je puis l'attendre.

Mais la mort ne venait pas et, attendu que le su-
blime confine quelquefois au ridicule, les deux
amants n'allaient peut-être pas tarder à s'apercevoir
qu'ils dramatisaient un peu trop leur aventure et
que leur cas différait sensiblement de celui que
Meyerbeer a mis en musique.

Il y manquait, jusqu'à présent, les massacreurs, et la scène n'avait aucune analogie avec celles qui se jouèrent à Paris, la nuit de la Saint-Barthélemy.

Ils n'entendaient ni coups de fusil, ni cris de détresse. Il leur sembla pourtant qu'on montait l'escalier. Des bruits arrivèrent jusqu'à eux; un bruit de pas et d'autres bruits moins distincts : des rumeurs confuses, comme il s'en dégage d'une troupe en marche.

— Ils viennent, dit Octavie.

Et elle essaya de se placer entre la porte et Lucien.

Il l'écarta doucement et, armant son revolver, il se prépara à recevoir l'ennemi.

Bientôt, les bruits s'accentuèrent. Les pas s'étaient arrêtés sur l'escalier. Maintenant on entendait des voix; une surtout qui dominait les autres, une voix de commandement.

Ces singuliers assassins procédaient régulièrement; presque militairement, puisqu'ils obéissaient aux ordres d'un chef.

Ce chef était-il Tévenec? madame de Pommeuse ne le crut pas un seul instant. Tévenec n'était pas homme à diriger en personne un coup de force.

Les voix se turent; la clé restée à l'extérieur tourna dans la serrure et on essaya d'ouvrir.

La porte, assujettie en dedans par un gros verrou, plia sous la poussée, mais elle résista, car elle était solide et même à coups de pied ou à coups de bûche, on ne l'aurait pas enfoncée facilement.

Si le salon avait eu une autre issue, les amants auraient eu tout le temps de fuir.

Mais ils étaient pris dans une souricière, et la fuite était aussi impossible que la résistance.

Lucien, prêt à faire feu, s'attendait à voir bientôt s'abattre ou voler en éclats la porte protectrice, enfoncée ou brisée par les assaillants.

Rien de pareil n'arriva.

Une voix s'éleva, la voix du chef qui cria :

— Ouvrez, au nom de la loi !

C'est la formule consacrée qu'emploient les magistrats, dans l'exercice de leurs fonctions, pour se faire livrer l'entrée d'un domicile particulier.

Et cette formule, les amants ne s'attendaient guère l'entendre dans un pareil moment.

Comment des brigands osaient-ils s'en servir ? Faisaient-ils comme le loup du conte de Perrault, ce loup qui cherchait à imiter la voix de la mère-grand pour croquer le *petit Chaperon-Rouge* ?

— N'ouvrez pas... c'est une ruse de ces misérables, dit tout bas la comtesse.

Lucien hésitait. Il se disait :

— A quoi bon prolonger une situation désespérée ? Mieux vaut tenter une sortie que d'attendre l'assaut, puisque je ne suis pas en mesure de le repousser ; seul contre dix peut-être, je ne pourrais pas me défendre, s'ils se jettent sur moi... tandis que, si je me précipitais dans l'escalier, après avoir ouvert brusquement cette porte, j'aurais quelque chance d'échapper... et une fois que je serais dans la rue, ils n'oseraient pas m'y poursuivre.

Lucien oubliait que madame de Pommeuse ne pourrait pas fuir, mais cet instant d'oubli fut très court.

— Non, murmura-t-il, je mourai avec elle.

Il la regarda et il lut dans ses yeux qu'elle ne faiblissait pas.

Alors, il conçut un projet hardi dont l'exécution ne lui parut pas absolument impraticable.

Ce projet consistait à livrer passage aux bandits après s'être placé de façon à être caché par le battant de la porte quand ils l'ouvriraient. Ils entreraient tous à la fois et il tirerait, comme on dit, dans le tas. Ils n'étaient peut-être pas si nombreux qu'il le croyait et son revolver était à six coups. Lucien pouvait espérer d'abattre ces bandits les uns après les autres, avant qu'ils eussent le temps de se retourner contre lui.

Mais il fallait d'abord mettre la comtesse à l'abri du premier choc.

Il la prit par le bras, l'attira dans un angle du salon et lui dit à l'oreille :

— Ne bougez pas et laissez-moi faire.

Puis, revenant à la porte, il mettait la main sur le verrou, lorsque la voix, la terrible voix cria encore une fois :

— Ouvrez au nom de la loi !.. ou je vais faire enfoncer la porte !... j'en ai le droit... je suis porteur d'un mandat d'amener.

Madame de Pommeuse tressaillit. Il lui semblait la reconnaître, cette voix, pour l'avoir déjà entendue dans une circonstance qu'elle ne pouvait pas oublier.

— C'est bien, entrez ! dit très haut Lucien, en tirant le verrou.

En même temps, il levait son revolver à hauteur
d'homme; il n'avait plus qu'à presser la détente
pour tuer le premier qui se montrerait.

Mais il était écrit qu'il ne tuerait personne ce
jour-là.

Madame de Pommeuse lui saisit le bras et le
coup ne partit pas, fort heureusement, car si la comtesse n'eût pas arrêté Lucien, il se serait mis sur la
conscience un meurtre inutile et il lui en aurait
coûté cher.

L'homme qui entra, l'homme dont elle avait reconnu la voix de !basse profonde, c'était le sous-
chef de la sûreté, c'était M. Pigache qui l'avait
interrogée, rue des Dames, en présence de Lucien,
d'Odette et de Maxime.

Et pour que nul n'ignorât de sa qualité, M. Pigache portait, sous son pardessus ouvert, une
écharpe tricolore, insigne de sa fonction.

Lucien, qui le reconnut, n'en pouvait croire ses
yeux et il se sentait tout honteux de s'être si
lourdement trompé, en prenant pour des vérités
des chimères enfantées par l'imagination de la
comtesse.

Il s'attendait à être attaqué par des bandits et il
se trouvait subitement face à face avec un haut
policier qui le tenait déjà pour suspect, depuis
leur première et unique entrevue dans l'atelier
d'Odette.

Lucien ne se réjouissait pas de ce changement à

vue, et il aurait presque autant aimé avoir à faire
à une escouade de coquins qu'à ce commissaire,
froid et sagace, qui se présentait au nom de la
loi avec quatre agents prêts à lui prêter main-
forte.

Madame de Pommeuse n'était assurément pas fâ-
chée d'avoir évité le sort que lui réservaient ses
pires ennemis, Tévenec et ses complices, mais elle
n'était pas non plus très rassurée.

Et le plus étonné des trois, c'était encore M. Pigache, car il ne s'attendait guère à trouver dans la
maison de la rue Gazan ses anciennes connaissances
de la rue des Dames.

— Que faites-vous ici, madame? demanda-t-il
d'un ton qui n'annonçait rien de bon.

— On m'y a attirée, balbutia la comtesse, et on
m'y a enfermée. J'y étais prisonnière. Vous venez
de me délivrer.

— Prisonnière! allons donc!... toutes les portes
étaient ouvertes... excepté celle-ci que vous aviez
barricadée en dedans.

Pourquoi donc avez-vous tant tardé à m'ouvrir?

— Parce que je croyais qu'on venait m'assassiner.

— Oh! oh! voilà du nouveau, ricana M. Pigache.

Et qui donc, s'il vous plaît, veut vous assassiner?

— Les misérables qui m'ont amenée ici... après
m'avoir tendu un piège infernal.

— Je ne sais pas ce que c'est qu'un piège infernal... Ce sont là des mots vagues... expliquez-vous nettement.

— Hier, à la tombée de la nuit, un commissionnaire s'est présenté chez moi, avenue Marceau. Il venait, disait-il, de la part d'une pauvre femme qui a été ma nourrice et qui habite rue du Rocher... elle était mourante et elle voulait me voir, affirmait cet homme... je l'ai suivi... il m'a fait monter dans une voiture, et il m'y a enfermée... les portières étaient cadenassées, les glaces étaient de bois... je n'ai rien vu pendant le trajet... on m'a fait descendre sous une voûte et monter un escalier... puis on m'a poussée dans ce salon et on m'y a laissée...

— Vous avez beaucoup d'imagination, madame, dit ironiquement le sous-chef de la sûreté. Vous pourriez écrire des romans d'aventures.

— Ce n'est pas un roman que je vous raconte, monsieur, c'est la vérité.

— Alors, on vous a enlevée... pour le plaisir de vous enlever, puisqu'on ne vous a fait aucun mal.

— On m'en aurait fait si vous n'étiez pas venu.

— Ah! oui... les assassins que vous attendiez tout à l'heure.

Le ton railleur que prenait M. Pigache indiquait assez qu'il ne croyait pas un mot du récit de la comtesse.

Elle ne se sentait pas le courage d'essayer de le convaincre.

— Alors, reprit Pigache, vous ne savez pas du tout où vous êtes, ici ?

— Je sais que je suis tout près du parc de Mont-souris.

— Comment le savez-vous, s'il est vrai que vous n'ayez pas pu vous rendre compte du chemin que vous avez parcouru depuis l'avenue Marceau ?

— De cette fenêtre on le voit, ce parc.

— On voit... une butte... mais on n'y a pas mis d'écriteau. Je m'étonne que vous ayez deviné le nom...

— Je ne l'ai pas deviné... c'est monsieur qui me l'a appris.

— Ah !... très bien !... j'interrogerai monsieur tout à l'heure. En attendant, veuillez répondre à une autre question.

Savez-vous à qui appartient la maison où vous êtes en ce moment, et où vous prétendez qu'on vous a séquestrée.

— Je l'ignore absolument.

— C'est singulier. J'aurais cru...

— Quoi donc, monsieur ? demanda la comtesse que cet interrogatoire plein de réticences commen-çait à impatienter.

— Je vous répondrai quand j'aurai interrogé mon-sieur, dit d'un air rogue le sous-chef de la sûreté.

Puis, s'adressant à Lucien :

— Vous êtes M. Croze et vous habitez avec votre sœur, rue des Dames, 15, à Batignolles... c'est là que je vous ai vu, il y a huit jours.

— Oui, monsieur...

— Vous avez été caissier chez M. Sylvain Mau-bert, banquier, rue des Petites-Écuries ?

— Oui, monsieur.

— Pourquoi ne l'êtes-vous plus?

— Parce que M. Maubert m'a congédié en m'accusant d'un détournement que je n'ai pas commis...
il le sait fort bien... et la preuve, c'est qu'il n'a
pas osé porter plainte. M. Maubert voulait à tout
prix se débarrasser de moi et, pour en venir à
ses fins, il n'a pas reculé devant une mauvaise
action.

Ce fut dit d'un ton si ferme et si net que M. Pigache, impressionné, s'abstint d'insister.

— Je n'ai pas à m'occuper de la conduite de ce
monsieur, dit-il après un court silence. S'il vous a
calomnié, c'est vous qui auriez le droit de porter
plainte, mais, je vous le répète, je n'ai pas qualité
pour le juger.

Ce que je veux savoir, c'est pourquoi vous êtes
ici. Vous n'y êtes pas venu avec madame, je
suppose?

— Non, monsieur. J'y suis venu seul et de mon
plein gré.

— A la bonne heure!... vous n'inventez pas d'histoires, vous... alors, on ne vous a pas enlevé, vous
aussi?

— Non, monsieur, répliqua vivement Lucien.
Mais madame vous a dit la vérité, comme je vais
vous la dire.

— Dites-la.

— Je cherche un emploi, depuis que M. Maubert
m'a renvoyé injustement. On m'en avait indiqué un
dans le quartier des Gobelins.

Je me suis présenté, ce matin... inutilement... et en revenant à pied, je suis entré dans le parc de Montsouris, pour me reposer. Je suis monté sur la butte qu'on voit d'ici, je me suis assis sur un banc et en regardant autour de moi, j'ai aperçu à la fenêtre du salon où nous sommes une femme qui m'appelait en agitant un mouchoir..

— Bon ! vous avez dû la reconnaître ?

— Non, j'étais trop loin... mais j'ai compris qu'elle demandait du secours et je suis venu immédiatement. Avant de descendre, j'avais bien remarqué la maison et cependant j'ai eu quelque peine à la retrouver, parce qu'elle est entourée d'arbres et de murs qui la cachent aux passants de la rue Gazan.

— Oui, le propriétaire avait ses raisons pour la masquer. Continuez, monsieur. Comment êtes-vous entré ?

— Par une petite porte qui donne sur la rue.

— Elle n'était donc pas fermée ?

— Pas à clé, non, monsieur. Je n'ai eu qu'à tourner le bouton.

Je me suis trouvé dans une cour plantée que j'ai traversée pour gagner le perron de la maison. Là, il y a, comme vous savez, une autre porte qui n'était pas plus fermée que l'autre. Je suis entré, très étonné de ne rencontrer aucun domestique, et j'ai monté l'escalier. J'avais calculé que la fenêtre d'où on m'avait fait des signaux devait être au troisième étage... Je ne m'étais pas trompé.

— Et sans doute la porte de ce salon était ouverte..... comme les deux autres ?

— Non, monsieur. Elle était fermée en dehors, mais on avait laissé la clé. J'ai frappé... on ne m'a pas répondu...

— Mais madame n'a pas mis le verrou?

— Non. Elle m'avait appelé de la fenêtre et elle savait qu'elle n'avait rien à craindre de l'homme qui arrivait à son secours.

— D'autant qu'elle vous avait reconnu de loin, je pense...

— Pas plus que je ne l'avais reconnue... elle a été aussi surprise de me voir que je l'ai été de la trouver là.

— Et vous vous êtes expliqués. Que vous a-t-elle dit?

— Exactement ce qu'elle vient de vous dire. Elle a été amenée ici malgré elle; on l'y a enfermée et elle aurait pu y mourir de faim, si le hasard ne m'y eût amené... un hasard providentiel, puisque j'ai pu la délivrer.

— Comment, la délivrer!... vous êtes restés ici, tous les deux, au lieu de vous hâter de fuir, et votre premier soin a été de mettre le verrou!... vous craigniez sans doute d'être dérangés.

— Non, monsieur, répondit en rougissant madame de Pommeuse; je craignais d'être attaquée....

— Ah! oui... par les gens qui vous ont enlevée... je n'y pensais plus à ces singuliers bandits qui n'hésitent pas à commettre un rapt... crime prévu par le code pénal... et cela, pour l'unique plaisir de vous faire une niche en vous infligeant vingt-quatre heures d'arrêts forcés... et même moins, puisqu'il n'est pas encore midi et que vous êtes arrivée seulement hier soir, à la nuit tombante.

— Ils avaient d'autres desseins...

— Lesquels? Ils ne vous ont ni tuée, ni volée, ni violentée. Que prétendaient-ils donc faire de vous?

— Je ne sais.

— Supposez-vous qu'ils avaient formé le projet de vous extorquer une signature dont ils se seraient servis pour se procurer de l'argent... ou pour vous dépouiller de votre fortune?

Cette fois, M. Pigache avait touché juste et il ne s'en doutait pas, car en ce moment, il plaidait, comme on dit, le faux pour savoir le vrai.

Pour le renseigner sur les intentions réelles de ses persécuteurs, madame de Pommeuse n'aurait eu qu'à lui raconter la visite de l'envoyé de M. Tévenec, mais cette visite se rattachait à une situation qu'elle tenait à laisser dans l'ombre.

Elle s'était abstenue d'en parler à Lucien Croze, pendant qu'elle était seule avec lui. A plus forte raison, n'en voulait-elle pas parler à ce policier inquisiteur qui évidemment cherchait à la prendre en faute et qui en savait peut-être plus long qu'il n'en disait.

Elle résolut même d'essayer de couper court à des questions multipliées qui la mettaient sur les épines.

— Monsieur, dit-elle, j'ai répondu comme j'ai pu à tout ce que vous m'avez demandé. Ne m'en demandez pas davantage. Vous ne pouvez pas exiger de moi que je vous apprenne ce que j'ignore moi-même. Les misérables qui m'ont amenée ici n'ont pas fait cela sans motif, mais ils ne m'ont pas confié leurs projets et je ne les ai pas pénétrés.

Vous serez sans doute plus habile que moi. Vous parviendrez à arrêter ces lâches coquins et vous leur arracherez leurs secrets.

C'est mon plus cher désir... mais je ne puis rien pour vous seconder.

— Et monsieur ne peut rien non plus, n'est-ce pas ?

— Monsieur a été mêlé accidentellement à cette malheureuse affaire... il en sait encore moins que moi.

— Il sait cependant que vous avez été impliquée dans une autre affaire... beaucoup plus grave que celle-ci... puisqu'il était là quand vous avez été reconnue, chez lui, par le cocher de fiacre qui vous avait conduite au boulevard Bessières.

— C'est vrai... mais quel rapport y a-t-il entre cette histoire, déjà vieille de huit jours, et l'enlèvement dont j'ai été victime ?

Madame de Pommeuse payait d'audace en répondant de la sorte, mais elle n'avait pas pu s'empêcher de pâlir en entendant cette allusion à la scène qui lui avait fait perdre pour un temps la confiance de Lucien.

Elle tremblait que M. Pigache n'allât plus loin et que, mieux renseigné depuis sa première entrevue avec elle, il n'entrât dans de nouveaux détails sur le voyage aux fortifications et sur le crime du pavillon.

Il ne se pressait pas de continuer et la comtesse eut l'intuition qu'il se préparait à frapper un grand coup.

Depuis le commencement de cet entretien à trois, les agents, qui étaient entrés dans le salon avec Pigache, se tenaient à distance respectueuse de leur chef et ne se permettaient pas de prendre part à la conversation, mais ils avaient des oreilles et ils ne perdaient pas un mot du dialogue.

— Sortez, vous autres, leur dit M. Pigache, mais restez sur le palier. Je vous appellerai quand j'aurai besoin de vous.

Ils obéirent comme un seul homme et dès qu'ils furent dehors, le maître policier dit à madame de Pommeuse :

— Vous ne vous doutez pas de ce que je viens faire ici ?

— Non, monsieur, je vois bien que vos fonctions vous y ont appelé... mais j'ignore pourquoi.

— Pour l'affaire du boulevard Bessières.

— Comment !... à l'autre extrémité de Paris !

— Mon Dieu, oui... et c'est bien simple. Je ne vous apprends pas que les assassins du pavillon font partie d'une bande parfaitement organisée... tous les journaux l'ont dit et répété à satiété...

— J'ai lu cela, en effet...

— Les journaux ont parlé aussi de la galerie souterraine dont ces coquins se servaient autrefois pour frauder l'octroi de Paris. Mais ils n'ont pas dit qu'ils avaient depuis longtemps abandonné l'usage de ce chemin et qu'ils en avaient creusé un autre sous les fortifications entre la porte d'Arcueil et la porte de Gentilly.

A la Préfecture, nous supposions qu'il existait, mais nous n'en étions pas sûrs et nous ne savions pas où il se trouvait.

Nous le savons depuis une heure. Il aboutit sous cette maison. Quelques-uns des agents que j'ai amenés sont occupés en ce moment à en déblayer l'entrée. Moi, j'espérais surprendre ici un des gros bonnets de la bande... je n'y ai trouvé que vous, madame... vous et monsieur.

— Vous ne nous soupçonnez pas, j'espère, de faire la fraude, dit la comtesse en s'efforçant de sourire.

— Non, madame. Seulement, je tiens à vous apprendre le nom du propriétaire de cette succursale du pavillon de la porte de Clichy.

Cet homme s'appelle Jean Tévenec.

La comtesse tressaillit, mais elle fit assez bonne contenance. Elle s'attendait à cette déclaration et elle était presque préparée à y répondre, quoiqu'il lui en coûtât beaucoup de parler de ses affaires de famille devant Lucien Croze.

— Vous devez le connaître? demanda le policier.

— Oui, monsieur, répondit-elle, sans hésiter.

— Eh! bien, je ne vous en fais pas mon compliment. C'est un coquin de la pire espèce.

— C'est aussi mon pire ennemi.

— Vraiment?... comment se fait-il donc que je vous trouve dans sa maison?

— Je vous ai déjà dit que je n'y suis pas venue de mon plein gré.

— Alors, vous supposez que c'est lui qui vous a fait enlever, pour vous y amener?

— Je n'en doute pas.

— Voilà qui est inexplicable. Si c'était lui, il se serait montré.

—Je ne comprends pas plus que vous pourquoi il n'a pas paru, mais je vous répète que je ne l'ai pas vu.

— Ni lui, ni personne? interrogea le sous-chef de la sûreté en regardant fixement madame de Pommeuse.

La question était posée de telle sorte que, pour y répondre, la comtesse n'avait d'autre alternative que de mentir ou de raconter son entrevue avec le messager de Tévenec, qu'elle avait jusqu'à ce moment passée sous silence.

Elle se dit qu'au point où elle en était avec Pigache et avec Lucien Croze, elle pouvait bien avouer tout.

Pigache savait que Tévenec avait été l'associé de feu Grelin et Lucien l'apprendrait tôt ou tard. Mieux valait donc parler franchement.

— Un homme s'est présenté ici ce matin.

— Enfin ! vous en convenez ! qui était cet homme?

— Je ne le connais pas et il ne m'a pas dit son nom. Mais il venait de la part de M. Tévenec. Il ne s'en est pas caché.

— Très bien. Que vous a-t-il dit?

— Il m'a proposé d'aller rejoindre M. Tévenec et de passer en Angleterre avec lui.

— Vous avez refusé !

— Oh ! sans hésiter. Alors, il m'a menacée de mort...

— Menacée de mort, c'est vague.

— Il ne m'a pas dit comment celui qui l'envoyait se déferait de moi, mais il m'a laissé entendre qu'on me laisserait mourir de faim dans cette maison.

— Ce n'était pas sérieux.

— Cela aurait pu arriver, si M. Croze n'était pas venu me délivrer.

— Si M. Croze n'était pas venu, je serais venu, moi.

Et cet homme devait le prévoir, car il fait certainement partie de la bande, et ces gens-là savaient très bien que la police était sur leurs traces. La preuve, c'est que Tévenec s'est mis à l'abri. Il est peut-être déjà hors de France.

— Je ne crois pas. Son envoyé m'a demandé si je consentirais à partir avec lui. C'est donc qu'il est encore à Paris. Mais je pense qu'il n'y restera pas longtemps.

— Je le crois aussi. Son représentant a dû vous dire où il vous attendait.

— Il s'en est bien gardé. Il m'offrait de me conduire, en voiture, chez mon notaire, d'abord, qui m'aurait remis mes valeurs et mes titres de rente... il m'aurait menée ensuite à la gare du Nord.

— Je comprends que vous n'ayez pas accepté. Alors, c'est à votre fortune que ce Tévenec en veut ?

— A ma fortune et à ma personne. Il y a dix ans qu'il rêve de m'épouser... malgré moi.

— Il doit y avoir renoncé, depuis qu'il a vu son messager... car il l'a certainement revu... il l'attendait peut-être en bas dans une voiture.

— Je l'ai pensé.

— A quelle heure est parti d'ici l'homme qui vous a proposé de vous emmener ?

— Je ne saurais vous le dire exactement, mais il y a déjà longtemps. Lorsqu'il est entré dans ce salon, il faisait à peine jour, et il n'est pas resté plus de vingt à vingt-cinq minutes.

— Et après son départ, qu'avez-vous fait ?

— Je me suis mise à la fenêtre, et j'ai attendu longtemps... très longtemps... avant de voir arriver M. Croze dans le parc de Montsouris... je me rappelle qu'au moment où je l'ai aperçu, je venais d'entendre une horloge sonner onze heures.

— Il est midi passé. Tévenec et son complice doivent être loin. Si la dénonciation anonyme était arrivée plus tôt à la Préfecture, nous les aurions pris tous les deux.

— Quoi ! c'est ce matin seulement qu'on les a dénoncés !

— Oh ! nous savions déjà que Tévenec était un des chefs de l'association, mais nous ne savions pas encore où les fraudeurs avaient transporté le siège de leur industrie. Nous l'avons appris, aujourd'hui, à dix heures et demie, par une lettre qui a été remise dans la rue, devant la Préfecture, à un gardien de la paix. Cette lettre, à moi adressée, contenait des indications précises sur la maison de la rue Gazan. Je n'ai pas perdu un seul instant pour m'y transporter, mais je suis arrivé trop tard. L'oiseau s'était envolé et j'ai trouvé ici ce que je ne cherchais pas.

— Je commence à comprendre, murmura la comtesse.

— Que comprenez-vous? demanda vivement M. Pigache.

Madame de Pommeuse répondit par une question à laquelle ne s'attendait guère le chef de la sûreté.

— Comment était l'homme qui a remis la lettre ? Vous devez le savoir.

— Le gardien de la paix m'a dit qu'il était jeune et très bien habillé... un blond, de taille moyenne... avec une figure douce...

— C'est bien celui que j'ai vu, ce matin...

— Le complice de Tévenec?... allons donc !... il n'aurait pas dénoncé son patron.

— Il ne l'a dénoncé qu'après s'être assuré qu'ils n'avaient plus, ni l'un ni l'autre, à craindre d'être pris.

— Ça, c'est possible. Mais quel intérêt avaient-ils à désigner la maison où ils opéraient depuis dix ans ?

— C'est la vengeance dont ils m'ont menacée. Je m'explique maintenant pourquoi ils n'ont fermé à clé que la porte du salon qui me servait de prison. Ils savaient que vous viendriez. Ils espéraient que vous m'arrêteriez et que je paierais pour eux.

— Hé ! hé !... pas mal imaginé... si vous étiez des leurs... mais, ils doivent savoir que vous n'en êtes pas... que vous n'en avez même jamais été.

— Il leur suffisait que je fusse arrêtée ici. Cet homme, pour me décider à le suivre, m'a dit qu'on me soupçonnait déjà et que j'allais être appelée devant le juge d'instruction.

— Vous avez dû recevoir la citation.

— Non, monsieur. Si je l'avais reçue, j'aurais obéi immédiatement, car je n'ai rien à me reprocher.

— Au fait !... c'est ce matin qu'elle a dû être remise chez vous... et vous n'y étiez pas...

— Donc, elle ne m'est pas parvenue... mais je la tiens pour reçue et je me présenterai demain au magistrat qui l'a lancée.

— Demain !... Pourquoi pas aujourd'hui ?... pourquoi pas maintenant ?... Il restera toute la journée au Palais... Il attend dans son cabinet mon rapport sur l'expédition dont il m'a chargé... Je vais vous y conduire, dans son cabinet, quand j'aurai fini ici... et ce ne sera pas long, puisque Tévenec a décampé.

— Je suis prête à vous suivre, répondit la comtesse en regardant à la dérobée Lucien Croze qui écoutait, sans y prendre part, ce dialogue inquiétant.

— Vous savez sur quoi vous allez être interrogée ? demanda d'un ton bref le sous-chef de la sûreté.

— Sur mon voyage au boulevard Bessières, en compagnie de M. de Chalandrey. Je répondrai ce que je vous ai déjà répondu quand vous m'avez questionnée chez M. Croze.

— On vous parlera sans doute d'autre chose encore, mais cela regarde le juge d'instruction, et je n'ai rien à vous dire à ce sujet. Je reviens à Tévenec... vous persistez à soutenir qu'en vous attirant ici il avait pour but de vous livrer à la justice ?

— Au cas où je n'accepterais pas ses propositions, oui, monsieur, tout le prouve et son porte-paroles me l'a dit très nettement.

— Tévenec croit donc que vous avez trempé... directement ou indirectement... dans les crimes commis par l'association à laquelle il est affilié.

— Il sait parfaitement le contraire, mais il espère me nuire en m'impliquant dans une instruction criminelle. Il aurait préféré que je le suivisse à l'étranger où il aurait pu impunément me dépouiller de ce que je possède. Il n'y a pas réussi ; il se venge. Et son plan était arrêté d'avance, car l'homme qu'il m'a envoyé a eu soin de m'apprendre que je venais d'être citée devant le juge d'instruction. Il espérait que, redoutant la justice, je consentirais à partir.

— Il ne pouvait pas espérer cela, si, comme vous l'affirmez, il sait que vous n'avez rien à vous reprocher.

— Il pensait m'effrayer... je ne suis qu'une femme... j'aurais pu perdre la tête.

— Et vous ne l'avez pas perdue, je le vois, mais

je me demande comment ces coquins ont pu savoir que le juge d'instruction vous a fait appeler.

— C'est ce que je ne me charge pas de vous expliquer.

— Ils doivent avoir des intelligences au Palais de justice. Ils ont de l'argent et avec de l'argent, on achète des subalternes. C'est une enquête à ouvrir et je vais signaler le fait au juge qui a lancé la citation.

A ce moment, un agent entr'ouvrit la porte et annonça que ses camarades, ayant fini de visiter le rez-de-chaussée de la maison, attendaient M. le commissaire pour lui rendre compte du résultat de leurs recherches.

Pigache sortit pour entendre leur rapport, mais il eut soin de laisser la porte entrebaillée.

Madame de Pommeuse se rapprocha de Lucien et lui dit à demi-voix :

— Vous avez entendu... je suis soupçonnée, puisqu'un juge me fait appeler... je ne sais ce qu'il adviendra de moi... Vous être libre de ne pas me revoir... je vous rends votre parole...

— Vous savez bien que je vous aime, répondit Lucien. Il ne dépend pas de moi de ne plus vous aimer... alors même que vous seriez coupable.

— Vous verrez bientôt que je ne le suis pas... et je puis tout braver, maintenant.

Elle n'eut pas le temps d'en dire davantage, car M. Pigache reparut. Le rapport avait été court.

— Mes hommes n'ont rien trouvé, dit-il. Je n'ai plus rien à faire ici.

8.

Venez, madame. On m'attend au palais.

Vous, monsieur, vous pouvez vous retirer. Je sais où vous prendre, quand j'aurai besoin de vous.

Et comme Lucien ne bougeait pas :

— Eh ! bien !... Qu'attendez-vous? lui demanda sèchement le sous-chef de la sûreté.

— J'attends que vous partiez avec madame, répondit sans broncher Lucien Croze. Je ne veux pas la quitter.

— Parbleu ! voilà qui est trop fort ! s'écria M. Pigache. De quoi vous mêlez-vous?... savez-vous bien que si, au lieu de vous congédier, je vous envoyais tout droit au Dépôt de la Préfecture, je ne ferais que mon devoir.

— Faites-le.

— Vous prétendez que vous êtes entré ici, parce que madame vous a appelé par la fenêtre. Je ne suis pas obligé de vous croire. J'étais décidé à vous laisser en liberté jusqu'à nouvel ordre. Je puis revenir sur ma décision... et si vous tenez à aller en prison, je n'ai qu'un mot à dire pour que vous y couchiez ce soir.

— Dites-le.

La comtesse comprit que Lucien allait se perdre et qu'il était temps qu'elle intervînt.

— Monsieur, lui dit-elle, votre sœur s'inquiéterait, si vous tardiez à rentrer. Je vous prie d'aller la rassurer.

— A vous, madame, je vais obéir.

— C'est heureux, grommela Pigache.

— Vous savez qu'il faut que j'aille aujourd'hui

devant le juge d'instruction, reprit madame de Pommeuse. Monsieur veut bien m'y conduire et je l'en remercie. Partez!... nous nous reverrons bientôt.

— Oui, partez, appuya M. Pigache; et le plus tôt sera le mieux.

Lucien serra la main que lui tendait la comtesse et sortit, escorté jusque sur le palier par le sous-chef de la sûreté qui donna à ses agents l'ordre de le laisser passer, et qui rentra en disant:

— Vous vous intéressez à ce garçon, n'est-ce pas, madame?

— Oui, monsieur, à lui et à sa sœur, répondit madame de Pommeuse assez étonnée de ce début.

— Sa sœur n'a rien à craindre, mais lui n'a qu'à se bien tenir. Le parquet a eu vent de la soustraction commise chez M. Sylvain Maubert, et votre protégé pourrait bien être interrogé... son ancien patron le sera certainement, demain, si ce n'est aujourd'hui, et s'il persiste dans sa déclaration, le jeune homme passera un mauvais quart d'heure, car son affaire n'est pas claire.

Mais il ne s'agit pas de lui, en ce moment. Vous allez monter avec moi dans un fiacre qui va nous conduire au Palais de justice et vous raconterez votre histoire au juge d'instruction.

— Je ne demande que cela.

— Je serai là et je dirai ce que j'ai vu ici... tout ce que j'ai vu, mais rien de plus. Je ne vous suis pas hostile et je souhaite que vous sortiez de là blanche comme neige.

— Je suis donc accusée?

— Pas encore, puisque vous avez été citée comme témoin. Mais ce n'est pas sur votre présence dans la maison où je vous ai trouvée qu'on va vous interroger. Il sera question, accessoirement, de votre voyage à la rue Gazan, mais l'interrogatoire roulera surtout sur un autre voyage que vous avez fait... volontairement, celui-là... votre voyage au boulevard Bessières...

— Je vous ai dit la vérité, quand vous m'avez mise en présence du cocher qui m'a reconnue.

— Pardon! Vous n'avez rien dit du tout. C'est moi qui ai parlé tout le temps et c'est à peine si vous avez répondu à quelques-unes des questions que je vous posais. Il y avait là, du reste, un M. de Chalandrey, votre compagnon de voyage, qui se chargeait de répondre à votre place. J'ai bien voulu ne pas insister, ce jour-là. J'avais deviné pourquoi vous vous taisiez sur le point le plus important qui était de savoir où vous êtes allée, après avoir quitté ce M. de Chalandrey. Il y avait là trop de monde. Mais dans le cabinet du juge d'instruction, il n'y aura personne. Vous pourrez parler comme au confessionnal, sans avoir à craindre de vous brouiller avec vos amis, ou tout au moins de déchoir dans leur estime.

— Je... je ne comprends pas, balbutia la comtesse, qui ne comprenait que trop l'allusion à la visite qu'elle aurait faite à un amant et à la présence de Lucien qui l'avait empêchée d'en convenir.

— Dans votre intérêt, reprit M. Pigache, sans relever cette protestation timide, je vous engage à

être plus franche aujourd'hui. Mais j'empiète sur les
attributions de M. le juge qui vous fera comprendre,
beaucoup mieux que moi, que le temps des réticences est passé. Maintenant, nous en savons plus
long qu'il y a huit jours, sur le crime du pavillon...
et pour vous encourager à être sincère, je prends
sur moi de vous dire qu'on ne vous accuse pas d'y
avoir pris part. On ne vous demandera que des
renseignements.

Maintenant, madame, veillez me suivre.

Madame de Pommeuse remit son chapeau et son
manteau qu'elle avait ôtés, la veille, pour s'étendre
sur la chaise longue où elle avait passé une si mauvaise nuit.

Pigache eut la discrétion de la laisser seule, pendant qu'elle donnait devant une glace ce dernier
coup de main à la toilette que les femmes ne négli-
gent jamais, même dans les grandes crises de
leur vie.

Il alla sur le palier renvoyer ses agents, et la
comtesse put descendre l'escalier sans avoir à
subir le contact déplaisant de ces policiers inférieurs.

En bas, elle n'eut point à passer sous la voûte
dont la voiture cadenassée avait éveillé l'écho en arrivant, la nuit.

La maison de M. Tévenec avait sans doute deux
entrées.

Madame de Pommeuse reconnut l'allée plantée
qu'elle dominait de la fenêtre où elle s'était accou-
dée le matin.

Le fiacre attendait dans la rue Gazan, devant une petite porte qui n'était pas celle par où la comtesse était entrée, la veille.

Un des agents était déjà grimpé sur le siège à côté du cocher, mais les autres brillaient par leur absence.

Leur chef avait eu le bon goût de se passer de leur assistance pour conduire à travers Paris une femme inoffensive.

Elle y monta la première et Pigache y prit place à côté d'elle, le plus poliment du monde.

Elle était peu disposée à parler et il n'essaya point d'entamer une conversation.

Il avait dit tout ce qu'il avait à dire. Il la croyait suffisamment préparée à faire des aveux et il ne voulait pas gâter son ouvrage en revenant sur des avertissements, déjà donnés et compris.

Le trajet fut donc à peu près silencieux, mais il fut long, car le fiacre n'allait pas vite et il y a loin du parc Montsouris à la Cité.

On arriva pourtant et le sous-chef de la sûreté, qui tenait à avoir des égards jusqu'au bout, eut soin de faire arrêter sur le quai des Orfèvres, au lieu d'entrer en voiture dans la cour de la Sainte-Chapelle.

Il défendit même à l'agent de le suivre et il conduisit seul madame de Pommeuse au cabinet du juge d'instruction, à travers des escaliers et des couloirs interminables où ils ne rencontrèrent que des gardes de Paris escortant des prévenus sans importance que la comtesse prit pour des plaideurs ou pour des avocats.

Elle n'avait jamais mis les pieds dans l'intérieur du redoutable édifice où fonctionne la Justice et son erreur était assez excusable, car il est souvent difficile de distinguer, sur la mine, un honnête homme d'un coquin.

M. Pigache la fit entrer dans une espèce d'antichambre, garnie de bancs scellés au mur, qui précédait le cabinet du juge d'instruction.

Elle est assez mal logée, la Justice, et les témoins qu'elle mande par devant elle sont traités sans aucune espèce de cérémonie. On ne leur offre ni chaises, ni fauteuils, pour attendre le bon plaisir du magistrat qui va les interroger.

Le sous-chef de la sûreté parla tout bas à l'huissier qui était de service dans cette salle étroite et revint dire à madame de Pommeuse :

— M. le juge d'instruction est allé déjeuner. Il va rentrer d'un instant à l'autre. Je vais lui laisser un mot sur son bureau pour le prévenir que vous êtes là et il vous fera appeler immédiatement. Je suis obligé de vous quitter pour aller au Parquet, mais je serai vite de retour et je compte vous retrouver ici.

— Croyez que j'y resterai jusqu'à ce que j'aie vu le juge, répondit la comtesse, avec un peu d'ironie et un peu d'amertume. Il me tarde d'en finir.

Pigache revint à l'huissier, lui dit quelques mots à l'oreille et se fit ouvrir la porte du cabinet où, à l'en croire, il n'y avait personne, en ce moment.

La comtesse eut l'idée qu'il mentait, qu'il voulait conférer tout à son aise avec le juge d'instruction et qu'il venait de recommander à l'huissier de ne pas la laisser partir.

Peu importait à la pauvre Octavie. Elle s'attendait à d'autres humiliations et elle était résignée à les subir. Elle se consolait en pensant que Lucien l'aimait et qu'elle pourrait l'épouser, lorsque ce cauchemar judiciaire aurait pris fin.

Les façons très radoucies du sous-chef de la sûreté l'avaient presque rassurée et elle espérait en être quitte pour un interrogatoire qu'elle ne redoutait pas, parce qu'elle se sentait forte de son innocence.

Elle n'avait pas de plan arrêté pour répondre aux questions embarrassantes que le juge allait lui poser. Elle se promettait seulement d'accabler l'affreux Tévenec, d'avouer même, si elle s'y trouvait forcée, qu'elle avait partagé avec ce misérable les revenus d'une fortune mal acquise, dont elle ignorait l'origine.

Pour le reste, Dieu l'inspirerait.

Elle alla, non sans répugnance, s'asseoir sur une banquette, où beaucoup de gens qui ne la valaient pas avaient pris place avant elle et elle attendit.

La comtesse n'était pas là depuis cinq minutes, lorsqu'une femme entra comme un ouragan : une grosse commère, haute en couleur et en verbe, qui cria à l'huissier, eu lui mettant un papier sous le nez :

— C'est-il, ici, chez le juge qui m'a envoyé ça ?

— Oui, grommela le préposé à la surveillance de

la chambre des témoins. Pas tant de bruit, s'il vous plaît! Asseyez-vous et tenez-vous tranquille. On vous appelera quand ce sera votre tour.

— Vous gardez le papier?... ah! oui, pour que le juge sache que je suis là.

— En voilà assez!... vous criez comme si vous étiez sur le carreau des halles.

— C'est bon!... vous fâchez pas!... on se tait.

Et la dondon se laissa tomber sur la banquette, non loin de madame de Pommeuse qui se recula vivement.

— Est-ce que je vous gêne, ma petite dame? demanda cette nouvelle venue qui avait bien l'air, en effet, d'arriver de la halle au poisson.

La comtesse ne répondit pas, et s'éloigna encore plus.

Cette promiscuité de l'antichambre la révoltait et elle ne se dissimulait pas que c'était le commencement des supplices qu'elle était destinée à endurer.

— Dites donc, vous! est-ce que vous croyez que j'ai la gale? grogna la commère. Si je vous gêne, faut le dire.

— Non, madame, vous ne me gênez pas, dit doucement la comtesse, résignée à tout supporter.

— A la bonne heure! s'écria la grosse femme, déjà calmée. Je me disais aussi: une petite dame si gentille ne doit pas être fière avec le pauvre monde. Et puis, ici, voyez-vous, c'est pas comme au régiment... les simples soldats sont les *égals* des colonels... et je suis sûre que vous êtes aussi embêtée que moi d'avoir été obligée d'y venir.

C'est p't-être bien pour la même histoire.

Et comme la comtesse, interloquée, ne disait mot :

— Moi, ils m'ont citée pour l'affaire des fortifications... vous savez bien... un homme étranglé qu'on a trouvé dans le fossé, pas loin de la porte de Clichy.

Madame de Pommeuse ne put dissimuler un mouvement nerveux, et elle eut quelque peine à balbutier :

— Oui... oui... je sais.

— Si ça a du bon sens de me déranger, parce que j'ai eu la mauvaise chance de m'établir dans ce quartier-là ! Mais minute !... Je vas leur coller leur paquet à tous ceux qui m'ont fourrée là-dedans.. ils sauront que je suis une honnête femme... et je leur en amènerai des témoins qui lèveront la main que je n'ai jamais fait tort à personne.

Le commandant d'Argental est là pour le dire.

— Vous connaissez le commandant d'Argental ! s'écria madame de Pommeuse, stupéfaite.

— Un peu, que je le connais ! dit en se rengorgeant la commère. J'ai servi dans le même régiment que lui.

La comtesse crut que cette femme devenait folle et se recula de plus belle, à seule fin de se mettre hors de portée de ses atteintes, en cas d'accès subit.

— Oui, ma petite dame, j'ai été cantinière au 3ᵉ chasseurs d'Afrique, du temps que Pierre y était sous-lieutenant.

— Elle l'appelle Pierre, murmura, en se parlant à elle-même, madame de Pommereuse, de plus en plus abasourdie.

— En v'là un brave homme!... troupier fini... et pas fier avec ça... il est venu l'autre semaine déjeûner chez moi, au *Lapin qui saute*... et il a amené son neveu... un pékin qui ne fait pas de manières non plus, parce qu'il a servi... comme engagé volontaire, c'est vrai... mais il réengagera un de ces quatre matins.

— Son neveu! M. Maxime de Chalandrey ?

— Tiens ! vous le connaissez !

— Oui, madame... et je connais aussi M. d'Argental.

— Comme ça se trouve!... Est-ce que vous êtes leur parente !

— Non, mais je les vois assez souvent... dans le monde.

— Dans la *haute*, comme nous disons, nous autres... ils en sont, je le sais bien... et ils ne font pas leur tête pour ça. Je viens de les voir et ils m'ont reçue!... fallait voir ça !

— Ah ! vous venez de...

— De la rue de Naples, oui ma petite dame. Le commandant était chez son neveu et je lui ai raconté ce qu'ils m'ont fait, ces gueux de *roussins*... mon établissement fermé par ordonnance de police!... Pierre m'a promis qu'il parlerait pour moi, mais en attendant, me v'là consignée... et par dessus le marché, en rentrant à mon garni, rue des Epinettes, j'ai trouvé un mouchard qui m'a collé ce bout de papier... ordre de me présenter chez M. le juge d'instruction, aujourd'hui, de une heure à deux heures... qu'est-ce qu'il me veut encore, celui-là ?

— Plus bas, madame, je vous en prie ? Nous ne sommes pas seules.

— Ça m'est égal. Ce que j'ai sur le cœur, il faut que je le dise... et il saura de quel pied je me mouche, ce particulier.

Ah ! si j'avais reçu la citation avant de voir le commandant, je l'aurais prié de venir ici avec moi et il n'aurait pas refusé de rendre service à une ancienne de Crimée... d'autant que son neveu est guéri maintenant...

— M. de Chalandrey ?... il était donc malade ?...

— C'est-à-dire qu'il a manqué de passer l'arme à gauche. Il s'est fait décrocher par son cheval dans le bois de Boulogne... On l'a rapporté sans connaissance et il est resté huit jours sur le flanc... et dire que je n'en savais rien !

Madame de Pommeuse, non plus, n'en savait rien. Elle l'apprenait par la bouche de Virginie Crochard, et elle comprenait enfin pourquoi Maxime ne lui avait pas donné signe de vie, depuis qu'elle l'avait rencontré au Bois.

— Si je l'avais su, je serais allée le veiller, reprit l'ex-cantinière. Mais il a été bien soigné tout de même.

Je suis sûre que vous auriez fait comme moi, ma petite dame... quoique, à votre âge... garder un jeune homme...

— J'ignorais qu'il fût arrivé un accident à M. de Chalandrey.

— Dame ! vous ne vivez pas avec lui, c'est clair... Seulement, ça m'étonne que son oncle ne vous ait pas écrit.

— J'en suis aussi étonnée que vous.

— Après ça, il n'avait guère le temps, ce pauvre Pierre... le petit a été toute la semaine entre la vie et la mort... et pendant tout ce temps-là, Pierre ne l'a pas quitté... une mère n'aurait pas mieux soigné son garçon.

La comtesse ne dit plus rien. Elle pensait que si Maxime eût été sur pied, il l'aurait peut-être préservée des embûches où elle était tombée, faute de bons conseils.

Maxime était le seul homme qui connût tous ses secrets, depuis que le hasard l'avait mis en possession du plus dangereux de tous; elle lui avait tout dit, elle lui avait montré toutes ses plaies, à Maxime, tout ce qu'elle cachait à Lucien Croze : l'aventure du pavillon et le retour en France du frère contumace. Elle ne pouvait se fier qu'à Maxime, parce qu'il n'était pas épris d'elle comme l'était Lucien.

On se fie à un ami ; on se défie d'un amoureux.

Cet ami précieux lui avait fait défaut à l'heure où elle aurait eu besoin de son appui.

Elle ne pouvait guère s'en prendre qu'à elle-même d'être restée sans nouvelles de lui. Un amour-propre mal placé l'avait empêchée d'aller le voir, le lendemain de leur rencontre au bois de Boulogne. Si elle y était allée, elle aurait appris l'accident, et elle aurait pu seconder ce brave d'Argental qui soignait si bien son neveu et qui aurait pu être pour elle un défenseur, moins bien renseigné et moins dévoué que Maxime, mais plus judicieux et plus prudent.

Les regrets ne servent à rien, mais la comtesse, avertie par Virginie Crochard, se promettait bien de courir rue de Naples aussitôt qu'elle en aurait fini avec le juge d'instruction.

— Alors, comme ça, reprit la mère Caspienne, ils vous y ont fourrée aussi dans c'te sale affaire du boulevard Bessières ?... Une gentille petite dame comme vous, si ça ne fait pas suer!

Madame de Pommeuse, pour le coup, ne sut que répondre et elle s'estima très heureuse que l'huissier vînt à son aide en interpellant la mère Caspienne en ces termes :

— Dites donc, vous, allez-vous laisser madame en repos !... on ne doit pas parler dans la chambre des témoins... si vous continuez, je vais vous faire mettre à la porte, entendez-vous.

Virginie allait répliquer; un coup de sonnette parti du cabinet du juge lui ferma la bouche.

L'huissier se précipita et disparut un instant derrière la porte de communication.

— Enfin ! grommela Virginie, on va nous relever de faction... savoir à qui le tour ?... Vous étiez là avant moi.

L'huissier revint et appela madame de Pommeuse, qui était déjà debout et qui se hâta de le suivre, ravie d'échapper aux questions de l'ancienne cantinière du 3e chasseurs d'Afrique.

Celles que le juge allait lui poser devaient l'embarrasser bien davantage.

Elle se trouva subitement devant un homme, jeune encore et de très bonnes façons, qui se leva en la voyant et lui offrit un fauteuil, au lieu de lui désigner du geste la chaise de paille où prennent place, tour à tour, les prévenus et les témoins.

Ce début était de bon augure. Il donna de l'assurance à la comtesse qui se voyait traitée comme une femme du monde qu'elle était et qui ne s'attendait pas à tant d'égards.

M. Pigache procédait plus rudement.

Mais Pigache n'était qu'un policier, qu'un long exercice de ses fonctions avait désaccoutumé de la politesse.

Le juge était un monsieur bien appris, qui savait son monde et qui tenait à se montrer courtois, tout en restant magistrat.

— Madame, commença-t-il d'un ton doux, je viens d'entendre le sous-directeur de la sûreté qui m'a raconté l'étrange mésaventure par laquelle vous venez de passer... et qui m'a répété les explications que vous lui avez fournies. Je m'empresse de vous dire que je les tiens pour sincères. Je ne doute pas que vous n'ayez été attirée dans un piège par un homme qui a bien d'autres méfaits dans son dossier et qui, j'en ai bien peur, échappera aux recherches de la justice.

La comtesse s'inclina légèrement pour remercier le juge de la bonne opinion qu'il avait d'elle.

Elle se rassurait de plus en plus.

— Je n'ai pas besoin d'ajouter que vous n'êtes pas impliquée dans l'horrible affaire que je suis chargé d'instruire, continua ce juge bienveillant. Un fait que suis obligé de vous rappeler a attiré un instant, sur vous, l'attention de la justice. Un cocher vous a reconnue pour vous avoir menée au boulevard Bessières, le jour où le crime a été commis. Vous ne l'avez pas nié et si vous n'avez pas cru devoir expliquer le but de ce voyage, c'est pour des raisons qu'un magistrat peut ne pas admettre, mais qu'un homme du monde peut comprendre et excuser.

Je ne vous ai pas appelée pour vous interroger sur ce point... délicat. Vos secrets vous appartiennent, madame, et vous n'êtes pas tenue de me les confier. Si je vous soupçonnais d'avoir pris part au crime du pavillon, ce serait à moi de vous prouver que vous y avez trempé... mais je ne vous soupçonne pas.

Cette doctrine, dans la bouche d'un juge d'instruction, était une nouveauté, mais la comtesse l'approuvait de tout son cœur et elle se félicitait d'être tombée sur un si galant homme.

— Je n'ai à vous demander, reprit-il, que des renseignements. Il vous en coûtera de me les donner, je le sais... mais je m'adresse à votre loyauté et je suis certain que vous me direz la vérité.

— Vous pouvez y compter, monsieur. De quoi s'agit-il ?

— De vos rapports avec M. Tévenec.

— Ils dataient de ma première enfance et ils ont cessé tout récemment... dès que j'ai su que cet homme était un misérable... cette rupture, je l'ai payée cher et j'ai failli la payer plus cher encore.

— Je le sais... et je sais aussi que vous ne pouviez pas rompre plus tôt. M. Tévenec avait été autrefois l'associé de votre père et, après la mort de M. Grelin, il a géré votre fortune.

— Oui, monsieur. J'ai appris trop tard l'origine de cette fortune... mais je n'ignore plus maintenant qu'elle a été mal acquise.

— Votre franchise me met à l'aise pour vous parler de votre père. Il a été... nous en avons la preuve... l'organisateur d'une vaste association de fraudeurs.

— Je n'en doute plus, monsieur... mais je vous jure que jusqu'à ces derniers événements, je ne le savais pas. J'ai eu le tort, que je me reproche amèrement, de ne pas m'enquérir de la source des revenus que M. Tévenec partageait avec moi.

— Un tort qu'on peut pardonner à une jeune femme qui entrait dans la vie et qui ignorait les affaires.

Cette association paraît s'être beaucoup étendue depuis la mort de votre père et on est fondé à croire qu'elle n'avait plus pour unique objet la contrebande. Elle s'occupait de beaucoup d'autres mauvaises œuvres. On peut, je crois, y rattacher des vols importants qui sont restés impunis, des tricheries dans les cercles, des escroqueries sur une grande échelle et elle a fini par un assassinat. Il est vrai que la victime était un affilié... nous le savons maintenant... on a trouvé à son doigt une bague qui était le signal auquel se reconnaissaient entre eux les associés... un œil de chat...

— J'en ai longtemps porté une toute pareille...

elle me venait de mon père... pourquoi vous le cacherais-je ?

— Je savais cela, mais je vous remercie de me le dire. J'arrive maintenant à la question que je tiens à vous soumettre. M. Tévenec était évidemment un des principaux de cette bande, s'il n'en était pas le chef. Je ne désespère pas encore de le faire arrêter, avant qu'il passe à l'étranger. On a télégraphié à toutes les frontières. Vous l'avez vu depuis le crime ?

— Oui, monsieur... il est venu chez moi... me menacer...

— Alors vous devez être convaincue... comme moi... qu'il a participé à l'assassinat... sur ce point important, je tiens beaucoup à connaître votre opinion.

— Je suis sûre, au contraire, qu'il n'y était pas, répondit imprudemment madame de Pommeuse.

La figure du juge prit aussitôt une autre expression ; de bienveillante qu'elle était elle devint sévère.

Ce fut un changement à vue.

Il avait suffi d'une réponse étourdiment lancée pour que ce juge si bien disposé prît ce qu'on pourrait appeler un air armé en guerre, cet air de circonstance que les magistrats quittent après l'audience, comme ils laissent leur robe au vestiaire.

— Comment pouvez-vous affirmer qu'il n'y était pas, demanda-t-il en regardant fixement la comtesse qui se troublait de plus en plus.

— Je veux dire que je ne crois pas qu'il y fût, balbutia-t-elle.

— Et d'où vient que vous ne le croyez pas ?... Tout indique au contraire que ce Tévenec a préparé, commandé et exécuté le crime. Sur quoi s'appuie votre affirmation ?

Madame de Pommeuse baissa les yeux et se tut.

— Prenez garde, madame... si vous ne m'expliquez pas les mots qui vous ont échappé, je vais être forcé de revenir sur la bonne opinion que j'avais de vous.

— Que puis-je vous expliquer ?... je vous ai dit tout simplement ce que je pensais. . Je n'ai aucun intérêt à défendre M. Tévenec qui ne m'a jamais fait que du mal.

— C'est précisément parce qu'il est votre ennemi que vous ne chercheriez pas à le justifier, si vous n'aviez pas la certitude absolue qu'il n'est pas coupable de l'assassinat. Ce n'est pas un reproche que je vous adresse... c'est plutôt un éloge... vous dites la vérité, alors même qu'il n'est pas de votre intérêt de le dire, car vous devez souhaiter que cet homme soit condamné. Mais je vous répète que vous n'affirmeriez pas son innocence, avec tant d'assurance et de spontanéité, s'il vous restait le moindre doute.

La comtesse sentait bien que ce raisonnement était irréfutable, mais comment avouer que si elle affirmait que Tévenec n'avait pas pris part au meurtre, c'est qu'elle y avait assisté, et qu'elle avait pu constater *de visu*, que Tévenec n'y était pas.

— Je ne comprends pas que vous hésitiez, reprit

le juge d'instruction. Que craignez-vous donc ?...

Il est possible que ce Tévenec soit en mesure
d'établir un alibi. En quoi vous compromettriez-vous
en me disant que vous l'avez vu... dans la rue ou
ailleurs... à l'heure où on étranglait un homme
dans le pavillon... ce pavillon qui a appartenu autrefois à votre père ?

Ce discours engageant fut pour madame de Pommeuse un trait de lumière, et elle crut ne pouvoir
mieux faire que de saisir la perche qu'on lui tendait.

— Vous avez raison, monsieur, dit-elle vivement.
Je vous dois toute la vérité et j'ai eu tort d'hésiter à
vous raconter ce que j'ai vu. Vous me parliez tout à
l'heure du voyage que j'ai fait en fiacre au boulevard Bessières... voyage que je n'ai jamais nié... vous
savez aussi qu'un jeune homme m'accompagnait...

— M. Maxime de Chalandrey. Il a été interrogé et
il a expliqué sa conduite.

— Il n'a rien à se reprocher... pas plus que moi,
du reste... mais ce que vous ne savez pas, c'est comment et pourquoi je suis montée, rue du Rocher,
dans ce fiacre où se trouvait M. de Chalandrey. Eh !
bien, je m'y suis jetée, parce que j'avais aperçu, dans
la rue, M. Tévenec qui me guettait. J'avais passé la
nuit près d'une malade... il m'attendait à la porte...
et je ne voulais pas qu'il me vît... j'étais lasse d'être
sans cesse espionnée par lui...

— Et surtout vous ne vouliez pas qu'il sût où vous
alliez. Je comprends cela.

Quelle heure était-il quand vous l'avez vu, rue du Rocher?

— Huit heures... ou huit heures et demie.

— Et on suppose que le crime a été commis, à peu près à cette heure-là... ce n'est qu'une supposition, car nous n'avons pas pu déterminer le moment précis ; cependant, il est à peu près établi que l'homme assassiné a été tué, le matin. Si Tévenec était rue du Rocher à huit heures, c'est une présomption en sa faveur... ce n'est pas une preuve absolue, car il n'y a pas si loin de la rue du Rocher à la porte de Clichy qu'il n'ait pu arriver à temps pour jouer son rôle dans la scène qui s'est passée où vous savez.

— Ce serait possible à la rigueur, mais je ne le crois pas... Voici pourquoi... Lorsque le fiacre où je venais de monter a commencé à marcher, j'ai prié M. de Chalandrey de regarder si on ne nous suivait pas... il a regardé et il a constaté que Tévenec n'avait pas bougé... Tévenec ne m'avait pas vue sortir... il croyait que j'étais encore dans la maison... il a dû persister à m'attendre, Dieu sait, jusqu'à quelle heure.

— Oui... c'est probable... et cela pourrait prouver qu'il n'a pas mis la main à la besogne que ces scélérats ont faite là-bas. Cela ne prouve pas qu'il n'était pas leur complice. C'est un point à éclaircir, quand on le tiendra... si en réussit à l'arrêter.

En attendant, madame, je vous sais gré de m'avoir expliqué votre affirmation qui m'avait tant étonné.

Dire la vérité ne nuit jamais, vous le voyez.

J'admets pourtant qu'il est des cas où une femme est excusable d'en taire une partie.

Ainsi, l'autre jour, quand Pigache vous a interrogée, chez mademoiselle Croze, vous avez refusé de dire où vous êtes allée, après avoir quitté M. de Chalandrey, à la porte de Clichy. Je ne puis pas vous approuver... officiellement... puisque je suis juge d'instruction ; mais j'ai blâmé Pigache d'avoir trop insisté. Il aurait dû sentir que vous ne pouviez pas lui répondre... devant les personnes qui se trouvaient là.

La comtesse comprit le sous-entendu et se demanda si la bonne grâce de ce magistrat n'était que de l'habileté.

— Elles ne sont pas ici, ces personnes, reprit-il doucement, et vous pourriez peut-être me confier à moi... oh ! à moi seul... vous voyez que mon greffier n'est pas là... me confier, dis-je, ce que vous n'avez pas voulu confier à un brave homme de commissaire qui n'a jamais vécu dans le monde... et qui ignore que les secrets d'une femme, c'est sacré... quand elle vous les livre, car il n'en est pas de même si on les lui arrache au cours d'une instruction... alors on peut s'en servir contre elle ou contre d'autres... c'est de bonne guerre.

En d'autres termes, il n'y a que les aveux spontanés qui comptent.

Il eût été difficile de dire plus clairement à la comtesse : si vous ne m'apprenez pas quel était le but de votre promenade matinale aux fortifications, je saurai tout de même ce que vous m'avez caché et je ne serai pas tenu de vous ménager.

Ce juge courtois l'avait amenée, par des chemins enguirlandés de politesses, au point où il voulait la mettre, c'est-à-dire au pied du mur.

Elle n'avait plus qu'à compléter sa confession, ou à se laisser traiter comme une prévenue ordinaire qu'on mène tambour battant.

L'alternative était dure.

— Je n'ai pas besoin de mettre les points sur les i, continua-t-il en souriant. Vous alliez voir quelqu'un... je ne vous demande pas qui... le nom de la personne ne fait rien à l'affaire... mais je voudrais savoir où?... vous comprenez pourquoi.

— Non... pas du tout.

— C'est cependant bien simple. Si vous me disiez: je suis entrée dans telle maison... tel jour... à tel heure... j'y suis restée... tant de temps... j'enverrais un agent sûr et discret vérifier la chose... en interrogeant le concierge... et si, comme je n'en doute pas, cet agent me rapportait qu'il est venu en effet une femme voilée et vêtue de noir comme vous l'étiez le matin du crime, ce renseignement me suffirait et l'enquête en resterait là.

— Alors, vous supposez que j'allais rejoindre un amant?

— Je ne suppose rien... je m'informe. Si votre voyage avait un autre but, indiquez-le moi, ce but... et je m'en rapporterai à votre affirmation.

C'était tentant et madame de Pommeuse hésita. Si son frère eût été hors de France, elle aurait tout dit... sauf la tragique fin de l'aventure; mais elle savait que ce frère sans foi était encore à Paris. Convenir qu'il y était venu et qu'elle l'y avait vu, cela équivalait presque à le livrer, car la police mettrait aussitôt ses plus fins limiers aux trousses du contumace et elle finirait bien par le découvrir.

— Vous hésitez encore. Voyons, madame, faites un effort, ayez confiance en moi. Tenez! je vais vous mettre sur la voie... Vous avez un frère... pour votre malheur.

Chez Lucien Croze, Pigache avait abordé de la même façon la question du frère, mais il n'avait pas poussé la comtesse jusque dans ses derniers retranchements.

Le juge alla plus loin que le policier, car il reprit:

— Eh! madame, si vous me disiez que ce frère, rentré à Paris malgré vous, a fait appel à votre pitié et que vous avez consenti à vous rencontrer avec lui pour lui remettre un secours, je vous croirais, sans examen... je pourrais même fermer les yeux sur le passage à Paris d'un condamné aux travaux forcés qui n'a jamais purgé sa condamnation.

Ce fut dit avec un tel accent de loyauté que la comtesse, touchée de tant d'indulgence, se laissa aller à répondre:

— Vous avez deviné, monsieur. J'allais voir mon frère qui m'avait écrit pour me demander de l'argent et je lui en ai donné.

— Je ne vous en blâme pas, madame, et je souhaite qu'il ait employé cet argent à s'en aller vivre à l'étranger... où il aurait bien dû rester.

Tévenec le connaissait, ce frère?

— Oui, monsieur, et il lui a voué une haine implacable.

— Oh! alors, tout s'explique à merveille. Vous vous cachiez de Tévenec et vous avez réussi à tromper sa surveillance.

Et vous vous êtes cachée aussi de M. de Chalandrey. C'est tout naturel... on n'aime pas à montrer ses plaies de famille. Je vous crois maintenant et je n'ai plus rien à vous demander...

Madame de Pommeuse respira.

— Rien que l'adresse de la maison où votre frère vous attendait. J'ai besoin de la connaître pour faire procéder à la vérification dont je vous ai parlé... et qui me paraît indispensable, quoique je ne doute nullement de ce que vous me dites.

C'est uniquement pour l'acquit de ma conscience de juge d'instruction.

La comtesse rougit. Encore une fois, elle était prise au piège tendu par un magistrat trop habile.

Elle crut s'en tirer par un mensonge assez adroit.

— Mon malheureux frère était sans domicile, dit-elle. Il ne possédait pas un sou et il avait couché deux nuits dehors, faute de pouvoir payer un gîte. Il m'a donné rendez-vous, sur le talus des fortifications, près de la porte de Saint-Ouen. C'est là que je l'ai rejoint.

Le juge se mordit les lèvres. Il n'avait pas prévu cette réponse, assez plausible en somme, et il se trouvait hors de garde.

— Vous avez causé longtemps avec votre frère? demanda-t-il.

— Une heure à peu près.

— Et vous n'avez rencontré personne en vous promenant ainsi... sur le talus des fortifications.

— Personne.

— C'est fâcheux.

— Mais non. J'aurais été très contrariée qu'on nous vît ensemble. Heureusement, ce chemin est peu fréquenté.

Pourquoi regretterais-je qu'on ne m'ait pas remarquée?

— Parce que, si vous étiez mise en demeure de prouver ce que vous dites, on pourrait retrouver des gens qui passant par là, le matin du crime, auraient fait attention à vous et à votre frère... peut-être pourraient-ils donner son signalement·

La comtesse comprit qu'elle n'en serait pas quitte comme elle l'avait espéré.

— Vous m'aviez dit que vous vous en rapporteriez à moi, murmura-t-elle.

Au lieu de répondre à ce reproche, le juge reprit :

— J'ai encore à vous parler de ce jeune homme qu'on a trouvé avec vous dans la maison Tévenec.. de M. Lucien Croze,

— Qu'avez-vous à me dire de M. Lucien Croze! demanda sèchement la comtesse, qui ne doutait plus maintenant d'avoir affaire à un ennemi dans la personne de ce magistrat si poli.

Et à un ennemi d'autant plus dangereux qu'après avoir remporté un premier avantage, il démasquait tout à coup de nouvelles batteries.

— Vous savez de quoi ce jeune homme est accusé, répondit le juge d'instruction.

— Accusé par un misérable qui a juré de le perdre.

— Par un très honorable négociant du quartier du faubourg Poissonnière... M. Sylvain Maubert...

— Banquier, rue des Petites-Ecuries, ami intime de ce Tévenec que vous poursuivez comme assassin.

— Que me dites-vous là !

— Je vous dis ce qui est.

— Comment le savez-vous ?

— Tévenec, la dernière fois que je l'ai vu, s'est vanté devant moi d'être très lié avec lui. Du reste, il plaçait ses fonds dans la maison de banque dirigée par cet homme.

— Ses fonds... et les vôtres peut-être, puisqu'il a administré votre fortune.

— Je l'ignore. Il ne m'a pas dit comment il l'avait placée.

— Cependant, il vous a rendu ses comptes ?

— Non. Il m'a seulement remis la procuration que je lui avais donnée autrefois. Les valeurs qui me viennent de la succession de mon père sont chez mon notaire, maître Boussac. Quant aux revenus que j'ai touchés par l'intermédiaire de ce Tévenec, je n'ai jamais su d'où ils provenaient.

— Il est au moins singulier que vous ne vous en soyez pas informée.

— J'ai eu tort, je le reconnais... et pour réparer ce tort, j'ai pris la résolution de me dépouiller de tout ce que je possède. Je donnerai mon bien aux pauvres et aux hôpitaux.

— En agissant ainsi, vous ne feriez que votre devoir, dit sévèrement le juge d'instruction. Mais vous n'en êtes pas là... [et je n'ai pas fini de vous interroger.

Je reviens à M. Croze... qu'on a trouvé avec vous dans cette maison où vous prétendez avoir été menée de force.

De quelle nature sont les relations que vous entretenez avec lui ?

Ce ton magistral et la forme pédantesque de cette question blessèrent profondément madame de Pommeuse ; mais elle n'était pas dans son salon de l'avenue Marceau ; elle était sur la sellette et il fallait répondre sans tergiverser.

— J'ai vu M. Croze, pour la première fois, il n'y a pas quinze jours, dit-elle simplement.

— Dans quelles circonstances ?

La vérité vraie, c'était qu'elle l'avait aperçu sur le troittoir de la rue du Rocher, causant avec Maxime de Chalandrey, mais cette rencontre ne comptait pas, puisque, à ce moment-là, elle ne savait pas qui il était, et elle put dire, sans mentir :

— M. Croze a une sœur qui est artiste... musicienne et peintre... Cette sœur chante dans les soirées et elle n'y va pas seule. Son frère l'y accompagne toujours. Elle est venue se faire entendre chez moi, un samedi... M. Lucien Croze était avec elle... il m'a été présenté par elle.

— Mais depuis, vous l'avez revu ?

— Deux fois, seulement... une première fois, rue des Dames, où il habite avec sa sœur...

— Je sais cela. Le sous-chef de la Sûreté vous a trouvée chez eux.

— Comme il m'a trouvée, ce matin, dans cette maison où j'étais enfermée. Votre agent a dû vous dire comment et pourquoi M. Croze y était entré.

— Il n'a pu que me répéter les explications que vous lui avez fournies... explications dont il n'a pas pu vérifier l'exactitude. Mais il a constaté que vous étiez avec ce jeune homme sur un pied de familiarité... pour ne pas dire d'intimité... extraordinaire.

— Epargnez-vous, monsieur, des insinuations qui n'ont aucun rapport avec les faits sur lesquels vous m'interrogez en ce moment. M. Lucien Croze n'est pas, n'a jamais été et ne sera jamais mon amant... mais il ne tient qu'à lui d'être mon mari. Je l'aime et je suis prête à l'épouser.

— Malgré la fâcheuse histoire qui vient de lui arriver?

— A cause de cela, précisément. On l'a calomnié... comme on m'a calomniée, moi... nous sommes faits l'un pour l'autre.

— Ainsi, vous persistez à croire que M. Maubert accuse injustement son commis qu'il affirme avoir pris la main dans le sac?

— Je vous répète que ce banquier est l'associé d'un homme que vous tenez vous-même pour très suspect. Et, du reste, la preuve qu'il ment, c'est qu'il n'a pas osé porter plainte contre M. Croze.

— Vous vous trompez. Il a porté plainte... ce
matin.

— Il a attendu que son complice, Tévenec, fût à
l'abri, dit amèrement la comtesse.

— Mais, non... il a hésité pendant quelques jours,
parce qu'il lui en coûtait de perdre un garçon qui
appartient, paraît-il, à une famille honorable... mais
il a été obligé d'en venir là... sous peine de passer
pour un calomniateur.

Et il est prêt à fournir les preuves à l'appui. Il va
les mettre sous mes yeux, aujourd'hui même.

Je l'ai fait prier de passer à mon cabinet..., et je
l'attends.

— Pourquoi donc, alors, n'avez-vous pas fait
arrêter M. Croze, par vos agents? Vous auriez pu le
confronter avec cet homme.

— Je sais ce que j'ai à faire et je n'ai pas besoin
que vous me traciez mon devoir. Il m'a plu de laisser M. Croze en liberté provisoire, mais on le surveille, et je n'ai qu'un ordre à donner pour m'assurer
de sa personne.

— Je souhaite que vous le mettiez le plus tôt
possible en présence de son accusateur... il n'aura
pas de peine à le confondre. Et j'espère, monsieur,
que vous n'oublierez pas de demander à M. Maubert
comment et pourquoi il est l'ami intime de Jean
Tévenec. Il niera, sans doute, mais faites appeler
M. Maxime de Chalandrey. Il vous renseignera sur
les rapports que ces deux hommes avaient ensemble.

— M. de Chalandrey qui vous a accompagnée au

boulevard Bessières? Il a été interrogé par le sous-chef de la Sûreté, et il ne lui a pas parlé de M. Sylvain Maubert.

— Parce que, à ce moment-là, il n'était pas question de ce Maubert. Interrogez vous-même M. de Chalandrey, vous verrez ce qu'il vous répondra.

— Si je pensais qu'il pût... et qu'il voulût... éclaircir l'histoire de votre voyage aux fortifications...

— Essayez toujours. M. de Chalandrey est incapable de mentir, et je tiens d'avance pour vrais tous les renseignements qu'il vous donnera.

Pour que madame de Pommeuse se décidât à mettre en cause Maxime de Chalandrey, il fallait qu'elle eût compris toute la gravité du péril qui menaçait Lucien Croze.

Mais elle se souvenait aussi des derniers conseils que lui avait donnés Maxime, quand il l'avait rencontrée au Bois de Boulogne, avant de tomber de cheval, et elle ne répugnait plus autant à l'idée de tout avouer au juge, même la part qu'elle avait prise à l'horrible scène du pavillon.

Elle s'était tue jusqu'alors parce qu'elle ne voulait pas livrer son frère, et le juge, comme s'il eût deviné la pensée de la comtesse, venait de prendre soin de la rassurer, en lui laissant entrevoir qu'il pourrait fermer les yeux sur le passage à Paris de ce frère contumace.

Il ne manquait pas de finesse, ce magistrat, instruit par un long exercice de ses redoutables fonctions, et les ouvertures inattendues que lui fit madame de Pommeuse lui donnèrent à réfléchir.

Il pensa qu'elle était peut-être décidée à faire dire par un autre ce qu'elle ne pouvait pas dire elle-même et il se promit aussitôt de lui en faciliter les moyens.

— Madame, commença-t-il en radoucissant son ton et sa physionomie, si, jusqu'à présent, je n'ai pas cru devoir entendre moi-même M. de Chalandrey, c'est que j'ai pour principe de ne pas impliquer dans les affaires que j'instruis les personnes qui n'y ont pas pris une part directe. Les renseignements que j'ai recueillis sur ce jeune homme sont favorables. Il a expliqué sa conduite d'une façon très plausible, et je tiens pour certain qu'il n'a pas été mêlé, même indirectement, au crime dont je recherche les auteurs. Mais il suffit que vous désiriez que je l'interroge. Je le ferai appeler dès demain.

— Je ne sais s'il sera en état de comparaître, dit vivement la comtesse, qui se rappela tout à coup ce que Virginie Crochard venait de lui apprendre dans l'antichambre du cabinet. Il a été victime d'un grave accident... le cheval qu'il montait s'est emporté...

— Et il a fait une chute qui l'a retenu plusieurs jours au lit... car j'ai dû le faire surveiller, à la suite de l'interrogatoire que lui a fait subir le sous-chef de la Sûreté... mais je crois savoir que, depuis deux jours, il est à peu près rétabli. Vous l'avez sans doute vu depuis cet accident ?

— Non, monsieur. Je l'avais rencontré au bois de

Boulogne un instant avant que son cheval l'emportât... je ne l'ai pas rencontré, depuis.

— Maintenant qu'il est sur pied, il va sans doute s'empresser de venir vous voir.

— Je l'ignore... mais si vous craignez que je me concerte avec lui, je puis vous promettre que je ne le recevrai pas avant que vous l'ayez interrogé.

— Je puis le faire appeler immédiatement, dit le juge d'instruction...

Il écrivit quelques mots sur une formule de citation et il sonna pour la remettre à l'huissier qui se tenait dans la salle d'attente et qui entra aussitôt.

— Les témoins cités pour aujourd'hui sont-ils arrivés ? demanda le magistrat.

— Il y a la femme Crochard... et un monsieur qui vient d'arriver et qui m'a remis sa carte.

Le magistrat jeta les yeux sur cette carte et dit :

— C'est bien. Faites attendre ce monsieur, et faites porter immédiatement cette citation, rue de Naples.

Puis, quand l'huissier fut sorti :

— Vous voyez, madame, que je ne perds pas de temps pour donner satisfaction au désir que vous m'avez exprimé.

M. de Chalandrey sera ici dans une heure ; vous plaît-il d'entendre la déposition que je vais lui demander ?

La question, ainsi posée, embarrassa beaucoup la comtesse. Le juge lui faisait la partie belle en jouant cartes sur table et elle ne pouvait que lui savoir gré

de la mettre à même de contredire ou d'appuyer les
explications de Maxime de Chalandrey.

Et cependant elle redoutait cette épreuve, car elle
supposait que Maxime, las de feindre, allait tout
avouer, sans se préoccuper des conséquences de
l'aveu complet.

— Monsieur, murmura-t-elle, je ferai ce que vous
voudrez.

— Allors, veuillez attendre ici l'arrivée de M. de
Chalandrey.

J'ai d'ailleurs à vous demander quelques renseignements supplémentaires sur M. Lucien Croze.

— Parlez, monsieur, dit madame de Pommeuse,
un peu étonnée de ce brusque retour à un sujet
déjà traité.

— Vous venez de prendre si chaleureusement la
défense de ce jeune homme qu'il ne saurait avoir de
meilleur avocat que vous. Eh ! bien, son accusateur
est là. Voulez-vous le voir ?

— Son accusateur ?

— Oui, madame. Après la plainte que j'ai reçue ce
matin, j'ai écrit au plaignant de passer à mon cabinet,
parce que j'avais des explications à lui demander.

Il est arrivé et il vient de me faire passer sa
carte.

— Quoi !... ce banquier...

— Sylvain Maubert, de la rue des Petites-
Ecuries. Ne vous ai-je pas dit que je l'attendais ?

— Perdonnez-moi, monsieur... j'avais oublié... et
l'idée que cet homme est là... cet homme qui cherche
à perdre un innocent...

— Je comprends que sa présence vous trouble un peu. Mais, permettez-moi de vous faire observer que l'occasion vous est bonne pour défendre le jeune homme qui vous intéresse. Votre situation dans le monde vous autorise à parler pour lui. M. Maubert croit avoir été volé par ce garçon. Je n'ai aucun motif pour suspecter la bonne foi de M. Maubert. Mais si vous répondiez devant lui de la moralité de M. Lucien Croze, il retirerait peut-être sa plainte.

C'est dans l'intérêt de l'accusé que je vous propose de voir l'accusateur et de discuter devant moi l'accusation, qui peut être mal fondée.

La comtesse tombait de son haut. Quelle passion d'équité s'était emparée tout à coup de ce magistrat qui, jusqu'alors, ne s'était pas montré tendre? Quelle inspiration du ciel lui suggérait une proposition tout à fait en dehors des usages judiciaires? D'où venait la sollicitude qu'il témoignait maintenant au jeune homme dont il venait de parler en assez mauvais termes, un instant auparavant?

Madame de Pommeuse ne comprenait rien à ce brusque revirement et ne savait que répondre.

Elle était d'autant plus embarrassée qu'elle n'avait pas de preuves positives à fournir de l'innocence de Lucien Croze.

Elle ne pouvait que contredire les affirmations du banquier, qui peut-être ne prendrait même pas la peine de lui répondre.

Elle pouvait aussi, il est vrai, lui reprocher les rapports étroits qu'il avait eus avec M. Tévenec,

complice avéré des fraudeurs et peut-être des assassins,

Mais M. Maubert nierait sans doute et elle n'était
pas en mesure de le confondre, puisqu'elle tenait le
renseignement de Maxime, qui n'était pas là.

Il n'était pas impossible cependant que le juge,
frappé de ce qu'elle lui avait dit, voulût voir l'effet
que produirait sur le banquier la répétition, face à
face avec cet homme, des paroles qu'elle avait pro-
noncées, avant qu'il arrivât.

Ce qui la confirma dans cette idée, c'est que ce
juge ajouta, pour la décider :

— Que risquez-vous d'essayer?... Vous venez de
me déclarer que vous êtes disposée à épouser M. Lucien Croze. Vous avez bien le droit de plaider sa
cause. Et rien ne vous empêche non plus de demander à M. Maubert de vous expliquer ses relations
avec ce Tévenec... relations que j'ignorais complètement. Interrogez-le là-dessus. Ce n'est pas moi qui
m'y opposerai.

— Oh! alors, je veux bien le voir, s'écria la comtesse.

— Le connaissez-vous... physiquement ?

— Non, monsieur.

— Mais il vous connaît peut-être, lui ?

— Je ne crois pas. Où m'aurait-il vue ?

— Mais... au Bois ou aux Champs-Élysées... en
voiture... ou encore au théâtre... vous avez une réputation, très méritée, de beauté et d'élégance...
il a tout au moins dû entendre parler de vous.

— Moi, j'ignorais qu'il existât... lorsque Tévenec
m'a appris qu'il venait de renvoyer M. Croze.

— Je vous demande cela, parce que, s'il sait qui vous êtes, il se tiendra peut-être sur ses gardes.

— A cela, je ne puis rien.

— Il y a un moyen de parer à cet inconvénient. Je puis le recevoir d'abord, seul à seul avec lui. Vous auriez l'obligeance de passer dans cet arrière-cabinet où se tient quelquefois mon greffier... qui n'y est pas. J'écouterais la plainte de M. Maubert; je lui poserais quelques questions et au moment opportun, je viendrais vous chercher. Vous pourriez alors prendre la parole en faveur de ce jeune homme.

Je ne vous proposerais pas cela, si j'étais en ce moment dans l'exercice de mes fonctions. Mais M. Maubert n'est ni accusé, ni même témoin. Je l'ai fait appeler pour avoir avec lui un entretien... en quelque sorte officieux... à la suite duquel je prendrai telle résolution qu'il me conviendra de prendre.

Vous non plus, madame, vous n'êtes ni accusée, ni témoin... je vous l'ai dit dès que vous êtes entrée.... et ce qui vous le prouve, c'est l'absence de mon greffier.

Venez donc, puisque vous voulez bien vous prêter à cet arrangement... dont tout le monde se trouvera bien.

La comtesse marchait de surprise en surprise et elle n'en revenait pas de trouver ce magistrat si bien disposé pour elle et pour Lucien.

Elle ne se se fit pas prier pour se laisser conduire dans un réduit, encombré de dossiers et très sommairement meublé, qui n'était séparé du cabinet que par une porte mobile, capitonnée de cuir.

Le juge l'y installa sur un fauteuil de bureau et revint siéger à sa place d'instructeur.

Il sonna et l'huissier introduisit M. Maubert.

Ce financier était un homme de soixante ans au moins, de belle taille et de belle prestance, porteur d'une barbe de patriarche qui lui donnait l'air on ne peut plus vénérable.

Il salua avec aisance, prit la chaise que le juge lui indiqua d'un geste et commença ainsi :

— Monsieur, vous avez désiré m'entendre au sujet d'une plainte que j'ai portée contre un commis infidèle. Je suis prêt à vous fournir toutes les explications que vous me demanderez, mais je dois vous dire d'abord que, s'il en est temps encore, je suis tout prêt à retirer cette plainte. Je ne l'ai portée qu'à la dernière extrémité... parce qu'il m'était revenu de divers côtés que ce garçon prétendait que je l'avais accusé à tort. Alors, vous comprenez, je me suis décidé, bien à contre-cœur, à vous signaler le fait. Mais je veux pas la mort du pécheur, et j'aime infiniment mieux perdre quelques billets de mille francs que de perdre l'avenir d'un jeune homme qui est encore d'âge à s'amender.

— Ce sentiment vous honore, dit froidement le juge d'instruction : mais vous ne renoncez pas, je suppose, à exiger la restitution de la somme qui vous a été prise.

— Oh ! j'en ai fait mon deuil. Une trentaine de

mille francs, je crois. Je suis, heureusement, au-
dessus de cela.

— Comment vous êtes-vous aperçu de ce
vol ?

— Le hasard d'une vérification de caisse faite à
l'improviste. Je n'avais pas le moindre soupçon et
j'ai été très étonné de constater un déficit assez important. Je tenais, avant tout, à éviter le scandale.
J'ai fait venir M. Croze dans mon cabinet. Je lui ai
très doucement demandé des explications... Je l'ai
pressé de m'avouer sa faute, en lui promettant de
l'oublier. Il n'a rien voulu entendre... il a nié l'évidence... Il a eu l'audace de soutenir que, s'il manquait de l'argent, ce n'était pas lui qui l'avait pris...
il a été, je crois, jusqu'à insinuer que c'était moi...
que je m'étais volé moi-même, afin d'avoir un prétexte pour le renvoyer.

Bref, son attitude a été telle que j'ai dû le
chasser de ma présence et lui interdire l'entrée de
ma maison.

J'espérais que le silence se ferait sur cette fâcheuse histoire, et je commençais déjà à l'oublier,
lorsque j'ai appris qu'il allait la colportant partout.

C'est alors seulement que j'ai dénoncé ce malheureux. Je ne sais s'il est déjà arrêté.

— Non, monsieur, pas encore..., et j'ajoute qu'il
ne le sera pas jusqu'à ce que sa culpabilité soit mieux
démontrée. Une enquête a été ouverte sur la vie que
mène ce jeune homme depuis que vous l'avez renvoyé et cette enquête lui a été favorable. Il n'a pas

fait de dépenses exagérées et il passe tout son temps
à chercher un emploi.

— Je suis fort aise d'apprendre cela, dit avec empressement M. Maubert; et je vous répète, monsieur,
que je vous prie de considérer ma plainte comme
non avenue.

— Vous auriez donc mieux fait de ne pas l'a-
dresser au Parquet. Vous avez agi très légèrement,
avouez-le.

— Mais, non, monsieur, balbutia le banquier,
assez interloqué de s'entendre blâmer ainsi par ce
magistrat qu'il croyait être favorable à l'accusation.
Je viens de vous expliquer les raisons qui m'ont déterminé à me plaindre. Je n'ai attaqué que pour me
défendre... contre ce commis renvoyé qui répandait
sur moi des bruits calomnieux.

— Comment avez-vous pu savoir ce qu'il disait de
vous ?

— Des amis à moi m'ont répété les propos qu'il
tenait.

— Et sans doute ces mêmes amis vous ont conseillé de dénoncer ce jeune homme ?

— Je n'ai pris conseil que de moi-même, mais ils
m'ont approuvé unanimement.

— Pourriez-vous me nommer quelques-unes des
personnes que vous avez mises au courant de cette
affaire ?

— Leurs noms ne vous apprendraient rien, je crois.
Toutes ou presque toutes ont des fonds déposés
chez moi... il est assez naturel que je leur aie parlé
de ce déficit... En pareil cas, on exagère toujours et

il m'importait qu'on ne crût pas que ma caisse avait reçu une atteinte sérieuse... cette fausse nouvelle, si je l'avais laissée se propager, aurait pu nuire à mon crédit.

J'ai tenu à faire constater le véritable chiffre de la perte par quelques-uns de mes intéressés et ils savent maintenant que ce chiffre est insignifiant.

Aussi, après avoir été d'avis de porter plainte, inclinent-ils, comme moi, à l'indulgence.

Il y eut un silence. Le juge regardait avec attention M. Maubert qui se sentait mal à l'aise sous ce regard inquisiteur.

Le financier commençait à regretter d'être venu et le magistrat commençait évidemment à le soupçonner de n'être pas, comme on dit, franc du collier.

Si madame de Pommeuse avait pu les voir et les entendre, elle aurait bien auguré pour Lucien Croze de l'issue de cet entretien qui tournait à l'interrogatoire. Mais la porte qui lui cachait les interlocuteurs empêchait leurs paroles d'arriver à ses oreilles et elle commençait à trouver le temps long dans le réduit où elle était reléguée.

— Monsieur, dit le juge d'instruction, je ne tiens pas à connaître les noms de tous vos commanditaires, mais... n'y a-t-il pas parmi eux un M. Tévenec ?

C'était un coup droit et il porta, car le banquier changea de visage.

— Tévenec ?... Jean Tévenec ? répéta le magistrat.

— Ce monsieur a eu en effet un compte courant
chez moi, répondit enfin M. Maubert, mais ce compte
a été liquidé et M. Tévenec n'est plus intéressé dans
mes affaires.

— Depuis quand?

— Depuis très peu de temps.

— Pourquoi cette association a-t-elle pris fin ?

— Ce n'était pas positivement une association...
M. Tévenec avait des fonds dans ma maison. Il les a
retirés, voilà tout.

— Après la découverte du déficit ?

— Oui, monsieur... deux ou trois jours après.

— Et... vous ne l'avez plus revu ?

— Non... j'ai entendu dire qu'il a quitté Paris.

— Vous êtes bien informé... ou du moins... M. Tévenec a disparu de son domicile.

Vous le connaissez de longue date, je crois.

— Nos relations remontent en effet à une date
assez ancienne... des relations commerciales, exclusivement.

— Mais vous connaissiez ses antécédents... et sa
situation.

— Mon Dieu, non. Je savais qu'il était riche
et je l'ai toujours tenu pour un homme honorable.

— Alors, vous n'avez pas su qu'il se trouve im-
pliqué dans une affaire que j'instruis... une affaire
très grave.

— Non... j'ignorais...

— Une affaire dont tout Paris s'occupe en ce moment. Ce Tévenec est soupçonné d'avoir fait partie d'une association de malfaiteurs...

— Que m'apprenez-vous là !

— Il est en fuite. On le recherche activement... et si vous savez où il est, votre devoir est de renseigner la justice.

— Je le ferais très volontiers, mais j'ignore absolument ce qu'il est devenu. Et s'il s'est mis dans un mauvais cas, vous devez bien penser qu'il ne m'a pas pris pour confident.

Oserai-je vous demander de quoi on l'accuse ?

— D'abord, de s'être enrichi en fraudant l'octroi de la Ville de Paris...

— Au moyen d'un souterrain creusé sous le mur d'enceinte. J'ai lu en effet dans les journaux quelque chose de pareil. Mais je ne me doutais guère que M. Tévenec...

— Sa fortune n'a pas d'autre origine et il l'avait déposée chez vous.

— Mais, non, monsieur. Il m'a confié autrefois des capitaux... Et quand il les a repris, ces jours-ci, je ne lui ai pas demandé pourquoi il les reprenait.

— Mais, avant de les reprendre, il vous a conseillé de porter plainte contre ce jeune homme. Il est de ceux que vous n'avez pas voulu me nommer, tout à l'heure.

— Je vous assure que non, monsieur. Qui peut vous faire croire cela?

— On me l'a dit.

— Puis-je savoir qui vous l'a dit?

— Une personne qui s'intéresse à M. Croze. Et cette personne est bien informée, puisqu'elle m'a signalé vos relations avec ce Tévenec... relations que j'ignorais complètement, lorsque j'ai reçu votre plainte.

— Et que je n'aurais pas niées si vous m'aviez interrogé sur ce point. Alors... ce... cette personne connaît Tévenec ?...

— Beaucoup et depuis longtemps.

— Mais... elle ne me connaît pas, moi ?

— Je ne crois pas qu'elle vous ait jamais vu. J'ajoute qu'elle n'a aucun intérêt à vous nuire.

— J'admets cela... puisque vous le dites... mais je vous serais bien reconnaissant, monsieur, si vous vouliez bien me mettre en sa présence.

— Y tenez-vous, vraiment ?

— J'y tiens beaucoup. Vous devez comprendre que j'aie à cœur de me justifier de certaines imputations...

— Qu'à cela ne tienne ! La personne est ici.

— Comment ?...

— Mon Dieu, oui. Je causais avec elle, lorsque vous êtes arrivé. Je n'ai pas voulu vous faire attendre et je l'ai priée de passer dans l'arrière cabinet où se tient habituellement mon greffier.

Et comme le banquier de la rue des Petites-Ecuries fit un haut-le-corps, le juge s'empressa d'ajouter :

— Oh ! rassurez-vous ! Elle n'a rien entendu. Cette porte est capitonnée de cuir. Vous n'avez d'ailleurs rien dit qui puisse vous compromettre.

Je vais chercher cette dame.

— Ah ! c'est une dame, murmura M. Maubert, qui tâchait de faire bonne contenance.

Le magistrat se leva, disparut un instant, et revint, tenant par la main madame de Pommeuse qui se laissait amener, sans se douter le moins du monde de ce qui allait se passer.

Elle entra délibérément et elle ne s'étonna pas tout d'abord de se trouver face à face avec le grand vieillard qui s'était levé pour la recevoir.

Ce ne fut qu'après l'avoir regardé attentivement qu'elle pâlit et qu'elle s'arrêta court, en jetant ce cri :

— Lui !... c'est lui !

Au même moment, Sylvain Maubert, plus pâle qu'elle, se rejeta en arrière et se mit à regarder du côté de la porte.

Le juge ne comprenait rien à ce coup de théâtre qu'il n'avait pas prévu, et il essaya de procéder à des présentations régulières.

— Madame, commença-t-il, voici M. Maubert. Monsieur, voici madame la comtesse de Pommeuse que vous désiriez voir.

— Assassin ! dit Octavie, d'une voix sourde.

Et le bras étendu en avant, elle marcha vers l'homme qui recula jusqu'à ce qu'il touchât le mur du cabinet.

— Oui, assassin ! reprit-elle, en le désignant.

— Cette femme est folle, balbutia Maubert terrifié, comme s'il avait vu un spectre se dresser devant lui.

Le juge, stupéfait, ne savait que penser d'une scène, inexplicable pour lui, mais cette scène était jouée trop au naturel pour qu'il ne la prît pas au sérieux.

— Qu'avez-vous donc, monsieur? demanda-t-il.

— Moi... rien, balbutia le banquier. Je ne m'attendais pas à être interpellé de la sorte... et vous devez comprendre, monsieur, que je ne réponde pas aux injures d'une femme qui ne jouit pas de sa raison.

— Misérable! cria la comtesse.

— Expliquez-vous, madame, dit le magistrat. De quel assasinat parlez-vous?

— Il le sait bien, lui. Interrogez-le!... Demandez-lui ce qu'il a fait dans ce pavillon!

— Quoi! Le pavillon du Boulevard Bessières?... Vous y étiez donc quand on a tué ce malheureux?

— Oui... J'ai tout vu...

— Et vous reconnaissez monsieur?...

— C'est le chef des assassins. Il me reconnaît, lui aussi, vous le voyez bien....regardez sa figure!

M. Maubert était livide, mais il se raidissait contre l'émotion qui le bouleversait, et il reprenait peu à peu son sang-froid.

— Je vous répète que madame a perdu l'esprit, dit-il avec effort, à moins pourtant qu'elle ne soit abusée par une ressemblance. Je ne sais même pas de quel crime elle veut parler.

— Elle vient de vous le dire, interrompit le juge d'instruction. Un homme a été étranglé, l'autre jour, dans une maison isolée... un homme de cette bande dont Tévenec a fait partie.

— Et elle m'accuse de l'avoir étranglé !... c'est trop fort... Demandez-lui donc, monsieur, comment elle se trouvait là, quand le crime a été commis.

— J'y étais... par hasard, murmura la comtesse.

— Par hasard est charmant. Et... les assassins ne se sont pas aperçus de votre présence ?... C'est très curieux.

— Ils m'ont surprise..... et ils ont voulu me tuer...

— Mais ils ne vous ont pas tuée. Voilà des scélérats de bonne composition, convenez-en.

— Ils m'ont condamnée... j'allais mourir... l'un d'eux a demandé qu'on m'épargnât.

— Et il a obtenu, à ce qu'il paraît, qu'on vous fît grâce. C'est on ne peut plus dramatique. Il a dû, au moins, exiger de vous un serment ?

— Vous le savez bien...

— Oui, un serment prêté sur le cadavre... absolument comme dans l'affaire Fualdès.

En avez-vous entendu parler, de l'affaire Fualdès? c'est probable, et vous tenez, sans doute, à jouer le rôle que joua dans cette cause célèbre madame Manson... qui prétendait avoir assisté au crime et qui, après s'être rétractée dix fois, finit par faire condamner les accusés.

— Assez, monsieur, dit impérieusement le juge d'instruction. C'est à moi seul qu'il appartient d'interroger madame.

— Oh ! je ne tiens pas à empiéter sur vos attributions, murmura le banquier, redevenu complètement maître de lui. Et si vous n'avez pas besoin de moi, je vous demanderai la permission de me retirer.

— Je vous invite, au contraire, à rester, dit sèchement le magistrat.

Il sonna et il dit quelques mots à voix basse à l'huissier qui se présenta et qui partit aussitôt pour exécuter l'ordre qu'il venait de recevoir.

La comtesse, brisée par l'émotion, s'était affaissée sur une chaise.

M. Maubert, resté debout, se tenait les bras croisés, dans une attitude dédaigneuse et regardait fixement madame de Pommeuse qui baissait les yeux.

Il s'opérait en elle une réaction étrange. Elle avait parfaitement reconnu l'affreux vieillard qui commandait les assassins et son premier mouvement avait été de le dénoncer.

Elle commençait maintenant à envisager les suites de cette déclaration. Le juge allait la mettre en demeure de raconter toute la scène du meurtre et il n'était pas certain qu'il crût au récit qu'elle allait lui faire, récit romanesque, s'il en fut, que ce Maubert n'allait pas manquer de démentir avec une audace sans pareille.

Et dans l'âme bouleversée de la comtesse, un autre sentiment commençait à se faire jour, un sentiment bien féminin, celui-là.

Sylvain Maubert avait touché juste en lui rappelant, sous une forme ironique, la scène du serment.

Elle n'avait cédé qu'à la violence, et, assurément, elle pouvait se croire déliée de sa promesse, d'autant qu'elle l'avait tenue, puisqu'elle avait gardé le silence sur le crime commis en sa présence, jusqu'au moment où la surprise de se trouver face à face avec l'assassin lui avait arraché la vérité.

Mais elle ne pouvait pas oublier qu'elle devait la vie à ce misérable ; à lui seul, car ses complices voulaient la tuer, et il leur avait imposé sa volonté qui était de la laisser partir, après l'avoir forcée à mettre la main à leur sinistre besogne.

Maintenant qu'il ne tenait qu'à elle de l'envoyer à l'échafaud, elle avait pitié de lui.

Il s'en apercevait et il se préparait à exploiter cette faiblesse généreuse de la pauvre femme qu'il regrettait d'avoir épargnée.

Entre elle et cet exécrable scélérat, la partie n'était pas égale.

Il est vrai que le juge était là pour rétablir l'équilibre, et le juge était très disposé à croire à la sincérité de la comtesse, mais il n'était pas encore absolument convaincu qu'elle n'eût pas rêvé ce qu'elle prétendait avoir vu.

Ce magistrat expérimenté se défiait beaucoup des femmes nerveuses.

Il en avait tant vu, dans l'exercice de ses fonctions, de ces femmes exaltées qui, de très bonne foi, prennent pour des réalités leurs écarts d'imagination, qu'il n'acceptait jamais, sans les contrôler, des déclarations d'apparence romanesque.

L'hystérie est fort en vogue par le temps qui court et les phénomènes qu'elle produit sont tellement incontestables, que les magistrats les plus sérieux ont fini par en tenir compte, dans une certaine mesure.

Celui-là en était à se demander si madame de Pommeuse ne s'abusait pas elle-même et il avait résolu d'éclaircir la situation, séance tenante.

Le banquier lui paraissait très suspect et il n'avait garde de le lâcher, maintenant qu'il le tenait, mais il ne voulait rien brusquer avant de s'être renseigné complètement.

— Monsieur, lui dit-il, veuillez vous asseoir.

J'aurai à vous interroger tout à l'heure et je vais d'abord interroger madame.

— Je suis à vos ordres, répondit tranquillement M. Maubert, qui ne désespérait plus de se tirer de ce mauvais pas et qui se promettait de jouer serré.

— Madame, commença le juge d'instruction, je vous prie de reprendre votre récit, au point où j'en suis resté avec vous avant l'arrivée de M. Maubert. Je vous ai interrogée sur le voyage que vous avez fait au boulevard Bessières, le jour et à l'heure où le crime a été commis. Vous m'avez répondu que vous étiez allée rejoindre votre frère qui vous avait donné rendez-vous.

— C'est la vérité, dit madame de Pommeuse.

— Je le crois... mais persistez-vous à soutenir que vous vous êtes rencontrée avec lui sur le talus des fortifications ?

— Non, monsieur. Mon frère m'avait écrit qu'il

m'attendrait dans un pavillon qui a appartenu autrefois à notre père.

Un éclair passa dans les yeux de Sylvain Maubert, mais le juge ne le vit pas briller, parce qu'il ne regardait en ce moment que la comtesse.

— Mon frère y est arrivé avant moi, reprit-elle. J'avais été retardée...

— Oui... je sais comment... vous me l'avez expliqué.

— J'ai eu avec lui un assez long entretien... il est parti le premier... j'ai attendu qu'il se fût éloigné et j'allais partir aussi, lorsque j'ai entendu des pas dans l'escalier... je n'avais plus le temps de fuir et je me suis réfugiée dans un cabinet où je me suis enfermée.

— Un cabinet contigu à la grande salle où le crime a été commis. J'ai visité le pavillon.

Continuez, madame.

— Je n'y étais pas plus tôt que des hommes sont entrés... tumultueusement... je ne les voyais pas... mais au bruit qu'ils faisaient, je pouvais juger qu'ils étaient assez nombreux... bientôt, j'ai entendu des voix... plusieurs voix... je ne distinguais pas les paroles... et je ne songeais guère à écouter ce qu'on disait, car j'étais plus morte que vive... tout à coup, un cri est arrivé jusqu'à moi... un cri d'angoisse... on appelait : au secours !... à l'assassin !... j'ai perdu la tête et j'ai crié, moi aussi... la porte du cabinet où je me cachais a été ouverte brusquement... un homme m'a saisie par le bras et m'a traînée dans la salle...

La comtesse s'arrêta. La voix lui manquait.

— Et alors, interrogea le juge, vous avez vu ?...

— J'ai vu un malheureux, assis sur un fauteuil, où deux hommes le maintenaient... ils lui avaient passé une corde autour du cou et ils s'apprêtaient à l'étrangler.

— Combien étaient-ils dans la salle ?

— Six ou sept, je crois... Celui qui me tenait m'a interrogée... brutalement... il m'a demandé comment je me trouvais là... j'ai répondu que j'y étais entrée pour attendre quelqu'un qui n'était pas venu... Ton amant, m'a dit cet homme... je n'ai pas osé dire le contraire... je ne voulais pas leur parler de mon frère... alors, ils m'ont déclaré que j'avais surpris leurs secrets... et que j'allais mourir... je m'y attendais... j'ai essayé pourtant de leur faire comprendre que je ne pourrais pas les dénoncer sans me perdre de réputation, puisque je serais obligée d'avouer que j'avais un rendez-vous dans ce pavillon... Ils m'ont demandé de jurer de me taire... l'un d'eux dit que si on me tuait, ma disparition ferait du bruit dans Paris... tous les autres étaient contre moi...

— Et cependant, ils vous ont laissé la vie...

— Si je vous disais à quel prix !...

— Parlez, madame.

— Celui qui avait pris ma défense a eu une idée infernale. Il m'a mis entre les mains la corde qu'ils avaient passée au cou du patient... et il m'a forcée à tirer dessus... avec les deux bourreaux. Maintenant, m'a-t-il dit, te voilà notre complice. Nous sommes sûrs que tu ne parleras pas.

— Complice involontaire, dit le juge en hochant la tête. Ils se sont contentés d'une garantie absolument illusoire car... alors même que les choses se seraient passées ainsi, vous ne seriez pas coupable.

— Vous doutez donc de ce que je vous dis? murmura la comtesse.

— Je cherche à m'éclairer et je vous prie d'achever votre récit. Que s'est-il passé ensuite?

— Ils ont traîné dehors le cadavre de ce malheureux... et celui qui paraissait être leur chef m'a emmenée hors du pavillon... au milieu du champ qui l'entoure, il m'a quittée, après m'avoir annoncé que j'allais être surveillée et que si je parlais à qui que ce fût de ce que j'avais vu... je périrais de leur main.

Je suis partie... et je suis rentrée chez moi.

— C'est tout?

— Oui... Que voulez-vous donc de plus?

— Vous n'avez pas su pourquoi on a tué cet homme?

— Ses meurtriers ont dit devant moi que cet homme était un traître... qu'il les avait dénoncés.

— Il est permis de le croire. Alors vous avez dû la vie à l'un des assassins?

— Oui, à leur chef.

— Et ce chef... c'est... M. Maubert?

Madame de Pommeuse ne répondit pas.

— Vous venez de me déclarer que vous le reconnaissiez? En doutez-vous maintenant?

— Regardez-moi bien, madame, dit M. Maubert, en se redressant de façon à mettre son visage en pleine lumière. Je ne croyais pas avoir la figure d'un assassin... Mais enfin, on ressemble toujours à quelqu'un. C'est un inconvénient qui jadis a coûté cher au malheureux Lesurques.

— Êtes-vous bien sûre de ne pas vous tromper, demanda le magistrat à madame de Pommeuse. Je vous crois incapable de mentir; mais personne n'est infaillible, et si vous avez le plus léger doute, vous devez vous abstenir d'affirmer.

La comtesse souffrait horriblement. Elle pensait que cet homme lui avait fait grâce et elle ne pouvait pas se décider à parler.

— J'ai dit tout ce que j'avais à dire, murmura-t-elle.

Le juge hésitait.

— Serait-ce donc, demanda-t-il, qu'il vous répugne d'accuser quelqu'un qui vous a sauvé la vie? Ce sentiment serait peut-être excusable, mais...

— Croyez ce qu'il vous plaira de croire, monsieur. Croyez même, si vous voulez, que c'est moi qui ai commis le crime du pavillon, dit amèrement madame de Pommeuse.

— L'émotion vous égare, madame, répondit le magistrat. Vous ne me paraissez pas être en état de répondre avec calme aux questions que je pourrais vous poser encore. Je remettrai donc votre interrogatoire à demain. Vous voudrez bien, d'ici là, vous tenir à ma disposition.

— Je ne sortirai pas de chez moi, murmura la comtesse.

— Quant à vous, monsieur, reprit le juge en s'adressant à M. Maubert, je n'ai pas fini avec vous et je vous prie de rester.

— Je suis à vos ordres, répondit le banquier, en s'efforçant de cacher la joie qu'il ressentait d'en être quitte à si bon marché.

Madame de Pommeuse allait se lever, quand l'huissier de l'antichambre se montra.

— C'est bien, dit le juge, vous ferez entrer la personne quand je sonnerai.

Et dès que l'huissier fut sorti :

— Madame, reprit-il, M. de Chalandrey vient d'arriver. Je tiens à l'entendre en votre présence. Ses déclarations confirmeront sans doute les vôtres. Veuillez donc reprendre place.

Puis, s'adressant au banquier, dont la physionomie venait de s'assombrir tout à coup :

— Vous n'êtes pas de trop, monsieur. Le témoin que je vais interroger éclaircira peut-être quelques points qui vous intéressent.

M. Maubert se serait bien passé de cette invitation. Il ne savait pas cependant que Maxime, lui aussi, avait assisté à la scène de l'assassinat, mais il savait que Maxime était l'ami et le confident de madame de Pommeuse, et que l'entrée de Maxime allait lui mettre un adversaire de plus sur les bras... et un adversaire moins sentimental que la comtesse.

Octavie, au contraire, bénissait Dieu qui amenait là ce défenseur inespéré. Elle se disait :

— Il reconnaîtra ce misérable qu'il a vu dans le pavillon, et il n'a pas les mêmes raisons que moi pour ne pas le dénoncer.

Le juge, lui, comprenait très bien qu'il n'avait fait

jusqu'à présent que de la besogne inutile et il attendait toutes sortes d'éclaircissements de ce M. de Chalandrey qu'il tenait maintenant, après informations prises, pour un loyal garçon.

Il sonna donc et Maxime entra.

Maxime savait fort bien comment il faut se présenter devant un magistrat; mais en voyant madame de Pommeuse, il ne pensa qu'à courir à elle et à lui serrer les mains, en s'écriant :

— Vous ici, madame!... enfin, je vous retrouve. Je sais ce qui vous est arrivé. Je viens de voir Lucien.

La comtesse lui rendit son étreinte et le rappela à l'ordre en lui montrant le juge.

— Excusez-moi, monsieur, dit Chalandrey. Je suis si heureux de revoir madame de Pommeuse que j'oublie de vous saluer.

— Je vous excuse, monsieur, et je vous prie de répondre aux quelques questions que je vais vous adresser.

Madame la comtesse de Pommeuse vient de me faire une déclaration très importante que je dois commencer par vous faire connaître, afin de vous montrer que je ne cherche pas à vous mettre en contradiction avec elle. Madame vient de m'apprendre qu'elle a assisté au crime commis dans le pavillon du boulevard Bessières.

— Je le savais, dit nettement Maxime.

A ce moment, il aperçut M. Maubert qui s'était retiré au fond du cabinet et la comtesse se dit :

— Il va le reconnaître.

A son grand étonnement, Maxime se contenta de regarder le juge, comme pour lui demander qui était ce personnage muet.

Évidemment, Maxime de Chalandrey ne reconnaissait pas l'homme du pavillon et le coup de théâtre sur lequel comptait madame de Pommeuse, s'en allait en fumée.

Elle se rappela alors que Maxime l'avait fort mal vu, ce chef des assassins, à la lueur douteuse du jour blafard qui éclairait, à travers un vitrage, la scène du meurtre, et elle pensa :

— Il ne va pas me soutenir... Ce juge croira que j'ai rêvé.

— Comment savez-vous que madame était là, quand on a étranglé le malheureux dont on a trouvé le cadavre dans le fossé des fortifications ? demanda le magistrat, en regardant Maxime dans le blanc des yeux.

— Je le sais, parce que, moi aussi, j'y étais, répondit, sans hésiter, Chalandrey.

— Vous y étiez !

— Oui, monsieur. J'ai tout vu. J'avais suivi de loin madame de Pommeuse, sans qu'elle s'en doutât. Je suis entré après elle dans le pavillon... et j'ai assisté à l'assassinat... J'étais caché derrière un rideau... Madame ne savait pas que j'y étais. Elle l'a su, quelques jours après... parce que je le lui ai dit.

— Alors, vous avez pu vous entendre avec elle...

— M'entendre !... que voulez-vous dire ?... j'ai vu ce qu'elle a vu... J'ai vu de moins près, mais j'ai bien vu un scélérat jugé, condamné et exécuté par d'autres scélérats... j'ai vu madame de Pommeuse, saisie par ces bandits, jurer, pour avoir la vie sauve, de ne pas les dénoncer... et c'est parce qu'elle avait juré que je me suis tu.

— Les reconnaîtriez-vous, les assassins, si on vous le montrait?

— Peut-être.. mais je n'en réponds pas.

— Et... depuis le matin du crime, vous n'en avez rencontré aucun?

— Je ne crois pas.

— Vous entendez, madame? M. de Chalandrey est moins affirmatif que vous.

— M. de Chalandrey a raison, dit froidement la comtesse.

— Alors, vous convenez que vous avez pu vous tromper?

— Moi, comme tout le monde.

— C'est bien. Je n'insiste pas. Maintenant, monsieur, veuillez me dire ce que vous savez sur M. Té-venec.

— Rien que vous ne sachiez déjà, je suppose. Té-venec est le dernier des misérables. Il paraît qu'il est en fuite. C'est ma faute. J'aurais dû le dénoncer plus tôt, car je suis convaincu que c'est lui qui, à deux reprises, a tenté de se débarrasser de moi.

— Comment cela?

— Une première fois, un homme payé par lui a essayé de m'écraser sous les roues d'une voiture de boucher... et l'autre jour, au bois de Boulogne, un autre de ses agents a jeté de l'amadou enflammé dans l'oreille de mon cheval qui s'est emporté et qui

m'a jeté par terre. On m'a rapporté en très piteux
état.

— J'ai été informé de cet accident, mais pourquoi
l'imputez-vous à ce Tévenec?

— Parce que Tévenec était l'associé des assassins
qui ont juré de se défaire de moi. Je ne vous apprends
pas qu'il a fait enlever madame de Pommeuse. Elle
a dû vous raconter son aventure.

Et mon ami Lucien Croze!... vous savez, monsieur, que Tévenec, pour le perdre, s'est concerté
avec un homme qui ne vaut pas mieux que lui... un
soi-disant banquier...

— M. Sylvain Maubert que voici, interrompit le
juge d'instruction, en désignant du geste le financier
de la rue des Petites-Ecurie, qui écoutait, impassible,
cette conversation à bâtons rompus.

Chalandrey rougit de colère et marcha droit à
l'ennemi, en s'écriant :

— C'est vous qui osez accuser Lucien de vous
avoir volé?

Il regardait Maubert sous le nez, et madame de
Pommeuse se disait :

— Il va donc enfin se rappeler ce visage d'assassin.

Mais Maxime reprit :

— Je vous défie de répéter devant moi ce que vous
avez écrit sur M. Croze. Vous savez fort bien qu'il
ne vous a rien pris et que votre dénonciation est une
calomnie.

— Monsieur, répliqua le banquier, nous
sommes ici dans le cabinet d'un magistrat. Vous
semblez oublier cela, mais moi je ne l'oublie

pas et je m'abstiens de relever, comme elles mérite-
raient de l'être, les injures que vous vous permettez
de m'adresser.

Je me bornerai à vous dire que si j'ai cru devoir
déposer une plainte contre un de mes employés, je
suis venu ici aujourd'hui tout exprès pour la retirer.

— Il est bien temps, vraiment !... et si vous croyez
que cela suffit pour réparer le mal que vous avez
fait à un brave garçon !... C'est à lui maintenant de
déposer une plainte contre vous et de dénoncer en
même temps vos accointances avec cet infâme Tévenec... Oh ! ne feignez pas l'étonnement !... vous étiez
l'ami intime de ce drôle... et je puis attester que
vous veniez de conférer avec lui, lorsque vous avez
brutalement renvoyé Lucien... J'ai rencontré Tévenec
au moment où il sortait de vos bureaux et quand
j'ai appris de la bouche de mon ami ce qui venait
de se passer, j'ai deviné d'où partait le coup.

— Je vous répète, monsieur, que je n'ai rien à
vous répondre.

— Je le crois bien !... vous feriez mieux d'avouer
que vous avez obéi aux injonctions de cet homme...
c'est tout simple !... vous n'avez rien à lui refuser
parce qu'il y a un cadavre entre vous.

M. Maubert essaya de sourire dédaigneusement,
mais le mot avait porté, parce qu'il l'avait pris au
pied de la lettre, au lieu de l'entendre avec le sens
qu'on lui donne dans le langage parisien.

Maxime avait voulu dire : « un secret », et il fallait que le banquier n'eût pas la conscience nette
pour avoir compris autrement.

La comtesse, qui savait à quoi s'en tenir, écoutait en frémissant cet échange d'apostrophes et s'étonnait que le juge d'instruction laissât dire.

Il écoutait, lui aussi, avec une attention soutenue, et il ne perdait pas un instant de vue les deux adversaires.

On eût dit qu'il avait fait exprès de les mettre aux prises et que, s'il les laissait s'objurguer ainsi, c'est que sa tolérance cachait une arrière-pensée.

Et cette arrière-pensée, madame de Pommeuse crut la deviner. Elle pensa qu'il voulait voir si Maxime de Chalandrey, à force de dévisager de près Sylvain Maubert, finirait par reconnaître en lui le chef des assassins signalés par la comtesse.

Et Maxime ne paraissait pas se douter que ce chef de bande et le dénonciateur de Lucien Croze n'étaient qu'un seul et même individu.

Octavie avait résolu de laisser faire Dieu, qui châtie les coupables, et de s'en remettre à la mémoire de Maxime.

— S'il le reconnaît enfin, se disait-elle, le juge croira, sans doute, que je ne me suis pas trompée, et il fera arrêter ce scélérat qui m'a épargnée. Si Maxime ne le reconnaît pas, je me tairai.

Elle en était presque à regretter de l'avoir dénoncé.

A ce moment, le magistrat, se croyant assez éclairé, interposa son autorité pour faire cesser cette altercation tout à fait déplacée dans son cabinet.

— Messieurs, dit-il d'un ton bref, M. Croze

n'est pas en cause et je vous prie de vous taire.

Vous, monsieur, reprit-il en s'adressant à Maxime de Chalandrey, je vous ai fait appeler sur la demande de madame de Pommeuse. Vous avez confirmé sa déposition. J'aurai à vous interroger de nouveau, mais vous pouvez vous retirer.

Je ne vous retiens pas non plus, madame, et je vous autorise à partir avec M. de Chalandrey.

Je n'ai pas besoin d'ajouter que vous aurez à vous tenir tous les deux à ma disposition.

— Bon! pensa Maxime : je sais ce que parler veut dire. Nous allons, en sortant d'ici, avoir la police à nos trousses. Mais, maintenant, je m'en moque. Lucien est tiré d'affaire.

Restait M. Maubert qui n'avait pas encore reçu son congé, et qui ne paraissait pas très rassuré.

— Quant à vous, monsieur, lui dit le juge d'instruction, je vous prie de sortir, dès à présent.

Il est bien entendu que vous retirez votre plainte ?

— Oh! avec plaisir, s'écria le banquier, soulagé d'une grosse inquiétude. Alors, monsieur, vous n'avez plus rien à me demander ?

— Non, rien... pour le moment.

Maubert salua et sortit à reculons.

La comtesse et Maxime étaient encore là.

— Un ordre à donner et je reviens, leur dit le magistrat en ouvrant une porte que la comtesse n'avait pas remarquée et qui n'était pas celle du réduit où elle avait passé un quart d'heure, au milieu des paperasses du greffier.

Dans l'autre cabinet, se tenait M. Pigache que le juge avait gardé sous la main et qu'il aborda, en résumant d'un mot l'impression que lui avaient laissée ces audiences successives :

— Je tiens le chef de la bande. C'est Sylvain Maubert. Vos agents l'attendent à la porte, n'est-ce pas ?

— Deux de mes meilleurs, et ils ont l'ordre de le filer jour et nuit, répondit le sous-chef de la sûreté. J'avais prévu que ça finirait comme ça.

— La comtesse l'a reconnu. Elle a avoué qu'elle avait assisté au meurtre. Nous le savions, mais j'ai fait l'étonné. Le jeune homme aussi y était... comme vous l'aviez deviné. Seulement, il n'a pas reconnu Maubert, parce qu'on n'y voyait pas très clair dans ce pavillon. Mais la mémoire lui reviendra, quand je le mettrai en présence de Maubert... arrêté.

Vous comprenez pourquoi je l'ai laissé libre, le Maubert ?

— Pour avoir les autres.

— Justement. Ils étaient sept. Il me les faut tous... et j'espère bien que nous les aurons.

— Vous ne comptez pas Tévenec ?

— Celui-là n'a pas pris part à l'assassinat... et s'il a réussi à passer en Angleterre, je ne serais pas d'avis de demander l'extradition. Ce coquin traînerait madame de Pommeuse dans la boue... et la pauvre femme a bien assez souffert.

— Alors, monsieur, vous croyez qu'elle n'a rien à se reprocher ?

— Rien du tout. Ce n'est pas sa faute si son père

faisait la fraude et si son frère a été condamné.

— Je l'ai mis en recherche, son frère.

— Ne poussez pas trop de ce côté-là. Tant mieux s'il va se faire pendre ailleurs.

— Très bien ! Je ne m'occuperai plus que de Maubert. Avez-vous entendu la cabaretière de la rue des Epinettes ?

— A quoi bon ? Je lui ai fait dire de partir. Et je vous engage à ne plus surveiller que Maubert et sa bande. Nous aurons assez à faire avec les coquins. Laissez en repos les honnêtes gens.

A demain matin, votre rapport !

Sur cette conclusion, le juge rentra dans son cabinet où l'attendaient la comtesse et Maxime de Chalandrey, aussi surpris l'un que l'autre de la tournure que l'instruction venait de prendre.

Ils n'avaient pas échangé une parole, depuis qu'ils étaient seuls, et ils furent encore plus étonnés d'entendre le sévère magistrat, qui venait de les interroger vertement, les traiter comme il l'aurait fait dans le monde et s'excuser presque de les avoir dérangés.

— Tout est bien qui finit bien, se disait joyeusement Maxime.

Il oubliait qu'entre un jour heureux et les jours à venir, il y a place pour des catastrophes.

III

Pendant que se jouait, au Palais-de-Justice et ailleurs, un drame à beaucoup de personnages, le commandant d'Argental commençait à se désintéresser de toutes les histoires qui l'avaient tant passionné depuis une quinzaine.

Son neveu, Maxime de Chalandrey, la comtesse de Pommeuse, Lucien Croze et sa sœur, passaient tous de désagréables moments.

Virginie Crochard, elle-même, avait perdu le repos dont elle jouissait avant l'injuste fermeture de son cabaret.

En un mot, c'était la grande crise pour tous ceux et toutes celles qui avaient été mêlés à la sinistre affaire du pavillon du boulevard Bessières.

Le commandant, au contraire, redevenait philosophe et ne demandait qu'à reprendre son train de vie habituel, fortement troublé par les derniers événements.

Il en avait bien le droit et on ne pouvait pas l'accuser d'égoïsme, après ce qu'il avait fait pour tous ces gens-là. Que lui importaient, après tout, les secrets de madame de Pommeuse, les amours de Lucien, les amours d'Odette et les impressions de Maxime ?

Il n'était pas chargé de les conseiller; encore moins de les diriger. Pourquoi se serait-il affligé outre mesure des fautes qu'ils commettaient et des tristes conséquences que ces fautes avaient eues pour ces affolés des deux sexes ?

Il avait tenté de les aider à les réparer et, s'il n'y avait pas réussi, c'est qu'ils l'avaient fort mal secondé.

Il était donc quitte envers eux et il pouvait rentrer sous sa tente après une campagne accidentée.

La dernière journée surtout l'avait découragé. Sa visite à l'hôtel de l'avenue Marceau n'était pas faite pour échauffer son zèle et il en était revenu fort désillusionné sur la comtesse, dont l'inexplicable absence donnait prise à toute sorte de suppositions plus fâcheuses les unes que les autres.

Le bon d'Argental n'aurait cependant pas renoncé à la défendre si, en sortant de chez elle, il lui eût été possible de s'aboucher avec son neveu.

Par malheur, ce neveu, qui ne bougeait pas depuis son accident, était devenu tout à coup absolument introuvable.

Il n'était pas rentré à dix heures du soir, et on ne l'avait pas vu au cercle.

Le commandant, ne pouvant pas passer la nuit à courir après lui, était allé se coucher, en maugréant contre Maxime et contre la comtesse.

Il se réveilla, décidé à ne plus se mêler de leurs affaires, à moins qu'ils ne l'en priassent, en lui donnant de bonnes raisons pour le faire revenir sur sa résolution.

Il y avait pourtant un côté de la situation de Maxime qu'il aurait voulu éclaircir, non pas seulement pour satisfaire sa curiosité, mais parce qu'il avait à cœur de venger la mort de son beau-frère, tué jadis au bois de Vincennes.

Il jugeait que c'était à lui, personnellement, que ce devoir incombait, attendu qu'un fils ne doit pas se battre avec le meurtrier de son père et il avait manœuvré en conséquence.

Il s'était efforcé de démontrer à Chalandrey qu'il ne retrouverait jamais l'homme qui avait donné le coup d'épée déloyal et que l'Américain du Bois de Boulogne n'y était pour rien.

Il pensait tout le contraire et il se réservait de poursuivre seul une enquête sur les antécédents du soi-disant Atkins.

Le hasard d'une station au café du Helder l'avait mis sur la piste.

Les souvenirs incomplets dont l'avait entretenu le général Bourgas et les fragments qu'il avait pu saisir d'une conversation entre deux étrangers assis devant lui l'excitaient à persévérer dans une entreprise qui lui tenait fort au cœur.

Et il n'avait pas perdu de temps pour se mettre à l'œuvre.

Il était allé immédiatement au cercle où il comptait rencontrer M. Atkins, qui y dînait souvent.

M. Atkins, par extraordinaire, n'y avait pas paru et, pour comble de malechance, le commandant n'y avait trouvé personne à qui parler de ce personnage.

C'était une expédition à recommencer.

Atkins, qui posait tous les soirs des banques heureuses, ne manquerait pas de revenir.

Le baccarat, c'était sa carrière, à lui, et certes il n'allait pas se retirer en pleine veine.

Il ne s'agissait donc que d'attendre une occasion qui se présenterait bientôt.

Le commandant n'avait plus l'âge où on cherche querelle aux gens à propos de bottes.

C'était bon pour Maxime de provoquer un monsieur au hasard et au risque de se tromper.

L'oncle avait la main aussi leste que le neveu, mais il tenait à bien placer ses gifles.

Oui, ses gifles, car il se proposait de supprimer les explications préalables et de prendre un prétexte quelconque pour en arriver tout de suite aux voies de fait qui forcent l'homme le plus pacifique à accepter un duel.

Seulement, le vieux soldat ne voulait s'aligner qu'à bon escient, c'est-à-dire après avoir pris des informations supplémentaires.

Et, pour ce faire, il lui fallait se renseigner auprès des membres du Cercle qui connaissaient ce Yankee, plus ou moins authentique.

Ceux-là n'étaient pas nombreux, car il ne se montrait guère qu'à la grosse partie et, quand il avait assez gagné, il disparaissait sans s'attarder à causer avec les pontes qu'il venait de dépouiller.

Cependant, il ne dédaignait pas de répondre quelquefois aux questions que lui posait le boulevardier Goudal, qui n'en était pas chiche et qui, grâce à ce procédé, savait toujours tout avant tout le monde.

Pierre d'Argental fréquentait peu ce Goudal. Il le tenait même à distance, parce qu'il n'aimait pas les désœuvrés qui n'avaient jamais servi dans l'armée, mais quand il le trouvait au cercle, il échangeait volontiers avec lui des politesses banales et des propos insignifiants.

Goudal, d'ailleurs, était presque lié avec Maxime de Chalandrey, et, avant la conversion de Maxime, il leur arrivait assez souvent de souper ensemble en joyeuse compagnie.

Le commandant était donc en situation d'aborder Goudal et de le faire causer sur le sujet qui l'intéressait.

Le difficile, c'était de le rencontrer, car ce viveur à tous crins n'avait pas d'habitudes régulières et il n'apparaissait au cercle que par intermittences.

Mais, avec de la patience, on arrive à bout de tout et le commandant n'était pas très pressé.

Il supposait que son étourdi de neveu, embarqué dans de nouvelles amours, allait le laisser tranquille pendant quelques jours, et il n'était pas fâché de ce répit, parce qu'il méditait d'en finir avec l'Américain suspect, sans mettre au courant de ses projets Maxime qui aurait probablement réclamé pour lui-même le privilège de croiser le fer avec l'individu qu'il soupçonnait d'avoir assassiné son père.

Le commandant voulait lui servir sa vengeance toute faite.

Il comprenait cependant qu'il n'avait pas de temps à perdre, car Atkins pouvait, d'un moment à l'autre, traverser l'Atlantique, et il lui vint une idée qui était d'aller au cercle, aux heures où on n'y voyait jamais Atkins et où on y voyait quelquefois Goudal.

On y déjeûnait à ce cercle, et les déjeuneurs y étaient assez nombreux.

Les uns y était attirés par la bonne chère et le bon marché, — la cagnotte faisait les frais de cette table exceptionnelle ; — les autres y montaient volontiers, en rentrant d'une chevauchée matinale au bois de Boulogne.

Goudal, qui hantait assidument l'allée des Poteaux, de dix heures à midi, Goudal était de la deuxième catégorie.

Pierre d'Argental n'était d'aucune.

Depuis qu'il avait planté sa tente rue du Helder, à l'entresol, il mangeait, le matin, une côtelette et les œufs traditionnels que lui préparait sa femme de ménage, cuisinière sans prétentions, et il se trouvait fort bien de ce système qui lui permettait de ne sortir que l'après-midi.

Il aimait, maintenant, à s'attarder chez lui, ce vieux soldat que la diane, autrefois, réveillait avant l'aube et il ne dérogeait à ses habitudes que pour aller parfois demander à déjeûner à son neveu, rue de Naples.

C'était le cas où jamais d'y déroger pour un motif moins agréable, et s'étant levé une heure plus tôt que de coutume, il s'habilla à seule fin de se transporter au cercle où il espérait se renseigner avant d'agir.

Il venait d'achever sa toilette, lorsqu'on sonna à la porte de son appartement.

Sa bonne à tout faire n'étant pas là, il alla ouvrir lui-même, quoiqu'il n'attendît personne, et il fut assez agréablement supris de voir son ci-devant subordonné Cabardos.

Il n'avait plus entendu parlé de ce brave garçon depuis la fameuse scène qui s'était passée dans le jardin du pavillon, et il s'était reproché plus d'une fois de ne pas s'être enquis de ce qu'il était devenu, après l'orageuse explication avec M. Pigache.

— Je ne vous dérange pas, mon commandant? demanda timidement le brigadier de la Sûreté.

— Pas du tout, tu me fais plaisir, au contraire, répondit M. d'Argental. Entre. J'ai à te parler.

Cabardos ne se fit pas prier, mais ce n'était plus le même homme. Il avait perdu son aplomb d'ancien troupier qui se souvient d'avoir porté les galons et il paraissait tout honteux du métier qu'il faisait.

— Qu'est-ce que tu as, mon vieux? lui demanda son ancien capitaine. On dirait qu'il t'est arrivé malheur. Est-ce que ces pékins de la préfecture t'ont cassé de ton grade?

— Non, mon commandant. Je suis encore briga_dier. Ils n'ont pas osé me renvoyer, à cause de vous... mais ils m'ont mis au rancart.

— Comment cela?

— Oui... je suis en disgrâce. Le patron ne me parle plus.

— Si ce n'est que ça !...

— Je pourrais m'en consoler, mais il ne m'emploie plus ; avant l'histoire de la mère Crochard, on me confiait toutes les affaires un peu difficiles... maintenant, on me laisse moisir au poste.

— Parce qu'il ne s'est pas présenté d'occasion d'utiliser tes talents. Ce sont les meilleures troupes, celles qu'on réserve pour un coup de chien.

— Pardon, mon commandant ! les occasions n'ont pas manqué depuis que le patron m'a *attrapé* dans l'enclos du boulevard Bessières.

Hier, encore, il y a eu une descente de police, à l'autre bout de Paris... dans une maison de la rue Gazan, tout près du parc de Montsouris... une maison qui appartient à un des gros bonnets de la bande... on a découvert un souterrain qui servait à faire la fraude... eh bien, je n'y étais pas.

— A-t-on arrêté les fraudeurs, au moins ?

— Ni les fraudeurs, ni les assassins du pavillon, mon commandant. On n'a arrêté qu'une dame.

— Une dame ?... qu'est-ce que tu me chantes-là ?

— Je vous dis la vérité, mon commandant. On a trouvé dans la maison une dame... et le patron l'a menée tout droit au palais, chez le juge d'instruction.

— Elle faisait donc partie de la bande ?

— Faut croire. Elle n'était certainement pas venue là pour son agrément.

— Comment sais-tu tout cela ? Tu n'y étais pas.

— Les camarades m'ont raconté l'affaire. Ils disent que la dame est une comtesse, très riche.

— Une comtesse! répéta Pierre d'Argental, mordu par un soupçon.

— Oui... une vraie.. et elle était avec un jeune homme que le patron a lâché après l'avoir interrogé.

Je me suis demandé si ce n'était pas la même que votre neveu, M. de Chalandrey, a conduite un matin aux fortifications, près de la porte de Clichy.

Le commandant ne répondit pas. Il ne doutait presque plus que Cabardos eût deviné, et il n'avait garde de le lui dire.

Ainsi s'expliquait la disparition de madame de Pommeuse, sortie l'avant-veille de son hôtel où elle n'était pas encore rentrée vingt-quatre heures après.

Et le commandant se reprenait à penser que le général Bourgas pouvait bien avoir raison d'accuser la comtesse de mener une vie interlope.

Elle était déjà assez mal cotée dans son esprit et il ne s'affligeait pas outre mesure d'apprendre que décidément elle n'avait pas la conscience nette.

Maxime ne pensait plus à elle, fort heureusement. Pourquoi l'oncle se serait-il préoccupé des mésaventures d'une personne qui n'intéressait plus son neveu?

Pierre d'Argental avait maintenant autre chose en tête et ce fut uniquement par curiosité qu'il demanda à Cabardos:

— Sais-tu si l'arrestation a été maintenue?

— Je ne pourrais pas vous dire, mon commandant... et je crois bien que mes camarades n'en savent pas plus long que moi. Il n'y a que le patron qui serait à même de vous renseigner là-dessus.

— Oh! je n'y tiens pas. N'en parlons plus... et maintenant, j'ai un service à te demander.

— Tout ce que vous voudrez, mon commandant. Vous savez bien que je me jetterais au feu pour vous.

— Au feu, c'était bon dans le temps où nous étions soldats tous les deux, dit en riant d'Argental. Je n'y vais plus, au feu, ni toi non plus. Mais il se trouve que tu peux m'être utile, sans sortir de ta spécialité actuelle. Il s'agit de me fournir des renseignements sur un individu dont les faits et gestes m'intéressent.

— J'en prendrai, mon commandant.

— Je voudrais savoir d'abord quelle vie il a menée autrefois.

— S'il a un dossier à la Préfecture, ce sera facile. Seulement, nous n'y mettons pas le nez, nous autres, dans les dossiers. Il vaudrait mieux vous adresser au patron. Il pourrait vous communiquer celui de votre homme.

— Je ne veux rien avoir à démêler avec M. Pigache... et d'ailleurs, il est plus que probable qu'il ne me communiquerait rien du tout. Mais je n'ai pas besoin de voir le dossier. Une enquête bien faite suffira. Peux-tu t'en charger?

— Ça nous est défendu de travailler pour les particuliers, mais du moment que c'est pour vous, mon commandant, je suis prêt à marcher.

— Oh! tu ne te compromettras pas. L'enquête

portera sur des faits qui se sont passés, il y a dix ans.

— Alors, l'affaire doit être classée.

— Comment classée ?

— Ça veut dire qu'on a remisé les pièces dans les cartons de la Préfecture et qu'on ne s'en occupe plus.

— C'est bien ce que je pensais... et c'est pour cela que je ne peux plus compter que sur toi. Je sais qu'il existe à Paris des agences qui font de la police clandestine, mais je n'ai pas confiance...

— Et vous avez joliment raison, mon commandant. Ce sont des boutiques de chantage.

— Etais-tu déjà dans le service de sûreté, il y a dix ans ?

— Je venais d'y entrer.

— Alors, tu as peut-être entendu parler d'une bande de mauvais garnements qui faisaient les cent coups dans la banlieue... à Vincennes, à Nogent-sur-Marne, à Joinville-le-Pont.

— Des voleurs ?

— Non... des chenapans qui cassaient tout dans les cabarets et qui cherchaient querelle aux bourgeois.

— C'est ce que font encore les canotiers quand ils ont trop bu... et ces pays-là en sont pleins de canotiers. Mais ça regarde la gendarmerie départementale... nous autres, nous ne travaillons que dans Paris, à moins qu'il ne s'agisse d'arrêter un criminel...

— Il y a eu un crime. On a trouvé, dans une allée

du bois de Vincennes un homme tué d'un coup d'épée... et on n'a jamais su par qui.

— J'ai comme une idée de ça... attendez-donc !... Est-ce que le mort n'était pas un officier ?

— Justement. On a pensé qu'il avait été assassiné par un individu de la bande en question. La justice a fait des recherches qui n'ont abouti à rien.

— Bon! je me rappelle maintenant que j'ai été envoyé en surveillance dans les cafés et dans les bastringues de Vincennes et de Saint-Mandé... pour écouter ce que disaient les habitués... ils parlaient beaucoup d'un particulier qui avait des batailles avec tout le monde... un nommé Henri... le nom m'est resté dans la tête... j'ai fait mon rapport à mes chefs, mais il n'en a été que ça... on n'a empoigné personne... il paraît que ce n'était pas lui qui avait fait le coup.

— Henri... c'est bien cela, murmura M. d'Argental, qui n'avait pas oublié le récit du général Bourgas. Tu ne l'as jamais vu, ce Henri ?

— Si. Je l'ai vu une fois... au bal d'Idalie... où il faisait, comme on dit, la pluie et le beau temps. Il accaparait toutes les danseuses et, ce soir-là, il s'est cogné avec des artilleurs... mais ce n'était pas un *voyou*... il était bien mis et il dépensait de l'argent... un fils de famille qui s'amusait, quoi!

— Le reconnaîtrais-tu ?

— Ça, je n'en répondrais pas. J'ai pourtant la mémoire des figures... mais au bout de dix ans... dame! un homme change en dix ans... enfin, si on me le montrait...

— Je ne peux pas te le montrer, attendu que je ne le connais pas. Mais je vais te signaler un individu sur lequel je voudrais être renseigné et, si tu trouvais qu'il ressemble au Henri de Vincennes, ce serait un indice dont je ferais mon profit.

— Indiquez-moi le particulier, mon commandant.

— C'est un monsieur qui loge au Grand-Hôtel. Il y est arrivé tout récemment et il s'est fait inscrire sous le nom de William Atkins.

— Un Anglais, alors ?

— Non, un Américain, ou soi-disant tel. Je le soupçonne fort d'être Français et même Parisien.

— Et, à votre idée, ce serait le Henri qui aurait changé de peau ?

— C'est-à-dire de nom et de nationalité. Voilà ce que je voudrais savoir.

— On tâchera, mon commandant... seulement si vous pouviez me donner quelques indications de plus...

— Il s'est faufilé dans un cercle dont je fais partie. Il y joue très gros jeu et il gagne toujours.

— S'il triche, il doit être surveillé par la brigade des jeux.

— Je ne crois pas. Il est ici depuis trop peu de temps et, d'ailleurs, il n'est pas prouvé qu'il triche.

Autre renseignement : il a un ami, qui loge aussi au Grand-Hôtel, qui s'intitule : M. Caxton, de Chicago, et qui, j'en suis convaincu, n'est pas plus Américain que lui.

Ils ne sont pas arrivés ensemble à Paris. Ils se

sont rencontrés hier, au café du Helder, où j'étais..⁹ mais, d'après ce que j'ai entendu de leur conversation, ils ont été très liés autrefois et ils se verront souvent.

— Vous connaissent-ils ?

— Atkins me connaît de nom. L'autre ne me connaissait pas du tout. Seulement je suppose que, hier, Atkins lui a parlé de moi. Donc, il est probable qu'ils se défient et je te conseille de procéder prudemment.

— Soyez tranquille, mon commandant, je sais mon métier. Si j'ai bien compris, vous tenez surtout à être renseigné sur les antécédents de ces messieurs.

— Oui... et si tu acquérais la certitude qu'ils ont appartenu jadis à la bande de Vincennes, tu viendrais m'avertir immédiatement. Quand vas-tu te mettre à la besogne ?

— En sortant d'ici, mon commandant. Je n'ai rien à faire... malheureusement. Le patron vient de me dire que je pouvais disposer de ma journée.

— Eh bien, si, par hasard, tu avais du nouveau à m'apprendre, ce matin, tu me trouverais à mon cercle... sur le boulevard des Capucines... tout près de l'Opéra...

— Je sais... j'y ai déjà *filé*, dans le temps, un boursier qui a levé le pied.

— Ça ne m'étonne pas... il est très mal composé ce cercle, et je donnerai ma démission un de ces jours... mais ce matin, j'ai des raisons pour y aller déjeuner et j'y serai jusqu'à trois heures...

— D'ici là, je saurai peut-être quelque chose.

— Si je n'étais pas obligé de sortir, je t'aurais invité à casser une croûte avec moi... ici. Ce sera pour une autre fois.

— Merci, mon commandant. Voulez-vous me permettre de vous demander des nouvelles de votre neveu ? J'espère que le patron ne l'a pas inquiété.

— Non... mais il est tombé de cheval et il a failli se rompre le cou... il va très bien maintenant.

A propos... as-tu revu Virginie ?

— La vieille du *Lapin qui saute?*... non, mon commandant, mais je sais qu'elle est sur le pavé. On a fait fermer sa cambuse... et elle a dû être interrogée, hier, par le juge d'instruction. Encore une bêtise, car elle n'a jamais mis les pieds dans le pavillon... ni même dans le souterrain... j'en suis sûr.

— Bah! elle s'en tirera. Elle n'a pas froid aux yeux, la mère Caspienne, et si les juges l'embêtent, elle les remettra à leur place. Du reste, moi, j'en ai assez de cette affaire du pavillon et je ne veux plus en entendre parler. J'ai bien d'autres chiens à fouetter.

Au revoir, mon vieux Cabardos... à bientôt!

— Comptez sur moi, mon commandant.

M. d'Argental conduisit jusqu'à la porte le brigadier de la sûreté et ne tarda guère à prendre le même chemin.

Le cercle était à cinq minutes de la rue du Helder et il y arriva tout à point pour rencontrer dans l'escalier Goudal qui venait de descendre de cheval sur le boulevard.

— Vous déjeunez?... moi aussi, lui dit le commandant. Ça se trouve à merveille, car j'ai un tas de choses à vous demander.

— *A la disposicion de usted*, répondit en espagnol le facétieux Goudal. Je parie qu'il s'agit de ce gredin que ces complices ont étranglé et qui était, comme vous et moi, membre de ce joli cercle. J'ai eu la lâcheté de ne pas donner ma démission... Que voulez-vous !... je tiens à mes habitudes... mais je la donnerai... un de ces jours.

— Il est probable que j'en ferai autant... et que Maxime suivra notre exemple... en attendant, je suis fort aise de vous y rencontrer... vous allez me renseigner sur un étranger qui en est depuis huit jours et qui a déjà gagné beaucoup d'argent à mon neveu.

— M. Atkins, citoyen des Etats-Unis. Il en a gagné à beaucoup d'autres.

— Croyez-vous qu'il l'ait gagné loyalement ?

— Je n'en mettrais pas ma main au feu, parce que je me défie toujours un peu des étrangers; mais, s'il a triché, personne n'y a rien vu... et jusqu'à preuve du contraire, je le tiens tout simplement pour un veinard étonnant. C'est encore pis, car les filous vous laissent gagner quelquefois, de peur de trop vous faire crier, tandis que les veinards n'ont aucune raison pour épargner les pontes.

Aussi, me suis-je bien juré de ne jamais jouer contre ce gentleman d'outre-mer.

— Mais d'où sort-il ?

— C'est une question que je me suis déjà posée

plus d'une fois et que je ne suis pas en état de résoudre.

Chalandrey me l'a posée aussi... et je n'ai su que lui dire.

— Je croyais que vous étiez en relations suivies avec ce M. Atkins.

— Suivies, c'est beaucoup trop dire. Je lui parle, quand je le rencontre au cercle, comme je parle à tout le monde... et encore depuis très peu de temps, car j'ai commencé par lui battre froid. L'autre jour, au bois de Boulogne, où il était à cheval et moi aussi, il a essayé de marcher botte à botte avec moi... je l'ai planté là pour aller rejoindre votre neveu qui montait une bête assez difficile...

— Et encore plus ombrageuse, puisqu'elle l'a *emballé*...

— Oui, j'ai su cela... elle s'est tuée et elle a failli le tuer... heureusement, il est sur pied... je l'ai aperçu hier, boulevard du Palais... j'étais en voiture et il ne m'a pas vu... je me suis même demandé ce qu'il allait faire dans ces parages où siègent les juges d'instruction... car je suppose qu'il n'a rien à démêler avec la justice...

L'oncle d'Argental ne fut pas peu surpris d'apprendre, incidemment, que Maxime qu'il avait tant cherché, la veille, était allé se promener dans la Cité. Mais il garda pour lui les réflexions que lui suggéra cette information inattendue.

— Pour en revenir à M. Atkins, reprit Goudal, je dois confesser que je me suis un peu relâché de ma raideur. Il n'y a pas moyen de se fâcher contre ce

diable d'homme. Il est d'une politesse et d'une obligeance!... il vous accable d'offres de service... et avec
ça, pas ennuyeux du tout... il a beaucoup vu, beaucoup voyagé... il raconte à merveille et il ne manque pas d'esprit... il m'a dit qu'il avait été élevé en
France, et je ne serais pas très surpris qu'il y fût né...
car il n'a ni le caractère, ni les façons d'un Yankee.

— Il n'en est que plus suspect.

— D'accord... et je vous prie de croire que je n'ai
pas l'intention d'entrer dans son intimité. Mais
dans un cercle comme celui-ci, il ne faut pas être
trop difficile.

Du reste, il n'y est pas venu, hier, contre sa coutume. Il va peut-être disparaître un de ces jours
comme un météore. Je m'en consolerai sans peine,
puisqu'il ne m'a rien gagné, mais les pontes qu'il a
dépouillés *feront une tête!*... pas Chalandrey... il est
beau joueur, votre neveu... et il ne pleure pas son
argent.

— Il a raison... mais c'est dur de le perdre contre
un aventurier de l'espèce de cet Atkins.

— Vous ne paraissez pas le porter dans votre
cœur? dit Goudal en riant. Auriez-vous eu à vous
plaindre de lui personnellement?

— Peut-être, grommela le commandant.

— Oh! alors, je comprends que vous l'ayez pris
en grippe.

— Je vous avouerai même qu'il me serait agréable
de lui donner une leçon... l'épée à la main.

— Diable! comme vous y allez! que vous a-t-il
donc fait?

— A moi, rien,.. mais je le soupçonne d'avoir été autrefois la cause... directe... de la mort de quelqu'un... qui me touchait de très près.

— La cause directe?... est-ce un euphémisme pour dire qu'il a tué ce... cette personne?

— Dispensez-moi, cher monsieur, de vous répondre maintenant. Je ne suis pas encore sûr de ne pas me tromper... et c'est parce que je n'en suis pas sûr que je vous ai prié tout à l'heure de me renseigner sur cet homme... je pensais que vous étiez mieux informé que moi de son passé...

— Et je ne le suis pas du tout. Si vous tenez à être fixé, que ne vous adressez-vous tout bonnement à la préfecture de police?

— J'y ai songé... et je m'y déciderai peut-être. Excusez-moi de vous avoir ennuyé de cette histoire et allons déjeûner.

Goudal et le commandant, après avoir monté lentement l'escacalier, s'étaient arrêtés pour causer dans une galerie qui précédait les salons du cercle et ils avaient fini par se cantonner dans l'embrasure d'une fenêtre où ils tournaient le dos aux gens qui passaient, se dirigeant vers la salle à manger.

Les deux causeurs allaient en faire autant, lorsque Goudal poussa le coude à M. d'Argental, en lui disant tout bas :

— Parbleu ! le proverbe a raison... quand on parle du loup., ce monsieur, là-bas...

— Eh bien?

— C'est l'Atkins en question. Il ne nous a pas vus,

mais je suis sûr que c'est lui... je le reconnais à sa tournure.

— Et vous croyez qu'il vient déjeûner?

— Je n'en doute pas. C'est la première fois que ça lui arrive, je suppose, car je ne l'ai jamais vu, ici, qu'aux lumières. Mais ce n'est pas une raison pour que vous me priviez de votre compagnie. La table est immense et on se place comme on veut. Nous nous mettrons à l'autre bout et l'Amérique ne nous gênera pas.

Le commandant, perplexe, se demandait si ce n'était pas trop tôt de se trouver face à face avec Atkins, avant de savoir à quoi s'en tenir sur les antécédents du personnage.

Pendant qu'il hésitait, un valet de pied s'approcha, tenant à la main un plateau sur lequel était posée une carte de visite.

M. d'Argental la prit et lut, au-dessous du nom, imprimé, de Cabardos, ces mots écrits au crayon :

« C'est bien l'homme de Vincennes. Il vient d'entrer à votre cercle. Si vous avez besoin de moi, je suis sur le boulevard, au café Américain. »

Le commandant tombait de son haut.

Il lui fallut quelques secondes pour comprendre que Cabardos était allé tout droit au Grand-Hôtel, qu'il avait vu Atkins en sortir, qu'il l'avait reconnu, qu'il l'avait *filé* jusqu'à la porte du cercle et, qu'en policier intelligent, il n'avait pas perdu une minute pour avertir son ancien supérieur.

Mais quand le commandant eut compris, il fut prompt à se décider.

— J'ai les renseignements qui me manquaient, dit-il à Goudal.

— Sur qui?... interrogea Goudal, tout étonné.

— Sur Atkins. Je n'avais pas tort de le soupçonner.

— Alors, qu'allez-vous faire?

— Je n'en sais rien encore. Si j'engage une affaire, puis-je compter sur vous pour me servir de témoin?

— Absolument, mon cher commandant.

— Quelles que soient les conditions du combat?

— A un autre, je répondrais : non. Mais je puis m'en rapporter à vous.

— Je vous remercie. Il est possible, du reste, que je ne sois pas obligé d'en venir là, immédiatement... il se peut aussi que je tienne à vider la querelle, aujourd'hui même.

— Ce sera comme il vous plaira. Je n'ai rien à faire jusqu'à sept heures... je dois dîner avec Blanche Porée au café Anglais.

— J'ai encore à vous demander de me laisser diriger, comme je l'entendrai, la conversation que je me propose d'entamer avec M. Atkins.

— Je me garderai bien d'intervenir.

— Vous pouvez croire, du reste, que je ne ferai pas d'esclandre. Tout se passera convenablement.

— Je n'en doute pas et je suis à vos ordres. Atkins doit être à table depuis cinq minutes et ces Yankees mangent si vite que, si nous nous attardions ici, il pourrait bien avoir fini quand nous arriverons.

— Diable! je serais désolé de le manquer.

— Alors, venez, mon cher commandant, conclut

Goudal en passant familièrement son bras sous le bras de l'ancien chef d'escadrons.

Lequel était le plus fou des deux, de ce boulevardier qui se jetait les yeux fermés dans une querelle dont il ne connaissait pas l'origine et dont il ne pouvait pas prévoir les conséquences, ou de ce vieux guerrier qui, sur l'attestation de Cabardos, ne doutait pas d'avoir retrouvé le meurtrier de son beau-frère et se disposait tranquillement à se couper la gorge avec un homme qu'il méprisait autant qu'il le haïssait?

Goudal y allait par insouciance, par curiosité, pour son plaisir, et il se promettait de passer une journée amusante.

On n'est pas plus Parisien.

Pierre d'Argental, qui était avant tout un soldat, y allait comme il serait allé à la charge en tête de ses escadrons, sans réfléchir et sans regarder en arrière.

Il faut ajouter, pour sa justification, qu'il avait plus d'une raison de croire que Cabardos ne s'était pas trompé.

Quoiqu'il en fût, il était résolu à en finir en parfaite connaissance de cause, et il avait une idée qui ne pouvait venir qu'à lui.

Il entra avec Goudal dans la salle à manger où M. Atkins déjeunait à peu près seul.

L'heure des habitués était passée et il n'y avait plus d'attablés que deux ou trois retardataires qui se faisaient servir séparément et qui mettaient les morceaux doubles pour ne pas manquer l'ouverture de la Bourse.

Il y avait dix places à choisir, mais au grand éton-

nement de Goudal, le commandant alla s'asseoir
tout à côté de l'Américain, qui commença par reculer
instinctivement son couvert, comme s'il eût pres-
senti que ce nouveau voisin de table arrivait avec
des intentions hostiles.

Il fit néanmoins assez bonne contenance et il sou-
haita le bonjour à Goudal qui lui répondit assez
froidement, mais en l'appelant : Atkins, tout court.

A ce nom, Pierre d'Argental, jouant la surprise,
se pencha à l'oreille du boulevardier et lui demanda
assez haut pour être entendu, si M. Atkins était la
personne dont il venait de lui parler.

Et sur la réponse affirmative de Goudal, il se mit
à regarder à la dérobée l'Américain, qui prit
aussitôt l'air d'un homme qui s'attend à une
attaque.

Il avait reconnu d'Argental pour l'avoir vu, la
veille, au café du Helder, et il regrettait évidemment
de se retrouver à côté de lui.

Goudal, lui, redoutait une explosion de la colère du commandant, et pour faire diversion, il
dit à Atkins, dont il était séparé par l'oncle de
Maxime :

— C'est un événement de vous voir ici, le
matin.

— J'ai l'habitude de déjeûner chez moi, répondit
l'Américain, tout en surveillant du coin de l'œil son
dangereux voisin; mais je vais m'absenter, et avant
de partir, j'ai voulu régler un compte que j'ai à la
caisse du cercle.

— Un compte créditeur, je suppose.

— Une dizaine de mille francs à toucher... des jetons qui me sont restés de la partie d'avant-hier et que j'ai négligé de convertir en argent.

— Bon ! je comprends. Alors vous quittez Paris ?

— Oh ! pour quelques jours seulement. Je m'y trouve si bien que j'ai le projet de m'y fixer définitivement. Mais une affaire importante m'appelle à Londres, et il faut que je parte ce soir.

— Alors, bon voyage ! dit Goudal qui n'était pas fâché d'être débarrassé de ce compromettant citoyen de la libre Amérique.

Goudal se disait : il ne reviendra pas de si tôt, si tant est qu'il revienne jamais, et le duel avec cet enragé de commandant tombera dans l'eau.

Goudal comptait, comme on dit, sans son hôte.

— Mon cher, lui dit Pierre d'Argental, vous venez d'engager une conversation qui passe par-dessus ma tête. C'est très gênant pour vous... et pour monsieur. Je demande à en être... et afin que je puisse y prendre part, faites-moi donc le plaisir de me présenter à M. Atkins.

— Qu'à cela ne tienne ! répondit Goudal, très surpris de cette ouverture.

— Mon cher Atkins, je vous présente M. le commandant d'Argental.

Atkins, stupéfait, s'inclina poliment, mais il resta sur la défensive. Cette prévenance inattendue ne lui disait rien qui vaille et on voyait bien qu'il attendait une explication.

— Monsieur, lui dit l'ancien chef d'escadrons, je n'ai pas l'honneur d'être connu de vous, mais mon

neveu... plus heureux que moi... vous connaît...
mon neveu, Maxime de Chalandray.

— En effet, monsieur, balbutia l'Américain ; j'ai
vu M. de Chalandrey à une partie où je tenais les
cartes... et j'ai eu le regret de lui gagner une somme
assez forte.

— Oh ! il ne vous en veut pas... et moi je vous
sais gré de lui avoir donné une leçon... dont il avait
grand besoin... mon neveu joue comme un fou, et si
la perte qu'il a subie en pontant contre vous pouvait
le corriger, vous lui auriez rendu un immense
service.

Je me hâte d'ajouter que je ne compte pas sur
sa conversion.

— Et vous faites bien de n'y pas compter, ricana
Gondal. Pour un joueur comme Chalandrey, la perte
est un excitant.

— Je le crains, répliqua l'oncle en souriant, mais
Maxime a, vis-à-vis de monsieur, d'autres obligations... plus sérieuses.

— Vraiment ?.., je ne m'en doutais pas, dit Atkins,
toujours en défiance.

— Vous ne voulez pas en convenir, mais je suis
sûr de mon fait. Mon neveu est tombé de cheval,
l'autre jour dans le bois de Boulogne... tout près de
la Cascade... Vous avez été témoin de l'accident et
vous l'avez secouru... vous, seul... les gens qui se
trouvaient là allaient le faire porter à l'hôpital...
vous êtes intervenu... vous l'avez relevé et vous
avez pris la peine de l'accompagner jusque chez lui...
vous êtes monté dans le fiacre qui le ramenait...

Et comme Atkins protestait du geste :

— Oh! ne niez pas. Je me suis informé et je suis certain que c'était vous. Maxime vous doit probablement la vie.

Vous ne vous êtes pas borné à le reconduire à son domicile. Vous lui avez donné les premiers soins dont il avait besoin, et vous avez envoyé son valet de chambre chercher le médecin qui l'a tiré d'affaire.

Il vous a plu de vous dérober à notre reconnaissance en quittant la maison sans laisser votre nom, mais vous n'y échapperez pas, puisque j'ai le bonheur de vous rencontrer.

— J'a fait ce que tout autre aurait fait à ma place.

— Vous avez fait bien davantage et mon neveu vous en sait un gré infini.

— C'est plus que je ne mérite... mais je suis ravi d'apprendre que l'accident n'a pas eu de suites fâcheuses. M. de Chalandrey est complètement guéri, m'a-t-on dit.

— Complètement, non... Il va beaucoup mieux, mais il garde encore la chambre.

Goudal allait se récrier et dire qu'il avait, la veille, aperçu Maxime, sur le boulevard du Palais.

Un coup de genou qu'il reçut du commandant l'avertit de se taire.

Et il se tut, quoiqu'il ne devinât pas où voulait en venir le commandant, qui reprit galement :

— La meilleure preuve qu'il n'est pas guéri, c'est qu'il a des fantaisies de malade...

— Que certainement vous vous empressez de satisfaire, interrompit en souriant Atkins, à peu près rassuré par le ton de bonhomie qu'avait pris M. d'Argental.

— Autant que je le puis... mais il ne dépend pas de moi seul de réaliser un désir qui s'est emparé de lui et qui prime tous les autres.

— De quoi s'agit-il donc ?... il ne vous demande pas de décrocher les étoiles, je suppose. C'est bon pour une jolie femme, ces fantaisies-là.

— La sienne est moins extravagante... mais quand il faut l'accord de deux volontés, tout devient difficile.

— Personne ne refusera d'être agréable à un malade.

— Si je vous disais qu'il veut à toute force...

— Quoi donc ?

— Vous voir, monsieur... vous voir pour vous remercier lui-même... il ne pense qu'à cela.

— Mais... je serai très heureux de rencontrer M. de Chalandrey, et j'en aurai l'occasion si, comme je l'espère, il revient au cercle, lorsqu'il sera tout à fait remis, c'est-à-dire très prochainement, je pense.

— Il y reviendrait, tout exprès pour vous voir... mais vous allez vous absenter.

— Trois ou quatre jours, au plus. Le temps d'aller à Londres, d'y voir un de mes correspondants et de revenir.

— Maxime n'aura jamais la patience d'attendre quatre jours.

— Vraiment?... je suis très flatté de tant d'empressement... et si j'en avais été informé plus tôt, je me serais bien volontiers présenté chez M. de Chalandrey... mais aujourd'hui, je me trouve pris de si court...

— Bah! la rue de Naples n'est pas loin d'ici... un cheval marchant un peu nous y mènerait en dix minutes.

Excusez-moi d'insister pour vous y conduire... Si vous saviez le plaisir que vous feriez à mon pauvre neveu... et pour que la fête fût complète, ce cher Goudal ne refuserait pas de venir avec nous.

— Pardon, objecta Goudal, je...

— Vous venez de me dire que vous n'aviez rien à faire jusqu'à sept heures, cher ami... et je suis sûr que vous allez vous joindre à moi pour tâcher de décider M. Atkins à entreprendre ce petit voyage.

Goudal ne répondit pas à cette invite et d'Argental s'aperçut qu'il aurait en lui un auxiliaire assez tiède.

Atkins se taisait aussi.

La proposition lui souriait peu, mais assurément il n'apercevait pas le plan qu'elle cachait et il croyait l'oncle et le neveu assez niais pour s'imaginer qu'ils lui devaient en effet de la reconnaissance. Ils avaient bien pu croire qu'il avait relevé Maxime par humanité et qu'après l'avoir ramené chez lui, il s'était dérobé par modestie. Comment auraient-ils deviné qu'il avait fait tout cela pour s'assurer que Maxime était bien le fils de M. de Chalandrey, officier aux guides de la garde impériale, tué en duel dans le bois de Vincennes ?

Atkins ne se doutait pas non plus que, la veille, au café du Helder, le commandant avait entendu une partie de la conversation des deux soi-disant Américains, assis devant lui. Le commandant ne le connaissait même pas de vue avant ce déjeuner où ils venaient de prendre place à côté l'un de l'autre.

Atkins s'était effarouché à tort et il aurait pu se dispenser de déguerpir comme il l'avait fait, au moment où le général Bourgas avait appelé, par son nom, M. d'Argental.

Quant à Maxime, Atkins mettait sur le compte de la mauvaise humeur causée par une forte perte au jeu les rebuffades qu'il en avait reçues le soir de leur première rencontre au cercle et le refus de lui rendre son salut au bois de Boulogne.

Maxime pouvait s'être laissé toucher par la généreuse conduite d'un homme qui lui avait déplu au premier abord, mais contre lequel il n'avait pas de griefs sérieux.

Ainsi raisonnait Atkins et il commençait à se demander pourquoi il manquerait une occasion de gagner les bonnes grâces de ces messieurs.

Atkins s'était mis en mesure de quitter la France à la première alerte, mais il s'y trouvait bien et il ne tenait pas du tout à partir.

S'il y restait, il avait tout intérêt à s'y faire des amis, surtout des amis bien posés, des amis d'une autre catégorie que M. Caxton, de Chicago.

Et, en ce genre, il ne pouvait pas trouver mieux

que le commandant Pierre d'Argental et son neveu, Maxime de Chalandrey.

Il en était donc à délibérer, lorsque le commandant lui dit :

— Monsieur, je vous demande pardon d'insister, et je reconnais que je n'aurai pas le droit de vous en vouloir si vos occupations vous empêchent de vous prêter au désir exprimé par un blessé... mais si vous voulez bien y céder, je vous en serai infiniment reconnaissant...

— Cela suffit, monsieur, interrompit Atkins. Je ferai ce que vous désirez. Je vous demanderai seulement d'aller voir M. de Chalandrey, en sortant d'ici. Je n'aurai guère aujourd'hui que ce moment de libre.

C'était précisément ce que voulait d'Argental, qui s'écria :

— Je suis à vos ordres. C'est bien le moins que vous choisissiez une heure à votre convenance. Nous partirons quand il vous plaira.

Voulez-vous que je fasse servir le café dans le salon ?

— Parfaitement. Pendant que vous le prendrez, je passerai à la caisse du cercle.

— Et vous ferez bien. Quand on a cinq cents louis à toucher, il ne faut jamais remettre l'opération au lendemain, dit joyeusement le commandant.

Le déjeûner s'achèva sans incident. On parla femmes, on parla théâtres, on parla chevaux, et Pierre d'Argental put s'apercevoir que le prétendu Américain s'entendait fort bien aux choses qui constituent le fond de la vie parisienne.

Goudal prit peu de part à cette conversation gaie. Il était tout à coup devenu soucieux et le commandant devina pourquoi.

Atkins, quand on se leva de table, passa à la caisse, comme il l'avait annoncé, et, dès qu'il eut tourné les talons, Goudal commença :

— Mon cher commandant, je n'y comprends plus rien du tout. Vous m'aviez parlé d'un duel à engager avec ce gentleman transatlantique et vous venez de l'inviter avec force politesses à vous accompagner chez votre neveu...

— Je suis sûr que vous vous demandez si je me propose de l'attirer dans un guet-apens, dit en riant Pierre d'Argental.

— Non... mais.

— Rassurez-vous, mon cher. Le duel, s'il a lieu, sera loyal et régulier. Seulement, avant d'en venir là, il faut que je sache à quoi m'en tenir sur un fait, et je ne puis être fixé qu'en amenant cet homme dans l'hôtel de mon neveu... rue de Naples. S'il vous répugne d'assister à l'éclaircissement, soyez libre. Mais je vous serais très obligé de ne pas m'abandonner dans une occasion où j'ai besoin de la présence d'un témoin dont l'honorabilité ne puisse pas être contestée.

— Je ne doute pas de la vôtre, mon cher commandant... mais permettez-moi de vous demander pourquoi vous avez parlé au nom de votre neveu... malade.

Vous savez aussi bien que moi qu'il est guéri. Vous a-t-il vraiment chargé de lui amener Atkins ?

— Non, mon cher Goudal. Je pourrais équivoquer

en vous disant que mon neveu, s'il savait ce qui se passe ici, m'approuverait pleinement de le mettre en scène et de lui prêter un langage qu'il n'a pas tenu. J'aime mieux vous déclarer franchement que j'ai pris sur moi d'inventer cette histoire. Je n'avais pas d'autre moyen d'atteindre le but sacré que je poursuis... et il est des cas où le devoir d'un homme d'honneur est de... de dire le contraire de la vérité.

— En d'autres termes, la fin justifie les moyens... C'est une doctrine... contestée. Je ne prends parti ni pour, ni contre, mais...

— Je vous demande de ne me juger qu'après l'événement. Avant une heure, la question sera tranchée; vous pouvez bien me faire crédit d'une heure.

Je vous donne ma parole que, dans aucun cas, votre responsabilité ne sera engagée.

— Soit ! je m'en rapporte à vous, mon cher commandant, et je vais vous accompagner.

Une seule question encore... votre neveu est-il chez lui, en ce moment?

— Je n'en sais rien du tout. Je l'ai cherché, hier, toute la soirée, sans le rencontrer. Mais qu'il y soit ou qu'il n'y soit pas, l'affaire se dénouera à peu près de la même façon. Ne m'en demandez pas davantage.

Voici notre homme.

Atkins, en effet, entrait dans le salon, de l'air satisfait d'un joueur heureux qui vient d'encaisser une jolie somme.

— Je vois, messieurs, que vous avez pris votre café, dit-il; moi, je n'en prendrai pas. Donc, si vous le voulez bien, nous pouvons partir... et je ne vous

cacherai pas que je suis pressé... j'ai tant de choses
à faire aujourd'hui.

Êtes-vous des nôtres, mon cher Goudal?

— Ma foi! oui. Je n'avais pas bien envie de me
déplacer, pendant ma digestion, mais le commandant m'en a tant prié que je suis laissé persuader.

— Bon! pensa d'Argental, il prend ses précautions
pour le cas où l'affaire tournerait mal. Atkins sait
maintenant que c'est moi qui ai entraîné M. Goudal.

— Maintenant, messieurs, reprit le boulevardier,
la question est de dénicher un fiacre assez large pour
nous contenir tous les trois. Je ne suis pas gros, ni
Atkins non plus, mais le commandant tient de la place.

— Je me charge de trouver ce qu'il nous faut...
devant le café américain... à deux pas du cercle, dit
d'Argental qui avait ses raisons pour parler ainsi.

Ils sortirent tous les trois et quand ils débouchè-
rent sur le boulevard, le commandant obliqua vivement à gauche, en faisant des signes au cocher d'un
quatre places arrêté en face du café où Cabardos,
assis à une table du premier rang, sirotait un grog
aussi américain que l'établissement.

D'un coup d'œil, le commandant lui intima l'ordre
de ne pas bouger et, se plantant tout près de lui,
sans cesser d'appeler le cocher, il lui dit d'un
ton bref :

— Je tiens mon homme et je l'emmène. Reste ici
cinq minutes et, après, viens en voiture, chez mon
neveu, rue de Naples, 29. J'y serai. Tu me demanderas
au groom qui viendra t'ouvrir. Il sera prévenu et il
te fera entrer dans une pièce où tu m'attendras.

— C'est compris, mon commandant, murmura Cabardos, sans broncher.

Pendant ce dialogue en sourdine, le cocher avait aperçu les signaux et il dirigeait son attelage vers la porte du cercle où Atkins et Goudal étaient restés.

Pierre d'Argental le connaissait, ce cocher de grande remise, pour s'être servi quelquefois de sa voiture, les soirs où il allait dans le monde et il se félicitait de l'avoir trouvé à son poste habituel.

Cabardos était averti et Atkins n'avait rien vu.

L'Américain avait retrouvé tout son aplomb et il était fort gai.

Il fit des façons pour accepter une place sur la banquette du fond, à côté du commandant, et Goudal fut obligé de lui rappeler qu'il était leur cadet à tous les deux.

On roula et la conversation ne languit pas.

— M. de Chalandrey va être un peu surpris de me voir, dit Atkins, car je n'ai pas l'honneur de le connaître beaucoup et, sans cet incident, je crois bien que je ne serais jamais allé chez lui.

Oserai-je vous demander, mon commandant, comment il a pu tomber ? je l'ai vu à cheval et je déclare qu'il monte admirablement.

— Il n'y a que les mauvais cavaliers qui ne tombent pas, dit ironiquement d'Argental. Et puis, quand une bête manque des quatre pieds, il n'y a pas d'équitation qui tienne... on est lancé en avant et on se casse le cou.

— Pas toujours... fort heureusement, car c'est ce

qui est arrivé à monsieur votre neveu. J'étais là au moment où son cheval s'est abattu.

— Alors, vous avez dû vous apercevoir que cette maudite bête l'avait gagné à la main et qu'il n'en était plus le maître.

— Et c'est un miracle qu'il en ait été quitte pour si peu. Il aurait dû se tuer dix fois.

— Quand je pense, dit Goudal, que je venais de le rencontrer, près des lacs, et que je l'ai quitté pour courir après Blanche Porée que je n'ai pas pu rejoindre!... Si j'étais resté, son cheval ne se serait peut-être pas *emballé*... ou du moins, j'aurais pu l'arrêter...

— Mon cher, répliqua le commandant, on n'arrête pas un cheval *emballé*, quand on n'est pas sur son dos.

Demandez plutôt à M. Atkins qui monte mieux que vous et moi.

— Vous me flattez, dit modestement Atkins ; la vérité est que j'en ai la grande habitude... j'ai habité si longtemps le pays des Peaux-Rouges...

— Oh ! cher monsieur, vous ne me ferez pas croire que vous avez appris chez les sauvages. Convenez que vous avez eu, étant jeune, un bon professeur.

— Je ne le nie pas... on m'a mis en selle à douze ans et j'ai beaucoup monté au manège.

— A Paris, n'est-ce pas ?

— Oui... j'y ai fait une partie de mes études.

— Ça se voit, à la façon dont vous parlez le français.

— J'ai une aptitude particulière pour les langues... je parle tout aussi bien l'anglais et l'espagnol... et je comprends un peu l'allemand.

— Vous êtes bien heureux. Moi, je n'ai jamais pu me mettre dans la tête un mot de latin, ni de grec, les seules langues qu'on ait essayé de m'apprendre quand j'étais au collège... et depuis que j'en suis sorti, je n'ai guère étudié que la théorie.

Pierre d'Argental se vantait. Il avait au contraire beaucoup lu et il ne manquait pas de littérature; mais il convenait à ses projets du moment de se faire passer pour un soudard grossier, incapable de combiner quoi que ce fût.

Il y réussit parfaitement et Atkins n'eut pas le moindre soupçon.

Goudal, qui savait à quoi s'en tenir sur la valeur intellectuelle de M. d'Argental et un peu sur ses desseins secrets, Goudal commençait à trouver que l'oncle de Maxime était très fort.

Il craignait même qu'il ne le fût trop et qu'il ne préparât à l'Américain un tour indigne d'un gentleman.

Et il se réservait de se retirer si l'expédition prenait une tournure fâcheuse.

Le quatre-places de remise était attelé de deux bons chevaux qui montèrent au grand trot la rue du Rocher et le voyage ne dura pas un quart d'heure.

M. d'Argental descendit le premier et se hâta de sonner à la porte de l'hôtel, pendant que Goudal et Atkins achevaient une causerie commencée et échangeaient des politesses.

Au valet de chambre qui vint ouvrir, le commandant eut le temps d'adresser deux ou trois questions à voix basse, et même de donner de très brèves instructions, avant que ces messieurs fussent à portée de les entendre.

— Maxime va beaucoup mieux, ce matin, leur dit-il gaiement. Il est levé et, en attendant qu'il puisse sortir, il se promène du haut en bas de sa maisonnette. Nous allons nous mettre à sa recherche et, comme j'ai défendu à son domestique de nous annoncer, il aura, en nous voyant, une surprise agréable.

Atkins entra, le sourire aux lèvres, et Goudal le suivit, un peu à contre-cœur.

Les a-partés de M. d'Argental l'inquiétaient et ses propos ne le rassuraient pas.

— Si vous le voulez bien, messieurs, reprit le commandant, nous monterons d'abord au fumoir.

Je connais les manies de monsieur mon neveu et parierais bien que nous le trouverons, le cigare au bec, quoique son médecin lui ait interdit le tabac, jusqu'à nouvel ordre.

— Décidément, pensa Goudal, qui la veille avait rencontré Chalandrey dans la rue, ce gentilhomme ment comme un arracheur de dents. Il prétend que la fin justifie les moyens... nous verrons bien.

L'hôtel, le minuscule hôtel de Maxime n'avait que deux étages, en comptant un rez-de-chaussée surélevé, et un seul corps de logis, en façade sur la rue de Naples.

Pas de remises, pas d'écurie. — Maxime logeait ses

chevaux ailleurs — et au lieu de cour, un jardinet, grand comme un mouchoir de poche, où il ne poussait guère que du gazon.

La chambre à coucher et le fumoir étaient au second ; la salle à manger et le salon étaient au premier.

Un même escalier desservait les deux étages.

M. d'Argental conduisit tout droit les deux visiteurs à ce fameux fumoir où ils devaient trouver son neveu.

Le neveu n'y était pas et il n'y paraissait pas qu'il s'y fût livré, ce jour-là, à son plaisir favori, car on ne sentait aucune odeur de tabac.

— Eh ! bien ? demanda Goudal ; l'oiseau s'est donc envolé ?

Le commandant ouvrit, pour la forme, la porte de la chambre à coucher et ces messieurs purent voir que la chambre à coucher était vide.

— Il sera descendu au jardin, dit-il. Son domestique va nous l'envoyer. Asseyez-vous, messieurs, et puisez dans ces boîtes... c'est le dernier envoi qu'il a reçu de la Havane et ils sont excellents. Il ne se refuse rien, mon cher neveu... il fait venir ses cigares de Cuba, directement... moi, j'achète les miens à la Régie, hélas !

Goudal en prit un et l'alluma. Atkins refusa poliment.

Depuis qu'il était entré dans cette pièce meublée à l'orientale, Atkins semblait être mal à son aise. Il regardait le commandant à la dérobée et il ne faisait pas mine de s'asseoir.

— A la bonne heure ! dit Goudal, voilà un fumoir admirablement installé... rien que des divans et un assortiment des meilleures marques de la Havane, rangées sur des étagères, en guise de bibliothèque. C'est compris. J'en ferai mon compliment à Chalandrey.

Il n'y a qu'une chose de trop... c'est ce portrait... il me semble qu'il n'est pas à sa place, ici... les portraits d'ancêtres, c'est bon dans un grand salon.

— C'est le portrait d'un ancêtre bien récent, dit en souriant M. d'Argental.

— En effet, murmura Goudal ; il porte un uniforme qui certainement ne figurait pas aux croisades.

— L'uniforme des guides... le régiment où mon beau-frère a été capitaine.

— Votre beau-frère ?... alors, cet officier, c'est...

— Le père de Maxime. Je m'étonne que vous ne l'ayez pas reconnu, à la ressemblance.

— Je ne l'avais pas bien regardé... mais c'est vrai... il ressemble étonnamment à Chalandrey.

Ne trouvez-vous pas, monsieur Atkins ? »

— Oui, balbutia l'Américain, il y a quelque chose...

— Dites donc que c'est Maxime tout craché... les mêmes traits, la même physionomie... et le père a l'air presque aussi jeune que le fils.

— Il était encore jeune quand il a été tué.

— Comment, tué ?... à quelle bataille ?

— Il n'a pas eu le bonheur de mourir à la guerre, Il a été tué en duel.

— Excusez-moi, mon cher commandant... j'ignorais...

— C'est tout naturel... il y a dix ans que ce malheur est arrivé.

— Il y a dix ans, je venais de sortir du collège...

— Et vous ne lisiez pas beaucoup les journaux

— Je ne lisais rien du tout. Je ne pensais qu'à m'amuser et je m'amusais ferme.

— La mort de mon beau-frère a fait beaucoup de bruit dans le temps...

— Vous allez me trouver bien curieux... et bien indiscret... mais avec qui donc s'est-il battu?

— On ne sait pas.

— Comment, on ne sait pas !

— Non. C'est une tragique histoire. Voulez-vous que je vous la raconte?

— Je vous en prie. Et je suis sûr qu'elle intéressera aussi M. Atkins.

— Je serais très aise de l'entendre, dit Atkins, peu flatté d'être mis en cause ; mais j'ai si peu de temps à moi que je serai bien obligé à M. d'Argental de me présenter le plus tôt possible à M. de Chalandrey.

— Mon neveu sera ici dans un instant, monsieur, répliqua le commandant, et mon histoire sera finie, quand il arrivera, car elle n'est pas longue.

Croiriez-vous, mon cher Goudal, que mon malheureux beau-frère a été trouvé dans une allée du bois de Vincennes, la poitrine trouée d'un coup d'épée. Avait-il été assassiné?... tout l'indiquait, mais on n'a pas pu le prouver.

— Alors, son adversaire... je veux dire son meur- trier... avait disparu...

— Oui, et il est resté introuvable, quoique la jus- tice ait fait des recherches...

— Ah! la justice s'en est mêlée?

— Certainement, il y a eu une très longue instruc- tion qui n'a pas abouti. Vincennes et ses environs étaient à cette époque infestés de vauriens. C'est sans doute l'un d'eux qui a fait le coup.

— Et on n'a arrêté personne?

— Non... quoiqu'on ait soupçonné plusieurs indi- vidus... un entre autres qui passait pour être le chef de la bande... celui-là était un batailleur qui cher- chait querelle aux gens, à propos de rien... et particu- lièrement aux militaires... mais il n'y avait aucune preuve contre lui... on s'est contenté de le surveil- ler... et la surveillance a été en pure perte... il a cessé de fréquenter les cafés et les bals de l'endroit.

— Parce qu'il n'avait pas la conscience nette, par- bleu!

— C'est probable, mais la bande privée de son chef s'est dispersée et l'enquête en est restée là.

— Votre neveu sait tout cela?

— Parfaitement... grâce à moi qui l'ai renseigné... tout récemment. Il n'avait que quinze ans, lorsque son père a été tué et je lui ai caché la véritable cause de cette mort subite... je lui ai parlé de la rupture d'une anévrisme... et il y a cru.

— Mais, plus tard, vous lui avez dit la vérité ?

— Oh ! beaucoup plus tard... il n'y a pas quinze jours.

— Ma foi ! mon cher commandant, je ne sais pas trop si vous avez bien fait de la lui dire.

— Oui... j'ai peut-être eu tort... c'est le hasard d'une conversation qui m'a amené à lui faire cette triste confidence... et elle l'a mis hors de lui... il a juré de venger son père et de retrouver le meurtrier... chose fort difficile au bout de dix ans. La chute qu'il a faite a eu cela de bon qu'elle l'a calmé.

— Alors, il a renoncé à chercher ?

— Non... mais il y pense moins... j'y pense pour lui.

— Vous !... quoi !... vous voulez.

— Je veux faire tout ce que pourrai et je ne désespère pas de mettre la main sur cet homme... je crois même que suis sur sa piste.

— Mais quand vous le tiendriez, je ne vois pas...

— Je le livrerais à la justice.

— Bah ! il y prescription.

— Pas encore. Il s'en faut de deux mois.

— Messieurs, dit tout à coup Atkins, qui piétinait d'impatience, la question que vous traitez en ce moment est fort intéressante sans doute, mais je ne suis pas à même de la trancher. M. de Chalandrey, qui était si pressé de me voir, n'arrive pas, et j'ai déjà perdu beaucoup de temps. Permettez-moi de vous quitter.

— Encore un instant, je vous prie, dit Pierre d'Argental. On monte l'escalier. C'est peut-être mon neveu.

La porte s'ouvrit et ce ne fut pas Maxime qui entra.

— Comment, c'est toi, mon vieux Cabardos ! s'écria l'oncle. Tu viens prendre des nouvelles du blessé. Nous t'attendons... et tu n'es pas de trop.

Messieurs, je vous présente un brave qui a autrefois servi sous mes ordres.

Atkins lançait des regards furieux à cet intrus dont l'apparition retardait son départ et il paraissait fort peu disposé à entrer en communication avec lui.

M. d'Argental se passa de son autorisation.

— Mon cher Cabardos, dit-il, voici M. Goudal, un de mes amis... et voici M. Atkins, citoyen des Etats-Unis d'Amérique.

Après avoir échangé un salut avec Goudal, le brigadier de la sûreté se mit à dévisager Atkins et s'écria :

— Il y a longtemps que je connais monsieur.

— Vous vous trompez, dit dédaigneusement Atkins. Je ne vous ai jamais vu.

— Mais, moi, je vous ai vu souvent. Vous n'êtes pas changé du tout. Seulement, à l'époque où je vous rencontrais, vous ne vous appeliez pas Atkins... et vous étiez Français. Vous vous êtes donc fait naturaliser Américain ?

— Cet homme est fou.

— Mais non... mais non... je ne suis pas fou et je vous remets parfaitement. Vous rappelez-vous le bal d'Idalie, à Vincennes ?.... Ah ! vous en faisiez des

farces avec vos camarades !... on ne parlait que du
capitaine Henri.

Atkins fit un mouvement vers la porte, mais
M. d'Argental lui barra le passage et demanda à son
ancien maréchal des logis.

— Tu es sûr que c'est monsieur qui était connu
sous le nom du capitaine Henri ?

— Tout à fait sûr, mon commandant. Et si monsieur allait se promener à Vincennes, bien d'autres
que moi le reconnaîtraient.

— Je vous répète que vous êtes fou et je prie
M. d'Argental de me laisser sortir.

— Pas avant que vous ayez répondu aux questions
que je vais vous poser, répliqua froidement le commandant.

— Je ne vous reconnais pas le droit de m'interroger.

— Peu m'importe. Je le prends. Et si vous refusez
de me répondre, vous répondrez au commissaire de
police que je vais envoyer chercher.

— Alors, vous prétendez me retenir ici de force ?

— Jusqu'à ce que vous m'ayez prouvé que ce n'est
pas vous qui avez tué M. de Chalandrey, mon beau-
frère.

— Ah ! voilà donc le mot de l'énigme !... vous osez
m'accuser de ce meurtre sur la foi d'un propos tenu
par ce drôle !

— Dites donc, vous ! s'écria Cabardos : pas de
gros mots ou je vous empoigne et je vous traîne au
poste.

— Monsieur, dit le commandant, vous venez d'insulter un homme qui vaut mieux que vous. Cela sera compté avec le reste. Maintenant, c'est moi qui vous accuse. Justifiez-vous, si vous pouvez.

— De quoi m'accusez-vous, s'il vous plaît ?

— Vous le savez fort bien. Le garnement que d'autres garnements nommaient le capitaine Henri a été soupçonné de s'être battu sans témoins avec M. de Chalandrey, et si on ne l'a pas arrêté, c'est qu'il a disparu tout à coup.

Le capitaine Henri, c'est vous.

— Non, ce n'est pas moi. Je suis William Atkins, de Baltimore.

— Je croirai cela, quand j'aurai entre les mains la preuve de votre nationalité... et je suis en mesure de me renseigner à la légation des Etats-Unis, dont j'ai l'honneur de connaître le premier secrétaire. En attendant, je puis, si vous voulez, vous mettre en présence d'un de mes vieux amis, le général Bourgas, qui a vu plusieurs fois le capitaine Henri, avant le duel, et qui vous reconnaîtra, je n'en doute pas.

— Et vous vous imaginez que je me prêterai à ces confrontations ridicules !

— Si vous vous y refusez, je vous remettrai entre les mains de la justice, qui se chargera d'éclaircir vos antécédents.

Atkins s'agitait comme un loup pris au piège et son attitude n'était certes pas celle d'un innocent.

Goudal, qui regrettait fort de s'être embarqué dans cette aventure, le croyait coupable et s'abstenait de prendre sa défense, tout en se demandant comment allait se dénouer cette situation bizarre.

— Et quand ce serait moi? dit tout à coup Atkins, emporté par la colère; quand il serait prouvé même que je me suis battu autrefois avec votre beau-frère et que j'ai eu le malheur de le tuer? Serait-ce à dire que je l'ai assassiné?.... et vous figurez-vous qu'il se trouverait des juges pour me poursuivre, après dix ans, et des jurés pour me condamner?

— Nous verrons bien. Et dans tous les cas, je ne laisserai pas le meurtrier de M. de Chalandrey se promener tranquillement sur le pavé de Paris.

— Est-ce à dire que vous essaierez de lui appliquer la peine du talion? ricana M. Atkins, qui semblait prendre plaisir à exaspérer le commandant.

— Ce serait peut-être lui faire beaucoup d'honneur... mais je m'y résignerais plutôt que de laisser le crime impuni.

— Le crime?... vous parlez comme un juge d'instruction... mais concluez, je vous prie. C'est un duel que vous me proposez?

— Je ne vous le propose pas. Je vous laisse libre de choisir entre une explication avec le commissaire de police et une rencontre avec moi.

— Mon choix est fait. Je loge au Grand-Hôtel. J'y attendrai vos témoins.

Et maintenant, laissez-moi sortir... cette scène ridicule a assez duré... je ne partirai pas ce soir... nous nous battrons demain matin, si vous voulez.

— Ce n'est pas ainsi que je l'entends.

— Auriez-vous l'intention de m'assassiner?

— Vous savez bien que non. Je consens à me battre avec vous, mais je veux me battre à l'instant. Si je vous laissais sortir d'ici, je ne vous reverrais plus.

— Nous battre... où?... dans cette chambre?

— Ce serait la vraie place... devant le portrait du brave soldat que vous avez tué... mais l'espace manquerait... nous descendrons dans le jardin.

— Et des témoins?

— En aviez-vous, le jour où vous avez attaqué M. de Chalandrey dans le bois de Vincennes?

— Les choses ne se sont pas passées comme vous paraissez le croire... c'est mon adversaire qui m'a provoqué et qui a exigé une rencontre immédiate... il s'agissait d'une femme...

— Je n'ai que faire de vos explications. Moi aussi, je veux une rencontre immédiate. Ces messieurs y assisteront.

— Permettez ! dit Goudal, je...

— Mon cher Goudal, vous ne pouvez pas me refuser ce service et je compte absolument sur vous. Du reste, M. Atkins vous saura gré de rester, car si vous vous retiriez, je n'aurais plus qu'à le remettre entre les mains de la justice, et il vient de vous dire lui-même qu'il préfère se battre.

Or, je ne puis lui accorder cette satisfaction qu'en votre présence. Vous parti, il ne resterait que Cabardos, qui a servi sous mes ordres, et le valet de chambre de mon neveu... M. Atkins pourrait les récuser comme témoins... tandis que vous...

— Lui, comme les autres, dit Atkins furieux.

Vous m'avez attiré dans un guet-apens et votre Goudal vous y a aidé.

— Alors, je reste, s'écria Goudal, rouge de colère. Et si vous ne vous battiez pas, mon cher commandant, c'est moi qui me battrais. Monsieur vient de m'insulter.

— Vous êtes tous des misérables ! vociféra le soi-disant Américain ; mais vous ne me faites pas peur. Battons-nous... je vous tuerai les uns après les autres... comme j'ai tué ce Chalandrey...

— Fort bien ! dit froidement d'Argental, je vois que nous sommes d'accord. Il ne nous reste plus qu'à en découdre. Nous n'avons pas à discuter sur le choix des armes... le jardin de mon neveu est si petit qu'on ne pourrait s'y battre au pistolet qu'à bout portant... mais il a à peu près les dimensions d'une salle d'escrime... et voici une paire d'épées de combat qui feront parfaitement notre affaire.

— Autant celles-là que d'autres, dit Atkins.

La colère n'empêchait pas Goudal de raisonner.

Après avoir regretté d'être venu, Goudal, blessé au vif par un mot de ce Yankee suspect, avait tout à coup pris parti pour le commandant et il commençait à être d'avis que la fin justifie les moyens ; que cet équivoque étranger était un gredin de la pire espèce et qu'il était permis de l'exterminer comme une bête féroce, sans se préoccuper des règles ordinaires du duel.

Goudal comprenait que si Atkins acceptait la rencontre dans les conditions qu'on lui imposait, c'est qu'il redoutait par-dessus tout d'être livré à la justice.

Mais Goudal devinait aussi que cet homme tirait de première force et qu'il comptait bien coucher sur le carreau tous ceux qui croiseraient le fer avec lui.

Atkins, depuis que le commandant l'avait mis, comme on dit, au pied du mur, n'était plus le même homme.

Les façons doucereuses qu'il affectait au début de cette aventure avaient fait place à un air résolu.

Le renard s'était changé en loup; pas en loup qui fuit, au lieu de ruser; mais en loup qui fait tête aux chiens et qui se prépare à vendre chèrement sa vie.

Evidemment, cet homme était brave et un duel ne l'effrayait pas; peut-être parce qu'il se croyait sûr de s'en tirer sans accroc.

Evidemment aussi, il était coupable, sinon d'assassinat, du moins de quelques méfaits graves, car s'il avait eu la conscience nette, il n'aurait pas pris au sérieux les paroles du commandant qui le menaçait de le livrer à la justice.

Goudal ne risquait donc pas grand'chose à servir de témoin dans cette rencontre improvisée et, en vrai boulevardier qu'il était, il trouvait l'affaire amusante.

Cabardos, lui, se serait battu contre le diable, et même contre le préfet de police, sur un ordre de son commandant, et il n'avait garde de récriminer ou de prêcher la concorde.

— Alors, vous êtes prêt à vous aligner? demanda Pierre d'Argental, en décrochant les épées d'une

panoplie qui figurait justement sous le portrait du
père de Maxime.

— Oui, répondit Atkins, à deux conditions.

— Lesquelles ?

— La première, c'est que, si je vous tue... ou si
seulement je vous mets hors de combat, je pourrai
sortir d'ici, sans être inquiété... ni suivi.

— Accordé. Vous pourrez même filer sur Londres,
dès ce soir, comme vous en avez l'intention, je n'en
doute pas.

Vous entendez, messieurs. Vous laisserez partir
M. Atkins et vous ne vous occuperez plus de lui.

Voyons l'autre condition.

— L'autre, c'est que si je suis tué... ou blessé
grièvement... vous me ferez porter cette nuit dans
la rue et vous m'y laisserez sur le pavé... ceux qui
me ramasseront croiront ce qu'ils voudront... je ne
veux pas qu'on sache comment je suis mort... vous
n'y tenez pas, non plus, je suppose... et la police ne
s'en inquiètera guère... on m'enverra à l'hôpital ou
à la Morgue... et personne ne me réclamera.

— Pas même M. Caxton, de Chicago ?

— Pas même lui. Caxton n'est à Paris qu'en passant et il a une foule de raisons pour s'abstenir de
se mêler de ce qui ne le regarde pas.

Si on vient à découvrir que j'étais logé au Grand-
Hôtel, on n'en sera pas mieux renseigné pour cela,
car personne ne m'y connaît... et ma mort ne
troublera personne.

Ce sera un étranger de moins, voilà tout.

— Je ne puis pas m'engager à faire ce que vous

me demandez là, dit vivement d'Argental. Je ne
veux pas qu'on m'accuse de vous avoir assassiné...
Mais je puis vous promettre en mon nom et au nom
de ces messieurs de ne pas dire pourquoi nous nous
sommes battus. J'inventerai une histoire... Je trouverai un prétexte... je dirai, si vous voulez, que
nous étant pris de querelle après boire, nous avons
échangé des voies de fait et que le combat s'est engagé, à la chaude... comme cela arrivait jadis entre
gentilshommes qui portaient l'épée au côté et qui
dégaînaient sur place.

Atkins réfléchit un instant.

— C'est bien, dit-il en se redressant. Il me suffit
d'être assuré de m'en aller d'ici librement, au cas
où j'aurais le... le malheur de vous tuer.

— Je vous ai donné ma parole, dit le commandant.

— Je m'en contenterai... mais finissons-en... Je
suis pressé, je vous l'ai déjà dit et je vous le répète.

— Toi, pensa Goudal, qui n'avait pas cessé de
l'observer, tu acceptes parce que tu te crois sûr d'ex-
pédier ton homme. Ce faux Américain qui monte à
cheval comme un écuyer de profession doit avoir
été maître d'armes ou prévôt de salle... mais je sais
que d'Argental tire à merveille... et puis, je serai là
pour arrêter les coups dangereux... j'ai bien fait de
garder mon *stick* en descendant de cheval, d'autant
que je ne sais pas trop ce que vaut l'autre témoin
de ce cher commandant... il manque complètement
d'élégance... et même de distinction, ce M. Cabardos... un vieux troupier, je suppose... mais il doit

avoir l'habitude des armes et j'espère qu'il me se-
condera convenablement.

— Venez, messieurs, dit l'oncle qui tenait les
épées sous son bras.

Il passa le premier. Atkins suivit. Les deux témoins formaient l'arrière-garde.

Le valet de chambre de Maxime montait la garde dans
le vestibule qui allait de la porte cochère au jardin.

Le commandant lui avait déjà donné la consigne
de n'ouvrir à personne, si on sonnait, et comme
c'était un garçon très avisé, un vrai domestique parisien, il ne parut pas surpris de voir ce cortège
déboucher de l'escalier.

Il reconnaissait parfaitement le monsieur qui avait
rapporté son maître, après l'accident, et il lui en
voulait de s'être moqué de lui en l'envoyant chercher un médecin et en profitant de son absence pour
s'en aller à la sourdine.

Il devina tout de suite le projet du commandant
et il parut à son air qu'il l'approuvait.

— Tu sais que je t'ai défendu de bouger d'ici, jusqu'à ce que je t'appelle, lui dit M. d'Argental. Veille
à ce qu'on ne nous dérange pas.

— J'ai compris, mon commandant, répondit le
groom intelligent. Seulement, si M. de Chalandrey
rentrait...

— Tu le laisserais sonner... comme les autres...

— Bien, mon commandant !

— Pourquoi donc M. de Chalandrey ne serait-il
pas de la fête ? ricana M. Atkins. Je suis sûr qu'elle
l'intéresserait beaucoup.

— Parce que M. de Chalandrey voudrait prendre ma place, répondit gravement M. d'Argental.

— Il me semble qu'il en aurait bien le droit.

— C'est possible... mais vous ne tuerez pas le fils, après avoir tué le père. C'est moi que vous tuerez... ou qui vous tuerai.

— Convenez que je suis de bonne composition... je me prête à vos arrangements de famille... Me garantissez-vous, du moins, que si votre neveu survenait, après le combat et qu'il me trouvât debout, il ne me forcerait pas à recommencer.

— Ces messieurs s'y opposeraient... et je les charge expressément de dire à Maxime que je vous ai donné ma parole de vous laisser sortir.

— C'est entendu, dirent en chœur Goudal et Cabardos.

— Très bien... mais dépêchons-nous, c'est plus sûr, conclut Atkins qui semblait de plus en plus pressé d'en finir.

Le jardin où l'affaire allait se vider semblait avoir été aménagé tout exprès pour cet usage.

Des murs bordés de plates-bandes l'entouraient et le centre était occupé par une pelouse unie, assez étendue pour permettre aux adversaires de rompre et limitée par une allée circulaire qui marquait la limite du terrain où devaient évoluer les combattants.

Il ne manquait à ce champ clos que d'être couvert pour qu'on pût s'y égorger sans être vu.

On était sûr de ne pas y être dérangé, mais il était dominé, d'assez près, par une très haute mai-

son dont l'entrée devait se trouver dans la petite rue
d'Edimbourg, voisine de la rue de Naples, et dont
certaines fenêtres avaient vue sur le jardinet de
l'hôtel de Chalandrey.

Une seule de ces fenêtres était ouverte, au quatrième étage et un homme s'y tenait accoudé, un
homme à barbe grise qui fumait paisiblement sa
pipe.

— Diable! dit Atkins, en le montrant à ces messieurs, nous aurons un témoin de trop.

— Qui? demanda le commandant; ce bonhomme,
là-haut?... il est trop loin pour nous gêner.

— Mais il nous voit.

— Eh bien! il croira que nous faisons des armes,

— Même quand il verra tomber l'un de nous.

— Il pensera que c'est un accident, comme il en
arrive tous les jours dans les salles. Je réponds qu'il
n'ira pas chercher les gendarmes. Si, par impossible,
il y allait, ils arriveraient trop tard... et ce témoin
désintéressé certifierait au besoin que le combat
était loyal.

Du reste, je n'ai pas d'autre terrain à vous offrir
et je n'ai pas le temps de faire tendre une toile pour
nous mettre à l'abri des regards indiscrets.

C'est à prendre ou à laisser. Décidez-vous, monsieur.

— Vous savez à quelles conditions je me bats.

— Parfaitement. Ces messieurs les connaissent et
veilleront à leur exécution, quelle que soit l'issue de
notre rencontre.

— Reste à régler celles de l'engagement. Quand devra-t-il cesser?

— Lorsque l'un de nous sera hors d'état de tenir son épée... et si c'est vous, je m'en rapporterai à votre appréciation. Je n'ai pas le projet de vous assassiner. Si, au contraire, je suis touché le premier, je tâcherai de continuer... mais, en définitive, ces messieurs seront juges... et, je vous le répète, les promesses que je vous ai faites seront tenues, quoi qu'il arrive.

— C'est bien. Je suis prêt.

— Alors, mon cher Goudal, veuillez présenter les épées à M. Atkins. Je lui laisse le choix.

Goudal, décidé à tout, reçut les armes des mains du commandant, et les tendit par la poignée à l'adversaire qui en prit une au hasard.

— La place me semble indiquée au milieu de ce gazon, dit d'Argental. Croyez-vous qu'il soit indispensable que nous mettions habit bas?

— C'est l'usage, répondirent à la fois les deux témoins.

— Je le sais... mais j'entre dans les idées de M. Atkins... si nous nous déshabillons, ce spectateur qui fume sa pipe à la fenêtre comprendra qu'il s'agit d'un duel...

— Et je persiste à croire qu'il viendra nous déranger, appuya l'Américain; nous n'avons pas de cuirasse sous la redingote, et...

— Non, interrompit Goudal, mais vous avez un portefeuille... qui doit être bien garni...

— Et qui pourrait amortir un coup d'épée... ce

serait de l'argent bien placé... mais qu'à cela ne
tienne!... le voici, monsieur... vous me le rendrez
après le combat... si je suis encore en état de le
reprendre...

— Et dans le cas contraire?

— Vous le porterez avec tout ce qu'il contient à
une adresse inscrite sur une lettre que vous y trou-
verez... vous ne le remettrez que si je suis mort... si
je n'étais que blessé, vous le fourreriez tout bonnement dans ma poche.

— Tout ce que vous désirez sera fait, dit Goudal, en prenant le portefeuille qui était en effet
bourré de billets de banque et qu'il plaça sur un
banc, contre le mur du jardin.

— Moi, je n'ai pas de portefeuille, dit Pierre d'Argental, en ouvrant sa redingote, ni même de porte-
monnaie, et les quelques louis que j'ai sur moi
sont dans la poche gauche de mon pantalon... mais
si vous jugez que ce fourniment est de trop, je suis
prêt à m'en défaire.

— C'est inutile, monsieur, interrompit Atkins.
Nous perdons beaucoup de temps et je crois que
nous ferons bien de commencer.

— Vous avez raison, monsieur, dit le commandant.
Je vous attends. Placez-nous, mon cher Goudal.

Goudal les plaça, croisa les épées et prononça le
mot sacramentel : allez, messieurs!

Ils étaient magnifiques tous les deux, le fer à la
main, et boutonnés jusqu'au menton.

Goudal les serrait de près. Gabardos se tenait un
peu en arrière, tournant le dos au vestibule et à la

porte cochère, gardée par le valet de chambre.

L'engagement commença par un de ces froisse-
ments de fer qui équivalent, sur le terrain, aux trois
coups d'avertissement qu'on frappe au théâtre pour
annoncer le lever du rideau.

Les avantages étaient partagés. Pierre d'Argental
étant plus grand, avait le bras plus long. Atkins était
plus jeune et plus souple.

Pierre d'Argental avait beaucoup travaillé l'escrime, au régiment et ailleurs. Il possédait à fond ce
grand art, et il avait le jeu classique de la vieille
école française qui ne livre rien au hasard et
qui veut que chaque coup soit la conséquence,
pour ainsi dire mathématique, du coup précé-
dent.

Bien d'aplomb sur ses hanches, le corps droit, la
tête haute, la main en ligne, il restait sur la défensive, afin d'étudier le jeu de son adversaire.

Atkins, ramassé sur lui-même, le bras replié, semblait avoir pris des leçons d'un maître italien, et
devait tenir en réserve quelque botte secrète, car il
ne se pressait pas non plus d'attaquer.

Il risqua cependant deux dégagés suivis de deux
coups droits qui furent magistralement parés, et il
comprit qu'il avait affaire à forte partie.

Le commandant avait un bras de fer, mais il n'a-
vait plus ses jambes d'autrefois et Atkins changea
aussitôt de tactique. Il se mit à ferrailler, en se dé-
plaçant, à seule fin de lasser son ennemi, et à parler
pour l'étourdir.

— La prudence est la mère de la sûreté, dit-il en

ricanant. Si vous continuez comme vous avez commencé, nous ne nous ferons pas de mal.

— On ne parle pas sur le terrain, dit sévèrement Goudal.

— Je me moque de la règle et je parlerai tant qu'il me plaira... je n'empêche pas monsieur de me répondre... et je lui serais très obligé de m'attaquer... mais il ne daigne même pas riposter. Nous avons l'air de faire assaut dans une salle d'armes.

— Un peu de patience, monsieur, répliqua le commandant. Nous ne sommes pas au bois de Vincennes et je n'ai pas le même jeu que ce pauvre Chalandrey. Il avait de la main et du coup d'œil, mais il avait le tort de se découvrir beaucoup trop.

— Ah! ah! vous aussi, vous vous mettez à bavarder... vous n'aurez rien à me reprocher... Seulement, il s'agit de savoir à qui restera le dernier mot...

Ce propos railleur fut suivi d'un coupé sur les armes, mal paré par d'Argental, qui fut piqué à l'avant-bras.

— Touché! cria le faux Américain.

— Ce n'est rien, dit entre ses dents l'oncle de Maxime.

Et prévoyant, sans doute, que sa main n'allait pas tarder à s'engourdir, il chargea furieusement son ennemi.

Atkins fut obligé de rompre, tant le commandant le serrait de près, mais il rompit en se défendant avec beaucoup de sang-froid et d'habileté.

L'œil en feu, la bouche contractée par la colère,

le bras ruisselant de sang, le vieux soldat était superbe et terrible.

En quelques secondes, Atkins se trouva acculé au mur du jardin, et Goudal se précipita pour empêcher un corps à corps.

Il arriva trop tard.

Un coup droit troua la poitrine d'Atkins qui lâcha son épée et tomba en disant :

— J'ai mon compte.

Goudal et Cabardos le relevèrent, l'adossèrent au mur, et se mirent en devoir d'écarter ses vêtements.

Le fer avait percé la redingote à l'endroit où avait été placé le portefeuille, traversé le gilet et la chemise et pénétré profondément dans la poitrine, un peu au-dessous de la clavicule.

Le sang coulait en minces filets de l'ouverture triangulaire, et la lame devait avoir atteint le poumon, car les lèvres du blessé se teignaient d'une écume rougeâtre.

Il respirait péniblement et, à chaque effort qu'il faisait, sa bouche laissait échapper un sifflement sinistre.

Le commandant s'était assis sur le banc où Goudal avait placé le portefeuille, et de la main gauche, il étanchait avec son mouchoir le sang qui inondait son bras droit.

— Envoyez chercher le médecin de Maxime, cria-t-il à ses témoins ; pas pour moi... je n'ai qu'une égratignure.

— C'est inutile, dit Atkins d'une voix rauque. Je suis un homme mort... Chalandrey est vengé... je

n'ai que ce que je mérite, j'aurais dû partir, hier...
vous savez que vous m'avez juré de...

Il ne put pas achever. Le souffle lui manqua, ses
yeux se fermèrent et son bras, qu'il avait encore eu
la force de tendre vers le portefeuille, son bras
retomba inerte.

— C'est fini! murmura Cabardos, en se relevant
pour courir à M. d'Argental, qui ne l'avait pas
appelé et qui lui dit brusquement :

— Serre le mouchoir!... serre fort!... ça suffira
pour arrêter l'hémorragie...

— Nous voilà dans une jolie situation, dit Goudal ;
un duel entre quatre murs... un homme tué... Dieu
sait comment nous allons nous tirer de là.

— Vous, très facilement, mon cher. Partez. Prenez
la voiture qui est restée à la porte. Personne ne saura
que vous avez assisté au duel. Je me charge du reste.

— Je ne veux pas vous abandonner... j'y étais...
tant pis pour moi!...

— Eh bien ! si l'affaire a des suites et qu'on vous
interroge, vous direz la vérité... mais pour le moment, il est inutile que vous restiez ici... pas de
fausse honte... partez!... je vais dire au groom de
Maxime de vous ouvrir la porte... venez avec moi...

— Laisser ce malheureux !...

— Vous voyez bien qu'il est mort. Vous ne le res-
susciterez pas. Rentrez chez vous, mon cher, et tenez-
vous coi, jusqu'à ce que vous receviez ma visite qui
ne tardera guère. Et, si par impossible on vous
tracassait avant que vous m'ayez revu, mettez-moi
tout sur le dos.

Goudal, au fond, ne demandait qu'à s'en aller et il ne dit plus mot.

— Cabardos, mon garçon, reprit le commandant, empoche ce portefeuille et donne-moi le bras. Je ne me sens pas bien solide.

Cabardos obéit militairement, et il conduisit sous la voûte du vestibule Pierre d'Argental qui s'appuyait sur lui.

Le groom n'avait pas quitté son poste, et s'y était endormi sur un banc, tout près de la porte cochère qu'il gardait, endormi si profondément qu'il n'avait rien vu ni rien entendu.

Goudal fut obligé de le secouer pour le réveiller.

— Ouvre à monsieur, lui cria le commandant.

Pas n'était besoin de tirer le cordon, Maxime n'ayant pas de portier à son service. Il n'y avait qu'un pène à faire jouer en dedans, et le groom avançait la main pour le tirer, lorsqu'on sonna du dehors.

Goudal la saisit, cette main qui allait ouvrir, et mit un doigt sur ses lèvres, en regardant Pierre d'Argental pour lui recommander le silence.

Qui sonnait ainsi ? ils eurent tous la même pensée, y compris Carbardos, tous excepté le groom, lequel, ne se doutant pas qu'il y eût un homme mort dans le jardin, ne comprenait rien à l'effarement de Goudal.

Le commandant, moins troublé que son témoin, maudissait néanmoins ce contretemps qui dérangeait ses projets et croyait, comme Goudal, que le voisin de la rue d'Edimbourg arrivait, amenant des sergents de ville.

II. 15.

On sonna une seconde fois, mais plus fort.

Goudal tenait toujours la main du groom.

On pourrait écrire la physiologie du coup de sonnette. Il y a celui du solliciteur, timide, presque honteux ; celui du visiteur discret et bien élevé, celui du créancier exaspéré et enfin celui du commissaire de police, autoritaire et menaçant.

La cloche se mit à tinter de plus belle et d'une façon continue.

Ce n'était plus une sonnerie, c'était un carillon.

Maxime n'avait pas de créanciers. Il n'en était pas encore à faire attendre ses fournisseurs et aucun d'eux ne se serait permis de faire un pareil vacarme à la porte de son hôtel.

Tout indiquait donc que le commandant et ses témoins allaient avoir à s'expliquer avec des agents avertis par l'homme de la fenêtre.

Et ces messieurs n'avaient aucun moyen d'éviter l'explication, car l'hôtel n'avait qu'une sortie sur la rue de Naples.

Ils y étaient bloqués et les assiégeants paraissaient décidés à entrer dans la place de gré ou de force.

— Ah ! c'est trop bête, à la fin ! s'écria d'Argental. Je veux savoir à qui j'ai à faire.

Ouvre, sacrebleu !

Le valet de chambre obéit et faillit être renversé par le battant, violemment poussé du dehors.

A la stupéfaction générale, ce fut Maxime qui se rua dans le vestibule en criant :

— Pourquoi me laisses-tu dans la rue, animal ? Voilà un quart d'heure que je sonne à tour de bras.

Il se calma aussitôt qu'il aperçut son oncle qui s'avança et qui lui demanda d'un ton bref:

— Tu es seul?

— Vous le voyez bien, répondit Chalandrey. Du diable si je m'attendais à vous trouver chez moi, avec...

Tiens! c'est vous Goudal?... et monsieur... je ne me trompe pas... c'est monsieur que j'ai vu...

— Chez Virginie Crochard, interrompit l'oncle d'Argental... c'est Jean Cabardos, mon ancien maréchal-des-logis.

— Bon! mais que se passe-t-il donc ici?

— Montons chez toi, je vais te raconter ça.

— Vous êtes blessé! s'écria Maxime.

— Ce n'est rien. Viens là haut, te dis-je. Vous, mon cher Goudal, allez-vous en, puisque la sortie est libre et faites ce que je vous ai dit. Attendez les événements.

Goudal ne demandait pas mieux. Il serra silencieusement la main de Chalandrey et se glissa dans la rue par l'entrebaillement de la porte cochère.

— Maintenant, dit le commandant au groom, ferme, n'ouvre plus à personne et reste ici jusqu'à ce que je te relève de faction.

Ton bras, Cabardos, pour monter l'escalier.

Toi, Maxime, emboîte-nous le pas.

Maxime obéit sans comprendre, et le petit groupe s'engagea dans l'escalier.

Pierre d'Argental alla tout droit au fumoir, s'y laissa tomber sur un fauteuil et dit à son neveu, en lui montrant du doigt le portrait:

— Ne trouves-tu pas que ton père a l'air de me sourire ?

Maxime crut que le commandant devenait fou.

L'oncle, sans se préoccuper de le détromper, se mit à fredonner un couplet ridicule de feu M. Scribe :

> Du haut des cieux, ta demeure dernière,
> Mon colonel, tu dois être content...

Et comme son neveu le regardait, tout effaré, il ajouta :

— Content, on le serait à moins... il est vengé... Le meurtrier a été frappé à la même place... au-dessous de la clavicule.

— Que dites-vous ! s'écria Chalandrey.

— La vérité... mets-toi à la fenêtre...

Chalandrey y courut et vit le corps d'Atkins, étendu au pied du mur.

— Un mort ! murmura-t-il.

— C'est moi qui l'ai tué, dit le commandant, sans s'émouvoir. Oh ! en duel... tout s'est passé régulièrement... et la preuve qu'il s'est bien défendu, c'est que je n'en suis pas revenu sans accroc.

Le reconnais-tu ?

— Atkins ! s'écria Maxime.

— Oui, Atkins... l'homme qui t'a ramassé au bois de Boulogne... j'ai eu assez de peine à l'amener ici... mais enfin il y est venu et justice est faite.

— Justice ! êtes-vous sûr d'avoir frappé le coupable ?

— Il a avoué avant de mourir. Cabardos l'a entendu... Goudal aussi... il a dit : j'ai mérité mon sort.

— C'est vrai, murmura Cabardos.

— Ce n'est pas à dire qu'il ait tué mon père.

— Mais, si. Il a prononcé son nom. Il n'a pas eu le temps de dire comment ni pourquoi s'était engagé le duel où ton père a succombé. Qu'importe ?... il me suffit d'être certain d'avoir puni le meurtrier.

— C'était à moi de le punir...

— Tu te serais fait embrocher. Il tirait à merveille.

— On dira que vous l'avez assassiné.

— Cabardos et Goudal sont là pour attester le contraire.

— Mais... qui était ce malheureux ?

— Un aventurier, évidemment... pas plus Américain que toi, ni moi. Cabardos l'a parfaitement reconnu pour l'avoir vu, dans le temps, à Vincennes, où il était à la tête d'une bande de vauriens... et il devait avoir à se reprocher d'autres méfaits qu'un duel sans témoins, car lorsque je l'ai menacé de le livrer à la justice, il a préféré se battre avec moi... je lui avais laissé le choix... Il est vrai qu'avant de se décider, il a posé des conditions... que je n'ai pas toutes acceptées.

— Quelles conditions ?

— Il voulait que personne ne sût comment il avait fini, si je le tuais. Il voulait que je fisse jeter cette nuit son corps dans la rue où on l'aurait ramassé pour le porter à la Morgue... où, affirmait-il, nul ne l'aurait reconnu.

— Je ne lui ai pas promis cela... mais je lui ai promis de taire la véritable cause de notre rencontre.

— Comment l'expliquerez-vous, alors ?

— Je dirai que nous nous sommes pris de querelle et que nous nous sommes battus, séance tenante... Goudal et Cabardos diront comme moi, c'est convenu avec eux.

— On ne vous croira pas.

— Peut-être... mais on découvrira, sans que je m'en mêle, ce qu'il a fait autrefois... et quand j'aurai prouvé que je ne l'ai pas tué en traître, l'enquête ne sera pas poussée bien loin, j'en suis convaincu.

Du reste, avant de mourir, il a chargé Goudal d'une commission... qui sera faite et qui éclaircira bien des choses.

— Une... commission ?

— Oui... une lettre à remettre... qu'il a laissée dans son portefeuille... avec des paquets de billets de banque.

— Et... vous l'avez, ce portefeuille ?

— Goudal l'a remis à Cabardos. Veux-tu le voir ?

— Je n'y tiens pas.

— Il faut cependant que tu regardes à qui la lettre est adressée. Quand nous le saurons, nous déciderons qui de nous la portera à son adresse.

— Ce ne sera pas vous, j'espère... dans l'état où vous êtes... et je vais envoyer chercher mon médecin.

— Je n'en ai que faire... le sang est arrêté et je ne souffre pas... j'en serai quitte pour un peu de fièvre... je connais ça... ce n'est pas la première fois que je reçois un coup d'épée...

Cabardos! donne le portefeuille à mon neveu.

Le brigadier s'exécuta. Il tira l'objet de la poche où il l'avait mis et il le présenta à Chalandrey qui le prit avec répugnance.

— N'aie pas peur, lui cria le commandant; il ne l'avait pas sur lui quand il a été touché.

Ouvre-le et cherche la lettre.

Maxime fit ce que voulait son oncle.

Il n'eut pas besoin d'inventorier les compartiments, gonflés de billets de banque.

La lettre était placée en évidence; une lettre sous enveloppe cachetée, dont la suscription sauta aux yeux de Maxime et lui arracha un cri d'étonnement.

— Quoi?... qu'est-ce que c'est? demanda Pierre d'Argental.

— Ce nom!...

— Quel nom!... tu peux parler devant Cabardos.

— Vous dites que cette lettre contient les dernières volontés de cet homme?

— Je n'en sais rien du tout. Je ne l'ai pas lue. Mais elle est de lui... à moins qu'il n'ait menti.

— Elle est adressée... à madame de Pommeuse.

— Ce n'est pas possible!

— Voyez plutôt!... à madame la comtesse de Pommeuse... avenue Marceau... c'est bien pour elle.

Le commandant lut et s'écria :

— Eh bien! mon cher, tu auras eu raison contre moi, une fois dans ta vie... je voulais te faire épouser cette femme... tu as résisté... je t'en félicite...

j'avais appris hier qu'elle découchait... j'apprends
aujourd'hui qu'elle avait des accointances avec ce
chenapan qui a tué ton père...

— Des accointances ! répéta Maxime confondu.

— Je me sers d'un mot poli.. Il était son amant,
parbleu !

— Non... cela n'est pas... je sais où madame
de Pommeuse a passé la nuit, avant-hier... et quant
à cet homme...

— Fais-moi donc le plaisir de me dire d'où elle le
connaissait... ce n'était pas son parent, je suppose...

— Son parent ? s'écria Maxime en portant sa main
à son front, comme s'il eût été frappé d'un trait de
lumière.

Et il courut à la fenêtre ouverte sur le jardin.

Le cadavre était couché sur le dos et le jour
éclairait en plein son visage, que la mort presque
foudroyante n'avait pas défiguré.

Maxime n'eut pas besoin de le regarder longtemps
pour se rappeler où il avait vu pour la première
fois ce malheureux que tout récemment, au bois de
Boulogne, il prenait pour un Américain suspect.

— Comment ne l'avais-je pas reconnu ? murmura-t-il.

Et revenant à M. d'Argental, qui se demandait si
son neveu perdait l'esprit, il lui dit :

— Vous voulez savoir ce qu'il était à madame
de Pommeuse... C'était son frère... je vais lui annoncer que vous l'avez délivrée de lui... la lettre arrivera
à son adresse.

Maxime se précipita dans l'escalier et le comman-

dant qui n'essaya point de le retenir, dit tranquillement à Cabardos.

— Toutes réflexions faites, mon vieux, je me
décide à aller raconter mon aventure au préfet de
police... et je vais lui dire toute la vérité... Tant pis
pour cette comtesse!... il y a un mort ici... je ne
veux pas qu'on accuse mon neveu... je ferai appeler
Goudal en témoignage et même le bonhomme qui
nous a vus de sa fenêtre... Tu témoigneras aussi,
car tu vas m'accompagner... Si on te révoque, cette
fois, je me charge de toi.

IV

En sortant du Palais de Justice, la comtesse de Pommeuse était rentrée chez elle directement et elle y était rentrée seule.

Elle n'avait pas voulu que Maxime de Chalandrey l'accompagnât, quoiqu'il eût beaucoup insisté pour la reconduire, et ils s'étaient séparés à la porte du cabinet du juge.

Elle supposait, non sans motif, qu'on allait la surveiller, et elle tenait à ne compromettre personne.

Peut-être aussi gardait-elle rancune à Maxime qui l'avait assez mal secondée devant le juge. Elle comptait sur Maxime pour confondre le chef des assassins, et Maxime, qui ne l'avait pas reconnu, s'était borné à reprocher violemment au banquier Maubert de calomnier Lucien Croze.

Maxime était cependant plus excusable qu'elle qui n'avait pas eu assez d'énergie pour persister dans sa première déclaration contre un scélérat qui l'avait épargnée après le crime du pavillon.

L'affreux Maubert devait à la faiblesse de la pauvre comtesse d'avoir pu se retirer librement, alors que

le magistrat qui l'interrogeait aurait dû l'envoyer
tout droit au dépôt de la préfecture.

Il se pouvait qu'il ne perdît rien pour attendre,
mais il était encore en état de nuire et de se venger
de Lucien qui lui avait valu d'être appelé devant la
justice.

Il aurait mieux fait de s'en prendre à lui-même
qui s'était mal à propos avisé de le chasser et de le
dénoncer pour complaire à Tévenec, dont les impru-
dences n'avaient pas peu contribué à le mettre dans
l'embarras.

Mais les coquins ne raisonnent pas toujours juste.

Madame de Pommeuse était fondée à trembler pour
le généreux garçon qu'elle aimait, qui l'aimait et qui
était venu la délivrer rue Gazan.

Ce n'était pas sa faute, à lui, si Pigache et ses
agents avaient envahi la maison avant que la comtesse eût le temps de fuir.

Elle aspirait à le revoir et elle n'osait pas aller rue
des Dames, de peur d'être suivie.

Elle n'osait plus rien,

Elle se croyait perdue, alors qu'elle aurait dû se
féliciter du résultat de son entrevue avec le juge
d'instruction, puisque ce magistrat la mettait hors
de cause dans l'affaire du crime du pavillon, et cela
après avoir entendu sa confession complète.

Il semblait même disposé à ne pas s'occuper de ce
frère contumace dont elle avait avoué la présence à
Paris.

De sorte que, par le fait, la situation d'Octavie de
Pommeuse, née Grelin, était plus nette et moins

inquiétante, depuis qu'elle avait comparu devant la justice.

Elle n'avait plus rien à cacher, pas même l'origine de sa fortune, puisqu'elle était décidée à se dépouiller d'un bien mal acquis par son père.

Et, malgré tout, elle était la plus malheureuse des femmes.

Le passé l'accablait, l'avenir l'effrayait, et le présent n'était qu'un supplice.

Elle avait eu, en arrivant à son hôtel, le crève-cœur de s'apercevoir que ses gens la soupçonnaient.

Julie Granger s'était sincèrement réjouie de la revoir; mais Julie Granger s'était abstenue de la questionner et la comtesse n'avait pas eu le courage de lui raconter son aventure,

La comtesse s'était enfermée dans sa chambre et elle y avait passé une nuit horrible, une nuit d'insomnie et de cauchemars, une de ces nuits qui vieillissent une femme en quelques heures.

Le matin seulement elle avait pu prendre un peu de repos; elle se leva très tard et elle s'habilla lentement, comme on s'habille quand on n'attend rien de bon de la journée qui commence.

Et elle n'eut qu'à se regarder dans une glace pour constater que son charmant visage se ressentait cruellement des fatigues et des émotions de la veille.

— Lucien ne m'aimera plus, murmura-t-elle.

Au fond, elle espérait bien que l'amour de ce brave et généreux garçon survivrait à cette nouvelle épreuve; mais, dans la situation d'esprit où elle était, elle ne prévoyait que des malheurs.

Elle s'étonnait qu'il ne fût pas encore venu la rassurer et elle se demandait si le juge, se ravisant, n'avait pas fait appeler, pour l'interroger aussi, Lucien Croze, que M. Pigache avait pris sur lui de laisser en liberté, après l'avoir presque arrêté dans la maison de la rue Gazan.

Et elle n'avait là personne à qui parler de ses inquiétudes.

Julie Granger, après l'avoir revue, s'était empressée de regagner les hauteurs de la rue du Rocher, et la pauvre comtesse ne pouvait pas confier ses chagrins à sa femme de chambre.

C'est le supplice des riches d'être entourés de serviteurs indifférents ou suspects qui ne s'associent pas à leurs douleurs et qui ne songent qu'à surprendre leurs secrets.

Madame de Pommeuse ne se sentait pas le courage de rester dans cette incertitude qui la tuait, et après avoir longtemps hésité, elle résolut d'écrire à Odette, pour lui demander des nouvelles de Lucien.

Lucien avait dû raconter à sa sœur, sinon tout ce qui s'était passé, du moins une partie de ses aventures, et s'il lui avait dit qu'il s'était fiancé à la comtesse, Odette ne manquerait pas de répondre.

Peut-être même viendrait-elle à l'hôtel de l'avenue Marceau.

Et entre la jeune veuve et la jeune fille, l'accord serait bientôt fait.

Il ne s'agissait que de trouver quelqu'un de sûr pour porter la lettre qui n'arriverait pas assez vite par la poste, et madame de Pommeuse, qui se défiait maintenant de tous ses domestiques, pensa que le mieux serait d'envoyer tout simplement un commissionnaire en lui recommandant d'attendre la réponse.

La question était de savoir si ce messager médaillé trouverait mademoiselle Croze chez elle.

Assurément, elle ne travaillait plus au portrait de Maxime de Chalandrey, qu'un accident avait mis dans l'impossibilité de poser, depuis bien des jours.

Avait-elle repris la copie qu'elle exécutait au musée du Louvre ?

Madame de Pommeuse en était aux conjectures, mais pour se rappeler au souvenir d'Odette, elle n'avait pas le choix des moyens.

Elle écrivit donc, et elle y mit du temps, car la rédaction de ce billet ne laissait pas que de l'embarrasser, dans l'ignorance où elle était des intentions de la sœur, et même de celles du frère, car elle ne comptait plus qu'à demi sur les serments des hommes.

Elle en vint à bout cependant et vers trois heures, elle se décida à se mettre en quête elle-même du commissionnaire qu'elle voulait charger de la lettre.

Ce dérangement aurait pour effet d'empêcher ses gens de commenter sa façon de correspondre, et pour la réponse, elle donnerait à son messager l'ordre de la lui rapporter à un endroit désigné sur la place de l'Etoile, par exemple, à quatre heures et demie.

En attendant, la comtesse se proposait de passer chez son notaire, afin de s'entendre avec lui sur l'emploi qu'elle voulait faire de sa fortune... cette fortune qui lui venait de son père et qui lui pesait comme un remords.

Elle jugeait les sentiments de Lucien Croze d'après les siens, et elle ne doutait pas qu'il ne l'approuvât de préférer la pauvreté à la richesse venue d'une source impure.

Après avoir dit à sa femme de chambre qu'elle ne rentrerait qu'à l'heure du dîner, elle sortit de son hôtel et elle s'achemina vers l'angle de l'avenue Marceau où elle pensait trouver l'homme qu'elle cherchait.

Elle n'avait pas fait vingt pas qu'elle croisa une voiture de place qui venait en sens inverse et qui s'arrêta, aussitôt après l'avoir dépassée.

Madame de Pommeuse se retourna instinctivement et fut très étonnée de voir dans ce fiacre Maxime de Chalandrey.

Elle aurait certainement préféré voir Lucien Croze, mais Maxime n'était pas un ennemi et il apportait peut-être des nouvelles de la rue des Dames.

Elle l'attendit de pied ferme, quoique cette apparition l'eût beaucoup troublée.

— J'allais chez vous, lui dit Maxime, en l'abordant.

— Vous auriez pu venir plus tôt, murmura la comtesse.

— Vous me l'aviez presque défendu, et vous ne me reprocheriez pas d'avoir tardé, si vous saviez à quoi j'ai employé mon temps.

— Vous n'avez pas de compte à me rendre. Dites-moi seulement pourquoi vous venez maintenant.

— Pour vous remettre une lettre.

— De votre ami, Lucien?... donnez.... donnez vite !

— La lettre n'est pas de Lucien.

— De qui donc, alors ?

— La voici, dit Maxime en présentant à la comtesse le pli cacheté qu'il avait retiré du portefeuille. Elle est à votre adresse. Reconnaissez-vous l'écriture?

Madame de Pommeuse pâlit en la regardant.

— Oui... je vois que vous la reconnaissez... je ne m'étais pas trompé... maintenant, lisez la lettre.

La comtesse la décacheta d'une main fiévreuse et la lut d'un coup d'œil.

— Enfin! murmura-t-elle, je n'ai plus à trembler pour lui. Il m'annonce qu'il va quitter Paris, ce soir, et qu'il ne reviendra jamais en France.

— De qui parlez-vous ? demanda Maxime.

— Vous le savez bien.

— Je le devine peut-être... mais j'attends que vous me l'appreniez.

— Si vous ne le savez pas, comment se fait-il que vous m'apportiez cette lettre? ce n'est donc pas lui qui vous l'a remise?

— Lui... c'est votre frère, n'est-ce pas ?

— Oui... et vous devriez vous réjouir avec moi, car il m'apprend que demain, il sera en Angleterre. Il avait manqué à la promesse qu'il m'avait faite dans le pavillon... il était resté à Paris sous un faux nom, mais il a compris qu'il allait se perdre... c'est un miracle qu'on ne l'ait pas arrêté... et il s'est décidé à retourner en Amérique.

— Il aurait mieux fait de partir hier.

— Il aurait dû partir, le jour de mon entrevue avec
lui. Il a joué, le malheureux, avec l'argent que je lui
ai donné... il a gagné... beaucoup gagné, m'écrit-il...
puis, il s'est aperçu qu'on le soupçonnait... et il s'est
décidé à se mettre à l'abri... Dieu soit loué! je n'aurai pas la douleur de le voir sur le banc d'infamie...
et puisqu'il se repent, il s'amendera peut-être... il
est encore jeune... et à l'étranger, il rachètera son
passé.

— Il n'est plus temps.

— Pourquoi?

— Il l'a expié, son passé.

— Que voulez-vous dire?... serait-il tombé entre
les mains des agents qui le cherchaient?

— Il est mort! répondit brusquement Chalandrey.

— Mort! murmura la comtesse, suffoquée par
l'émotion.

— De mort violente. Ne devait-il finir ainsi ?

— Il s'est tué, le malheureux !

Chalandrey fit signe que non.

— Ah! je vous comprends!... ils l'ont assassiné.

— De qui parlez-vous?

— Des bandits du pavillon.

— Ils ne se sont jamais occupés de votre frère... ils
ne le connaissaient pas...

— Tévenec le connaissait... Tévenec le haïssait...
Tévenec savait qu'il était revenu à Paris et il m'a-
vait menacée de le dénoncer...

— Pour vous effrayer, sans doute, car il n'avait aucun intérêt à le supprimer... Au contraire.

Votre frère n'a pas été assassiné... votre frère ne s'est pas suicidé... Votre frère a été tué en duel.

— En duel !

— Oui... d'un coup d'épée dans la poitrine. Ne pensez-vous pas qu'il ne pouvait rien lui arriver de plus heureux ?

— C'était mon frère !

— Pleurez-le, si vous voulez, mais ne le regrettez pas, dit presque durement Chalandrey. S'il vivait, vous l'auriez vu sur le banc des accusés... à la cour d'assises...

— Non, puisqu'il allait partir.

— Il serait revenu... il s'était résigné à s'éloigner, parce qu'il craignait d'être signalé à la police. Mais il aurait reparu... ses pareils ne peuvent vivre qu'à Paris... et il aurait fini au bagne... ne vaut-il pas mieux qu'il soit tombé, l'épée à la main, comme un galant homme ?... Il s'est bravement battu et il a eu l'honneur d'avoir pour adversaire un ancien officier supérieur.

— Et... cet adversaire sait que je suis la sœur de...

— Il ne le savait pas quand l'affaire s'est engagée.

— Mais il le sait maintenant ?

— Il l'a appris en lisant votre nom sur cette lettre...

— Et il vous a chargé de me la remettre.

— Il vous l'aurait remise lui-même, s'il n'était pas blessé.

— Vous avez donc assisté au combat ?

— Non. Il était terminé quand je suis arrivé.

— Et vous avez reconnu mon malheureux frère...

— Il était mort quand je l'ai reconnu. Je l'avais si mal vu dans le pavillon que, depuis, je me suis trouvé plusieurs fois en contact avec lui, sans me douter que c'était l'homme qui, sous mes yeux, avait reçu de l'argent de votre main.

Il était au bois de Boulogne, le jour où je vous y ai rencontrée.

— Ne vous l'ai-je pas dit, qu'il y était?

— C'est vrai... il y était à cheval... il m'a salué... et je l'ai pris pour ce qu'il prétendait être... pour un Américain, récemment arrivé en France, qui s'était fait recevoir à mon cercle, où il jouait très gros jeu et qui m'a gagné beaucoup d'argent... il faut dire qu'après son entrevue avec vous, il avait coupé sa barbe et qu'il était méconnaissable.

— Je ne m'y étais pas trompée... et je ne m'explique pas que vous l'ayez reconnu mort... vous qui ne l'aviez pas reconnu vivant.

— Quand on m'a montré son cadavre, je venais de lire votre adresse sur la lettre... c'était un trait de lumière... la mémoire m'est revenue, tout à coup... et j'ai compris...

— Moi, je ne comprends pas encore, dit amèrement la comtesse.

— C'est cependant très simple. Avec la somme que vous lui avez donnée pour partir, votre frère a fait peau neuve. Il est allé se loger au Grand Hôtel, sous le faux nom de William Atkins.

Il a réussi à s'introduire au cercle et le jeu lui a réussi. Il était en passe d'y faire fortune et personne ne se doutait qu'il eût été jadis condamné par contumace.

Ce n'est pas cet antécédent judiciaire qui l'a perdu. Son adversaire ignorait qu'il eût été poursuivi et jugé pour un faux. S'il l'avait su, il ne se serait peut-être pas battu avec lui.

— Apprenez-moi donc quelle a été la cause du duel ?

— Un autre méfait, imputable à votre frère.

— Quel méfait ?

— Il y a dix ans, votre frère a tué un homme... un proche parent de l'homme tué cherchait le meurtrier qui était resté inconnu... il a acquis la certitude que ce meurtrier, c'était le soi-disant Américain et il l'a forcé à se battre...

— Une vengeance, alors...

— Une vengeance légitime. Votre frère n'a pas nié... et s'il a succombé, c'est que Dieu est juste... celui qui a frappé par l'épée périra par l'épée.

Le combat a été loyal, je l'atteste. Je n'y étais pas, mais je connais assez l'adversaire pour répondre de lui... comme je répondrais de moi-même.

Si je vous le nommais, vous ne douteriez pas un seul instant de son honorabilité.

— Je le connais donc ?

— Oui... et s'il avait su avoir à faire au frère de madame de Pommeuse, je crois bien qu'il n'aurait pas provoqué M. Atkins.

— Nommez-le moi !

— A quoi bon ?... vous êtes destinée à le revoir. Mieux vaut que vous ignoriez ce qu'il a fait.

— Dites-moi au moins qui mon frère avait tué.

— Si je vous le disais... vous ne me croiriez pas...

— Si vous ne me le dites pas, je croirai que rien de ce que vous venez de me raconter n'est vrai... je croirai que mon frère a été assassiné... je croirai que vous vous êtes allié à mes ennemis.

— Il faudrait que vous eussiez perdu l'esprit. C'est déjà trop que vous me soupçonniez de mentir. Sachez donc ce que j'aurais voulu vous cacher.

L'homme que votre frère a tué, il y a dix ans, était officier et s'appelait Roger de Chalandrey.

Je suis son fils.

— Ah! s'écria la comtesse, je comprends maintenant... c'est vous qui avez vengé votre père... c'est vous qui...

— Non, madame, interrompit Maxime. Je l'aurais vengé si j'avais pu. Je cherchais son meurtrier... j'étais sur sa trace et si je m'étais trouvé face à face avec lui, je ne l'aurais pas épargné. Quelqu'un m'a devancé...

— Votre oncle!

—Oui... le commandant Pierre d'Argental a exposé sa vie pour venger son beau-frère et peu s'en est fallu qu'il ne la perdît, car il a été sérieusement blessé.

Je ne voulais pas le quitter, mais quand j'ai vu votre nom sur cette lettre...

— C'est donc maintenant seulement que...

— Je n'ai pris que le temps de me jeter dans une voiture. Cette lettre aurait pu tomber en d'autres mains que les vôtres. Il importait qu'elle vous fût remise immédiatement. Brûlez-la. Nul ne saura que vous étiez la sœur de l'aventurier qui se faisait appeler William Atkins.

— Votre oncle et les témoins l'ont vue, cette lettre.

— Mon oncle n'en parlera pas... les témoins?.... ils n'étaient que deux et l'un des deux ne l'a pas vue... il était déjà parti quand nous l'avons trouvée dans un portefeuille que votre frère avait placé sur un banc, avant le combat... un portefeuille qui contient une somme importante et que votre frère a prié ces messieurs de porter à la même adresse que la lettre, s'il lui arrivait malheur.

L'autre témoin est un homme sûr... un ancien militaire qui a servi sous les ordres de mon oncle. Il se taira. Quant aux billets de banque...

— Je n'en veux pas, dit vivement la comtesse.

— Je les garde pour les remettre au magistrat qui dirigera l'enquête... le portefeuille où ils sont logés ne renferme aucun papier... je m'en suis assuré... rien que des cartes de visite au nom de William Atkins...

— Le magistrat? l'enquête? répéta madame de Pommeuse.

— Mais, oui. Il y a eu mort d'homme et d'ailleurs on s'est battu chez moi... dans mon jardin. Tout s'est passé régulièrement, mais la justice s'occupera de cette affaire. Mon oncle, qui s'y attend, a pris les devants. Il s'est fait immédiatement conduire chez le préfet de police. Il va tout lui dire, excepté ce qui vous concerne.

Je l'aurais accompagné, si je n'avais pensé que mon premier devoir était de vous avertir.

Je serai interrogé, mais vous ne le serez pas, puisqu'il ne peut pas être question de vous à propos de ce duel.

— Vous oubliez que, hier, à pareille heure, j'étais dans le cabinet du juge d'instruction et qu'en me laissant partir, il m'a dit que je restais à sa disposition.

— Il m'a, parbleu! bien dit la même chose... et j'ai compris ce langage. Il signifie que si je faisais mine de quitter Paris, on m'inviterait poliment à y rester jusqu'à nouvel avis.

— Je suis dans le même cas que vous... et nous sommes certainement surveillés, tous les deux... moi surtout. On saura donc que vous m'avez vue...

— Peut-être; mais j'ai bien le droit de vous faire une visite. Et je défie l'agent le plus habile de deviner que je suis venu vous apprendre la mort de votre frère. Vous allez me dire qu'on a pu me voir vous remettre une lettre... je vous répondrai qu'au moment où je vous l'ai remise, il ne passait personne dans l'avenue Marceau...

— Mais la voiture où vous étiez nous a suivis jusqu'ici?

— Et tous les cochers sont de la police, à ce qu'on prétend, dit en souriant Maxime. Eh bien, je crois qu'on s'exagère beaucoup la puissance de la préfecture. Si elle faisait suivre tous ceux qui ont eu à faire à un juge d'instruction, le personnel de la Sûreté n'y suffirait pas. Ces gens qui vont et qui viennent sous les arbres de la place de l'Étoile où nous sommes arrivés, ne sont pas des espions, je vous l'affirme.

— J'envie votre assurance, mais je ne la partage pas. Depuis que je suis rentrée chez moi, après vous avoir quitté au Palais, je n'ai pas osé sortir, tant je craignais d'être suivie.

— Vous vous y êtes décidée, cependant.

— Si vous saviez pourquoi...

— Je ne vous le demande pas.

— Je n'ai aucune nouvelle de M. Lucien Croze...

— Et vous alliez chez lui ?

— Non... j'ai écrit à sa sœur et, comme je me défie de mes domestiques, j'allais lui faire porter ma lettre par un commissionnaire...

— Lucien aimerait beaucoup mieux vous voir.

— Il vous l'a dit ?

— Plutôt vingt fois qu'une. J'ai passé, hier, toute ma soirée avec lui.

— Que n'est-il donc venu me rassurer !

— Vous ne connaissez pas encore Lucien. Il est timide comme une jeune fille. S'il n'est pas venu, c'est qu'il n'a pas osé...

— Après ce qui s'est passé hier dans cette affreuse maison où j'étais enfermée !...

— Je sais. Il m'a tout raconté. Il a eu l'audace de se déclarer et vous n'avez pas mal accueilli sa déclaration. Vous avez même échangé avec lui une promesse.

— L'a-t-il donc déjà oubliée ?

— Oh ! non... mais il n'a pas eu le courage de ve-

nir vous la rappeler. Sa sœur et moi, nous lui avons
fait honte de sa timidité... nous n'en sommes pas
venus à bout.

— Sa sœur !... elle aurait pu venir, elle !

— Elle en avait bonne envie. C'est moi qui l'en
ai empêchée.

— Vous, monsieur !... vous que je croyais mon
ami !...

— Je suis votre ami... je crois vous l'avoir prouvé... et je vous le prouverai encore... mais je suis
amoureux d'une jeune fille que vous connaissez
bien...

— Odette.

— Oui, chère madame ; et les amoureux sont
égoïstes. J'ai dîné, hier, avec elle et son frère, au
restaurant. J'étais arrivé rue des Dames, au moment
où Lucien rentrait, après les aventures que vous savez. J'ai quitté ma fiancée à minuit.

— Votre fiancée !

— Oui, madame. J'ai demandé à Lucien la main
de sa sœur et il me l'a accordée. Odette n'a pas dit
non, et il ne nous reste plus qu'à publier les bans.
Nous nous marierons dans un mois.

— J'aurai donc cette joie de vous voir heureux !
Votre bonheur me consolera d'avoir tant souffert.

— Il ne tient qu'à vous d'être aussi heureuse que
vos amis. Pourquoi ne nous marierions-nous pas
tous les quatre, le même jour ?

— M. Croze m'épouserait !

— C'est son vœu le plus cher et c'est le rêve de sa
sœur. Oserai-je ajouter que c'est le mien ? Il dépend

de vous de le réaliser. Vous êtes libre de disposer de votre cœur et de votre main.

— Libre !... quand je puis, d'un instant à l'autre, être appelée devant le juge d'instruction... quand mes ennemis me guettent.... quand Tévenec, caché dans Paris, n'attend qu'une occasion de se venger de moi et de ceux qui m'aiment !

— Encore une fois, chère madame, vous vous exagérez les dangers qui vous menacent. Votre situation est certainement meilleure qu'elle ne l'était il y a trois jours. Le magistrat qui vous a interrogée ne vous soupçonne plus d'avoir pris part au crime du pavillon. Tévenec est en fuite et... permettez-moi de vous le dire... la mort de votre malheureux frère vous a délivrée d'une grosse inquiétude.

Rien ne vous empêche donc d'épouser Lucien.

Il n'a rien à redouter non plus, puisque cet odieux Maubert a retiré la plainte qu'il avait portée contre lui.

Je me flatte d'avoir contribué à ce résultat en lui disant son fait dans le cabinet du juge d'instruction.

— Maubert ?... vous l'avez sauvé ! murmura la comtesse.

— Sauvé de quoi ? demanda Chalandrey, stupéfait.

— Il tremblait d'être arrêté immédiatement... et le juge l'a laissé partir. Maubert vous a béni... c'est à vous qu'il doit d'avoir pu rentrer tranquillement chez lui...

— A moi !

— Oui, car si vous l'aviez reconnu... comme je

l'ai reconnu... votre déclaration aurait confirmé la mienne... et le juge n'aurait pas hésité à l'envoyer en prison.

Vous l'aviez vu pourtant donnant des ordres à ses complices, ce chef des assassins du pavillon...

— Comment! c'était lui!

— J'en suis certaine. Je l'ai vu d'assez près pour ne pas me tromper. C'est son visage... c'est sa voix...

— Que ne l'avez-vous donc dénoncé?

— Je l'ai dénoncé... je l'ai appelé assassin!... j'ai raconté la scène du meurtre à ce juge...

— Et il a refusé de vous croire!

— Je ne sais ce qu'il a pensé. Maubert, bien entendu, a nié énergiquement. Il a prétendu que j'avais été abusée par une ressemblance... il a osé parler de Lesurques. Le juge a écouté ses protestations et m'a demandé si je persistais à l'accuser. Alors, je l'avoue, j'ai faibli...

— Vous vous êtes rétractée?

— Non... je me suis tue...

— Et pourquoi, grand Dieu!

— Je me suis souvenue tout à coup que cet homme m'a sauvé la vie... vous le savez bien... les autres bandits voulaient me tuer... il a exigé qu'on m'épargnât... et là, dans le cabinet où je l'ai revu pour la première fois depuis le crime, il a compris pourquoi j'hésitais... il a payé d'audace et il m'a dit : Regardez-moi bien, madame!... Est-ce moi?... Je lisais dans ses yeux... ils me disaient : oseras-tu m'envoyer à l'échafaud, moi qui t'ai fait grâce

— Et le juge a pris votre silence pour un désaveu de votre première déclaration?

— Je vous répète qu'il ne s'est pas prononcé. A ce moment, on est venu annoncer que vous étiez là. Il a ordonné qu'on vous fît entrer. Il voulait vous entendre avant de prendre une décision. Moi, j'espérais que vous alliez désigner l'assassin. Je m'abusais. Il était là... vous l'avez vu... et vous ne vous êtes pas récrié... mais j'espérais encore que vous ne l'aviez pas regardé avec assez d'attention... mon cœur a battu quand vous avez dit : moi aussi, j'ai assisté à l'assassinat... et Maubert a pâli... Hélas! la mémoire ne vous est pas revenue... à une question du juge, vous avez répondu que, depuis le crime, vous n'aviez rencontré aucun de ceux qui l'ont commis sous vos yeux.

Et pour comble de malheur, vous avez violemment apostrophé Maubert à propos de la plainte calomnieuse qu'il a portée contre M. Croze.

C'est cette diversion qui l'a sauvé.

Vous savez le reste. Le juge l'a congédié...

— Pas définitivement, je l'affirme. Souvenez-vous qu'après l'avoir renvoyé, il nous a quittés un instant... pour donner un ordre, a-t-il dit.

— Je m'en souviens, mais qu'en concluez-vous?

— Pigache était dans le cabinet où le juge est entré... j'en suis sûr, parce que je venais de le rencontrer dans l'antichambre... c'est avec lui que le juge est allé conférer.

— Pour lui recommander de nous surveiller.

— Non... pour lui recommander de surveiller Maubert.

— Qui vous fait croire?...

— Rappelez-vous qu'en rentrant ses façons avec nous n'étaient plus les mêmes. Il nous avait traités jusqu'alors plutôt comme des accusés que comme des témoins. Après l'entretien de cinq minutes qu'il a eu avec le sous-chef de la sûreté, il vous a parlé comme il l'aurait fait dans le monde à madame le comtesse de Pommeuse..., et il a été pour moi d'une parfaite courtoisie.

Il avait l'air de nous exprimer ses regrets de nous avoir soupçonnés.

— C'est vrai... j'ai été, comme vous, frappée de ce revirement... mais je n'en tire pas les mêmes conséquences... Plusieurs fois, pendant le cours du long interrogatoire que j'ai subi avant votre arrivée, il a changé de manière et de ton... Il s'est montré tantôt rogue et cassant, tantôt poli et presque affectueux.

Sa douceur n'est que de l'habileté.

— Au commencement, peut-être; mais pas maintenant. La ruse est permise à un juge d'instruction, tant qu'il lutte contre un prévenu qui se défend adroitement. C'est comme les feintes dans un duel. Après, elle ne l'est plus. Un magistrat, digne de ce nom, ne s'abaisse pas jusqu'à faire semblant de marquer de la sympathie à des témoins qu'il soupçonne d'avoir déguisé la vérité.

Or, je me suis renseigné sur celui qui nous a interrogés. Il est très fort, et la preuve, c'est qu'on lui confie les affaires les plus difficiles, mais c'est un galant homme, dans toute l'acception du mot.

— Je ne demande qu'à croire ce que vous me dites... et pourtant je ne me sens pas complètement rassurée... et je reste sous le coup de douleurs que rien ne peut calmer.

— La mort de votre frère ?... je n'essaierai pas de vous démontrer que cette mort est pour vous une délivrance. Le moment serait mal choisi. Vous reconnaîtrez plus tard que Dieu nous a protégés, tous et que le duel où ce malheureux a succombé a été providentiel, quoique mon oncle y ait récolté un coup d'épée. Les suites ne regardent que lui et moi. Je vous supplie de nous laisser faire et je vous jure que vous ne serez pas inquiétée.

En revanche, chère madame, je vous demande d'en finir avec un homme qui vous aime et qui souffre de ne pas vous voir.

— En finir ?... que voulez-vous dire ?

— Je veux dire que je sais où sont, en ce moment, Lucien Croze et sa sœur, qu'ils m'attendent et que je suis prêt à vous conduire...

— Chez eux ?

— Non, madame, pas chez eux. Ils n'y sont pas... et je m'en réjouis, car je me figure qu'il vous en coûterait un peu d'aller les chercher dans cette maison de la rue des Dames où M. Pigache nous a surpris tous.

Vous devez avoir gardé un mauvais souvenir de cette première visite.

Mais nous pouvons les rencontrer sur un terrain neutre.

Et comme la comtesse l'interrogeait d'un regard, Maxime reprit gaiement :

— N'est-ce pas l'usage, lorsqu'il s'agit des préliminaires d'un mariage, d'aboucher les futurs époux au théâtre ou à une exposition de peinture ?... Eh ! bien, nous nous conformerons à l'usage, car nous trouverons le frère et la sœur au musée du Louvre... dans la grande galerie où Mademoiselle Croze achève une copie qu'on lui a commandée et qu'elle avait abandonnée pour commencer mon portrait... elle le finira quand nous serons mariés, mon portrait... et elle tient à exécuter sa commande. Lucien, aujourd'hui, l'a accompagnée au Louvre. Nous sommes certains de les y trouver tous les deux... pourvu que nous ne perdions pas de temps. Le musée ferme à quatre heures.

— Mais... ils ne nous attendent pas.

— Ils m'attendent, moi, et la surprise que vous leur ferez les comblera de joie.

J'ajoute, pour vous décider, que la galerie du bord de l'eau porte bonheur. C'est là que j'ai vu Odette pour la première fois.

Madame de Pommeuse ne put s'empêcher de sourire à ce souvenir. Les propos alertes de ce vivace amoureux lui remontaient le moral et son pauvre cœur meurtri se reprenait à espérer. Elle sentait que ce brave Maxime avait raison sur tous les points : que son frère ne méritait pas qu'elle le pleurât ; que la partie contre Maubert et Tévenec n'était pas perdue ; que Lucien l'adorait et qu'un avenir heureux pouvait encore s'ouvrir pour elle après tant de douloureuses catastrophes.

—Au Louvre! murmura-t-elle. N'est-il pas trop tard?

Maxime comprit qu'elle abritait sous un prétexte le désir qu'elle n'osait pas avouer de revoir Lucien.

— Nous arriverons avant la fermeture, dit-il vivement. Je suis tombé par hasard sur un fiacre qui marche. Il n'est pas beaucoup plus de trois heures et quart... Nous serons au Louvre dans vingt minutes... et, d'ailleurs, si on ne nous laissait pas entrer, nous attendrions Lucien et sa sœur dans le square qui est devant la porte du musée.

C'est convenu avec eux. J'y ai même donné un rendez-vous éventuel à... à quelqu'un qui m'y apportera peut-être des nouvelles de mon oncle.

— S'il en est ainsi, je me reprocherais de vous retenir...

La comtesse allait peut-être ajouter : « Partez sans moi », mais Maxime fit un signe au cocher qui s'était arrêté, tout près du trottoir de la rue de Presbourg et qui s'empressa d'ouvrir lui-même la portière de sa voiture.

Il croyait son bourgeois en bonne fortune et il flairait un généreux pourboire.

Madame de Pommeuse se laissa conduire et monta la première, suivie de près par Maxime.

Le cheval fila par l'avenue des Champs-Elysées et ils roulèrent quelque temps sans se parler.

Ils avaient eu en même temps la même pensée.

Ils songeaient à ce voyage commencé rue du Rocher et terminé à la porte de Clichy, ce voyage qui avait décidé de leurs destinées.

Chalandrey ne le regrettait pas. Il touchait au port, puisqu'il allait épouser Odette.

La comtesse en était encore à se demander si elle ne devait pas maudire ce point de départ de tant d'aventures qui n'étaient pas finies.

Les flacres et les cochers avaient joué un grand rôle dans leur histoire, et Maxime ne put s'empêcher de le dire.

— Ne trouvez-vous pas, demanda-t-il en riant, que nous sommes prédestinés aux événements qui commencent en voiture ?

— C'est vrai, murmura la comtesse.

— La première fois que vous y êtes montée avec moi, vous ne vous doutiez guère, ni moi non plus, que nous nous en souviendrions toute notre vie.

Et le flacre qui, peu de jours après, vous a menée rue de Naples où des agents vous guettaient... des agents qui vous ont suivie jusqu'à la rue des Dames...

— Vous oubliez la berline à glaces de bois où les valets de Tévenec m'ont enfermée...

— Je ne l'oublie pas... et j'espère encore que ce coquin sera traité selon ses mérites. Que vous en a dit le juge d'instruction ?

— Il m'a dit qu'on le recherchait activement, mais que sans doute Tévenec avait eu le temps de passer en Angleterre.

— Je suis persuadé du contraire. Il n'a pas dû abandonner la partie, tant qu'il lui restait une chance de la gagner... et de plus, il doit avoir des comptes à régler avec ses associés... oui, ses associés, car je ne doute pas qu'il ne fût l'âme de la bande du pavillon... cette bande dont Maubert était le chef militant... Tévenec ne mettait pas la main aux grosses besognes, mais il dirigeait les opérations... et si on arrête Maubert, je ne serais pas étonné qu'on prît Tévenec.

— Ils sont sur leurs gardes... et d'ailleurs, où se réuniraient-ils ?... Tévenec, s'il est resté caché dans Paris, ne commettra pas l'imprudence d'aller voir son complice.

— Il est certain qu'il ne se montrera pas dans les bureaux de la maison de banque de la rue des Petites-Écuries. Mais ces coquins ont tant de locaux à leur disposition !

On en a découvert deux. Je parierais bien qu'ils en ont trois ou quatre et qu'ils se rencontreront quelque part avant de se séparer. Le juge d'instruction n'a peut-être laissé partir Maubert que pour avoir les autres.

Si Pigache les ramassait tous du même coup de filet, Pigache serait le roi des policiers passés, présents et futurs.

Mais je m'amuse à raisonner sur des hypothèses et je ferais beaucoup mieux de vous parler de Lucien.

J'aurais dû commencer par vous dire que je lui ai trouvé une place... dans une administration dont le directeur est un de mes amis... une place beaucoup mieux rétribuée que celle qu'il a perdue... c'est l'indépendance assurée... et Lucien tient, avant tout, à pouvoir se suffire à lui-même... il me le disait encore hier... et il ne se mariera qu'à cette condition de travailler pour gagner sa vie, comme par le passé... épousât-il une femme riche à millions.

— Je n'ai jamais douté de son désintéressement, murmura la comtesse, plus résolue que jamais à renoncer à l'héritage de son père.

— C'est dans le sang des Croze, ces sentiments-là, reprit en riant Chalandrey. Mademoiselle Odette m'a déclaré qu'elle entendait continuer à tirer profit de son talent d'artiste. Je ne l'empêcherai pas de vendre sa peinture, mais elle a compris que ma femme ne pouvait pas chanter pour de l'argent. Vous ne l'aurez plus à vos samedis, chère madame.

— Mes samedis sont finis, dit vivement madame de Pommeuse. Quoi qu'il arrive, je quitterai mon hôtel... et quant à ma fortune...

— J'ai deviné que vous vouliez y renoncer et, sur ce point, je n'ai pas de conseils à vous donner ; mais je puis vous dire que Lucien, qui vous adore, vous aimera encore plus quand il saura que vous êtes pauvre.

Ah! nous arrivons!... quatre heures moins un quart!... diable!... je crains fort qu'on ne nous laisse pas entrer.

Après avoir descendu l'avenue des Champs-Élysées, le fiacre avait suivi les quais et débouchait sur la place du Carrousel, pour tourner à droite entre le musée et le square.

Il y a là un coin d'aspect mélancolique où les passants n'abondent pas et où l'arrivée d'une voiture est presque un événement.

Maxime fit arrêter la sienne assez loin de l'entrée des galeries et vit tout de suite que l'heure était passée.

Les visiteurs et les artistes sortaient à la file.

Mais, presque aussitôt, il aperçut Lucien Croze montant la garde devant la grille du jardin carré qui occupe le fond de cette espèce de cour que bordent de trois côtés les bâtiments du nouveau Louvre.

Évidemment, Odette n'était pas loin.

Son frère reconnut de loin madame de Pommeuse et vint à sa rencontre.

Ils s'abordèrent, aussi émus l'un que l'autre, émus au point de ne pas trouver une parole et il fallut que Maxime entamât la conversation en disant à son ami :

— Ta sœur est là, n'est-ce pas ?

— Assise sur un des bancs du square, balbutia Lucien.

— Allons la rejoindre... nous ne pouvons rien faire sans elle... et madame de Pommeuse a hâte de de la voir, reprit malicieusement Chalandrey, qui trouvait amusant de laisser croire à l'amoureux Lucien que la comtesse ne venait que pour Odette.

L'explication ne tarda guère, car Odette, ennuyée d'attendre, sortit du square, les vit et accourut.

Elle n'en était plus, comme son frère, aux cruelles incertitudes qui tourmentent les cœurs épris. Elle était sûre d'être aimée et l'apparition de la comtesse ne la troubla pas du tout, car elle devina tout de suite pourquoi elle était venue avec Maxime de Chalandrey.

Au lieu de faire des phrases, elle prit les mains de sa future belle-sœur et elle l'embrassa sur les deux joues, sans lui demander la permission.

La glace était rompue et Maxime ne perdit pas de temps pour mettre à profit l'heureuse intervention de la jeune fille qui venait de supprimer hardiment les préambules embarrassants.

Il les entraîna tous les trois dans le square, plus propice aux tendres causeries qu'un chemin où passaient des rapins chevelus, et là, dans une allée solitaire, au milieu des verdures nouvelles, il s'apprêtait à mettre les amoureux sur la voie d'une explication décisive, lorsqu'il avisa Cabardos qui arrivait tout essoufflé.

Cabardos apportait certainement des nouvelles de l'oncle d'Argental et de son entrevue avec le préfet de police. C'était convenu entre Chalandrey et lui.

Mais ces nouvelles, qui auraient fort intéressé la comtesse, ne regardaient ni Lucien, ni sa sœur, et Maxime n'avait garde de les mettre dans la confidence du drame auquel il venait d'assister.

Il n'était pas fâché d'ailleurs de laisser Odette achever sans lui ce qu'elle avait si bien commencé.

— Voilà un monsieur qui me cherche, dit-il, et je sais pourquoi... c'est un ami de mon oncle... il faut absolument que je lui parle... ce ne sera pas long.

Et il courut à Cabardos qui s'était arrêté au bout de l'allée et qui lui dit :

— Ah! monsieur, quel homme que le commandant! En moins d'une heure, il a tout arrangé.

— Il a vu le préfet ? demanda Chalandrey.

— Le préfet... le chef de la Sûreté... le juge d'instruction, et il a si bien parlé qu'ils l'ont écouté comme un oracle... il paraît que le préfet l'a connu autrefois...

— Oui... et mon oncle a eu l'occasion de lui rendre un service assez important.

— Eh bien ! le préfet s'en est souvenu, car il l'a reçu tout de suite... et ce qu'il y a de plus fort, c'est que j'ai été appelé, moi aussi, dans le cabinet du grand chef... qui m'a interrogé lui-même.

— Alors mon oncle leur a raconté le duel ?

— Tout comme il s'est passé... sans rien leur cacher... il aurait voulu mentir qu'il n'aurait pas pu... ça ne lui est jamais arrivé de sa vie.

— Alors, ils savent pourquoi il s'est battu ?

— Ils savent tout... excepté que le faux Américain avait écrit une lettre... ça fait que si on vous interroge... et on vous interrogera...

— Je n'en parlerai pas. Elle est arrivée à son adresse. Mais il me semble impossible que l'affaire en reste là. Il y a eu mort d'homme.

— Il y aura une instruction. Elle est déjà commencée. Le juge est nommé. Le chef de la Sûreté est chez vous avec mon patron qui m'a chargé de vous y amener... j'ai dit que je savais où vous étiez..

— Et mon oncle ?... où est-il ?

— Chez lui, rue du Helder... le médecin qui l'a pansé à la Préfecture a dit que sa blessure n'était rien, mais qu'il fallait du repos...

— Bon! ce juge qu'on a désigné... est-celui qui instruit l'affaire du Pavillon?

— Non pas. C'est un autre... un ancien qui a été chargé dans le temps de l'affaire de Vincennes... on va la reprendre... et on trouvera bien là-bas des gens qui reconnaîtront le capitaine Henri... comme je l'ai reconnu, quand il était vivant.

— Alors, tout ira bien... pourvu qu'on ne découvre pas comment il s'appelait de son vrai nom...

— Oui... je comprends... ça contrarierait la dame... Mais il n'y a pas de danger... on ne cherchera pas de ce côté-là. Il faut que je vous dise aussi que si le commandant n'a pas parlé de la lettre, il a parlé du portefeuille...

— Naturellement... à cause des billets de banque. Je l'ai sur moi et je vais le remettre à M. Pigache. A-t-il été question de Goudal?

— Ce monsieur qui a servi de témoin à l'Américain? Oui, certes. Votre oncle a donné son nom et son adresse. Nous le trouverons peut-être chez vous... et on doit y amener aussi le voisin qui nous regardait d'une fenêtre... Celui-là pourra certifier que tout s'est passé régulièrement.

Maintenant, on nous attend là-haut... et si vous voulez bien venir avec moi, je vais vous y conduire.

— Ne bougez pas. Je suis à vous. Deux mots à dire à mes amis.

Cabardos comprit et s'éloigna tout doucement, pendant que Maxime abordait la comtesse, assise sur un des bancs du square entre Odette et Lucien.

Maxime n'eut qu'à les regarder pour constater que

l'entente s'était faite et qu'il y aurait deux mariages au lieu d'un.

Madame de Pommeuse avait abandonné sa main à Lucien Croze qui la couvrait de baisers.

Ils pleuraient tous les deux, mais c'était de joie, et Odette était radieuse.

Chalandrey ne perdit pas son temps à les questionner, ni à les renseigner.

— Bonnes nouvelles! leur dit-il simplement. Ce brave homme vient de m'apprendre que tout est arrangé... oui, tout... mais il faut que je l'accompagne près de mon oncle qui a besoin de moi... et qui me retiendra peut-être quelques heures.

Où vous retrouverai-je?

— Chez nous, répondit vivement Odette.

Dans sa bouche et en ce moment ce « chez nous » avait une signification très claire. « Nous » s'appliquait aussi à la comtesse, qui bientôt n'aurait plus d'autre domicile que celui de Lucien Croze, son nouveau mari.

Chalandrey comprit et n'en demanda pas davantage. Il les engagea à se servir, pour aller rue des Dames, du fiacre qui l'avait amené avec madame de Pommeuse et il alla rejoindre Cabardos.

— Ah! monsieur, s'écria l'heureux brigadier, si vous saviez comme je suis content! Je ne vous ai pas tout dit. On va en finir cette nuit avec les bandits du pavillon. M. Pigache commandera l'expédition et j'en serai.

CHAPITRE V

La nuit est noire. Le vent souffle de l'Ouest, chassant de gros nuages chargés de pluie, et balaie la triste plaine de Montrouge, toute crevassée de carrières.

Sur l'ancienne route d'Orléans qui la traverse, pas un piéton, pas une charrette.

Pas de maisons en bordure. Rien que des murs de jardins maraîchers et, de loin en loin, un hangar en bois ou une masure abandonnée.

C'est le désert aux portes de Paris.

Pourtant à deux cents pas du chemin, sur la gauche, en tournant le dos aux fortifications, un point lumineux brille dans les ténèbres, presque au ras du sol, comme un ver luisant au pied d'une haie.

Et, vers cette faible clarté, à travers un champ caillouteux, s'avancent lentement trois ombres, qu'on pourrait prendre pour des fantômes, quoiqu'elles aient forme humaine.

Ces promeneurs nocturnes ne sont certes pas venus là pour leur agrément, à pareille heure et par un temps pareil, un temps à bourrasques de la fin de l'hiver.

Ils savent où ils vont et ce qu'ils viennent faire dans ces solitudes.

On les attend là-bas, dans une espèce de grange, dont une fenêtre éclairée leur sert de phare.

Deux des trois sont grands et minces. Le troisième n'est pas petit, mais il est gros et il a quelque peine à tenir sur ce terrain inégal.

Il marche au milieu de ses compagnons, qui le flanquent des deux côtés et le soutiennent quand il butte contre une pierre, en jurant comme un païen.

Sous le caban qui le couvre et dont il a relevé le capuchon par-dessus son chapeau ciré, on ne devinerait pas que ce hardi camarade est une femme.

Mais quelle femme! Virginie Crochard, affublée comme un vieux troupier; la mère Caspienne, armée en guerre, un revolver d'ordonnance en bandoulière et une trique à la main.

Son voisin de droite, c'est Cabardos, en petite tenue de brigadier de sergents de ville, le képi en tête et l'épée au côté.

Son voisin de gauche, c'est Maxime de Chalandrey qui, pour cette expédition, s'est habillé comme pour une chasse à courre, toque en tête, dague passée dans le ceinturon, culotte de peau et bottes molles — sans éperons, car c'est à pied qu'on va forcer le gibier.

Minuit vient de sonner au clocher de Montrouge, et voilà une heure que, sortis de Paris par la porte d'Arcueil, ils cheminent sans s'arrêter.

Aussi sont-ils tous les trois d'assez mauvaise humeur.

— Mon vieux Cabardos, êtes-vous bien sûr de ne pas nous avoir égarés? demanda tout à coup Chalandrey.

— Absolument sûr, mon lieutenant, répondit le brigadier, qui avait la manie de donner des grades à tous ceux qu'il considérait comme des supérieurs.

Le neveu d'un chef d'escadrons devait être au moins lieutenant, et Cabardos le classait comme tel dans la hiérarchie qu'il inventait.

— La Grange Rouge est devant nous et la lumière que vous voyez est le signal convenu avec le patron. Ce n'est pas la première fois que j'y viens, à la Grange Rouge... j'y ai arrêté des rôdeurs dans le temps... et je vous y mènerais les yeux fermés.

— Du diable si je devine pourquoi ton Pigache nous y a donné rendez-vous! grommela Maxime.

— Moi, je m'en doute. Mais je ne discute pas la consigne. On va en finir cette nuit, comme je vous le disais tantôt, quand je suis venu vous chercher pour vous ramener rue de Naples. Le patron compte sur une rafle... c'est vous qui avez demandé à en être.

— Et Pigache ne s'est pas fait prier pour m'en mettre. Il m'a même dit qu'il aurait peut-être besoin de moi... et je n'ai pas pu refuser. Il a été si bien pour nous, là-haut, dans le jardin! Sans lui, je crois bien que le juge d'instruction nous aurait tous fait coffrer, y compris ce pauvre Goudal, qui a passé là un mauvais quart d'heure.

— Tandis que l'affaire est arrangée. Ce soir, à la

préfecture, le patron m'a dit qu'on ne poursuivrait personne pour le duel. Et, en me donnant ses instructions pour cette nuit, il m'a commandé de vous conduire à la Grange Rouge, avec Madame Crochard, ici présente.

— Il a oublié de vous dire pourquoi, s'écria la ci-devant cantinière du 3e régiment de chasseurs d'Afrique. Je n'ai pas demandé à marcher, moi. Et je commence à croire qu'ils ont tous perdu la boule. Hier, ils m'ont fait venir au Palais-de-Justice où j'ai posé deux heures pour des prunes. Le juge n'a seulement pas voulu me voir. Je croyais que j'en étais quitte... Ah ! *ouiche* !... Ce soir, à huit heures, v'là qu'un *roussin* tombe dans mon garni de la rue des Epinettes... Ordre de le suivre au bureau de la Sûreté... Là, on me garde encore deux heures, et après on me fait monter en fiacre avec vous... en route, pour la porte d'Arcueil !... C'est vrai que nous y avons rencontré monsieur, qui est le neveu de mon commandant... mais, enfin, qu'est-ce qu'ils me veulent ?

J'en ai assez de *trimer* comme ça... ils ont fait fermer ma cambuse de la cité du Bastion... ils peuvent bien me laisser tranquille...

— J'ai dans l'idée qu'on vous permettra de la rouvrir, un de ces jours. Et pour ce qui est de la marche de nuit, je crois que le patron va vous parler d'un particulier que vous ne portez pas dans votre cœur... celui qui venait, tous les trois mois, toucher le loyer du *Lapin qui saute*.

— Tévenec !... ah ! le gueux !... en voilà un que

je voudrais voir aux galères !... mais si ce n'est
que pour me parler de lui, ce n'était pas la peine de
me faire courir la plaine de Montrouge.

— C'est pour mieux que ça. Vous le connaissez,
ce Tévenec... que le patron n'a jamais vu... et si
on vous le montre, vous pourrez dire que c'est bien
lui.

— Ah ! oui, que je le dirai ! et du moment que
c'est pour aider à le faire pincer, je n'en veux plus
à votre patron de m'avoir dérangée.

— Moi aussi, je connais Tévenec, dit Chalandrey,
et nous serons deux pour constater l'identité...
mais votre patron le tient donc ?

— Pas encore, mais ça ne tardera pas. Le patron
va vous expliquer ce qu'il attend de vous.

Maintenant, attention ! ajouta Cabardos, en bais-
sant la voix. Nous tombons dans les avant-
postes.

Un homme venait de se dresser à dix pas devant
eux, un homme qui se tenait couché dans un sillon.

— Ami ! lui cria Cabardos. Avance à l'ordre que
je te donne le mot de passe.

Le brigadier fit la moitié du chemin et conféra
un instant avec cette sentinelle qui gardait les abords
de la Grange Rouge.

Puis, revenant à Maxime et à la mère Caspienne.

— Venez, leur dit-il ; le patron nous attend.

Ils marchèrent vers la lumière qui brillait toujours à la fenêtre et le brigadier frappa doucement
aux carreaux.

Une porte basse s'ouvrit et M. Pigache se montra

sur le seuil, portant à la main une lanterne
sourde dont il tourna vers le groupe la face
éclairée.

— Bonsoir, monsieur de Chalandrey, dit-il, le
plus poliment du monde. Je vous remercie d'être
venu. Vous allez m'être fort utile. J'ai d'abord à
causer avec vous et je vous prie d'entrer.

Vous, la mère, je vous ai réquisitionnée, parce
que j'aurai besoin de vous, tout à l'heure... et je
puis vous dire, dès à présent, que si vous me servez
bien, je vous ferai rendre l'autorisation qu'on vous
a retirée.

— Ça ne sera pas trop tôt, gromela Virginie.

Maxime, de plus en plus étonné, se laissa conduire dans l'intérieur de la Grange Rouge, ainsi
nommée parce qu'elle était bâtie en briques.

Elle avait dû servir autrefois de logement à des
carriers ou d'abri pour emmagasiner leurs outils,
mais elle était abandonnée depuis longtemps, car
elle tombait en ruines et, à l'intérieur comme à
l'extérieur, on n'y voyait que les quatre murs, sauf
une cloison en planches mal rabotées qui la partageait en deux.

M. Pigache l'emmena dans un coin et reprit
à demi-voix, comme s'il eût craint d'être entendu :

— Vous vous doutez bien que nous allons pincer,
cette nuit, Maubert, Tévenec et peut-être le reste
de la bande. Le juge d'instruction tenait à les avoir
tous. J'ai pris mes mesures et je suis sûr d'arrêter
au moins les chefs.

— Dans la plaine de Montrouge? demanda Chalandrey, presque incrédule.

— A trois cents mètres de cette masure. Vous le croirez quand vous l'aurez vu. Je veux que vous assistiez à la capture. Mais il faut d'abord que vous sachiez comment je suis arrivé à un si prompt résultat. C'est un des leurs qui les a dénoncés.

— Naturellement.

— Et le dénonciateur est là, derrière cette cloison. Deux de mes plus solides agents le surveillent... et continueront à le serrer de près jusqu'à la fin de l'opération, car il va servir de guide. Mais je voudrais d'abord vous aboucher avec lui.

— Je n'y tiens pas du tout. Et d'ailleurs, à quoi bon?

— Il vous connaît et il affirme que vous le connaissez. Il fait partie de votre cercle.

— Comme Maubert. C'est possible, mais ce n'est pas une raison pour que je le connaisse. Il compte six cents membres, ce cercle de malheur, et les coquins y foisonnent. Celui qu'ils ont étranglé dans le pavillon en était... le malheureux que mon oncle a tué en était aussi...

— Parfaitement... mais je tiens à m'assurer, dès à présent, que mon homme ne ment pas. Il a été l'ami... le bras droit de Tévenec qui, paraît-il, n'avait pas de secrets pour lui... Il a été fortement mêlé à l'enlèvement de madame de Pommeuse... et en le confrontant avec vous, j'éviterai de le confronter avec cette dame.

—. Quel homme est-ce ?

— Il a l'air d'un homme du monde et il est certainement très intelligent. Il sait toute l'histoire de la bande dont il a été très longtemps. Il a compris que c'en était fait de l'association fondée par feu Grelin, et il a pris le parti de passer à l'ennemi.

Il m'a demandé carrément de l'employer dans la police de sûreté.

Nous n'y admettons plus les gens de son espèce; mais, comme indicateur auxiliaire, il rendra des services... et on pourra fermer les yeux sur sa complicité... d'autant qu'il n'a pris aucune part à l'assassinat du boulevard Bessières.

Il s'est présenté tantôt à mon cabinet et m'a offert de me livrer cette nuit Maubert et Tévenec. J'ai accepté, bien entendu. Tout est prêt. Je n'attends plus que le moment d'opérer à coup sûr. Ce sera dans vingt minutes. J'ai donc le temps d'interroger devant vous ce grédin qui livre ses amis. Vous m'aiderez et nous en tirerons des renseignements qui vous intéresseront.

Venez avec moi.

Placée perpendiculairement à la porte de la grange, la cloison n'avait pas d'ouverture. Il en résultait que pour passer d'un compartiment dans l'autre, il fallait sortir, puis rentrer.

Ce bizarre aménagement intérieur n'était assurément pas du fait de M. Pigache.

Sans doute, les ouvriers avaient placé là cette cloison pour diviser la bâtisse en deux pièces, dont l'une leur servait de magasin et l'autre d'habitation, au temps où ils exploitaient une carrière dans les environs de la Grange-Rouge.

La porte extérieure était restée ouverte et Chalandrey put voir, en passant, que Cabardos et la mère Caspienne n'étaient pas loin.

La pièce où il entra après le sous-chef de la Sûreté était un peu mieux éclairée que l'autre, qui ne l'était pas du tout.

Deux chandelles, posées sur l'appui de la fenêtre, achevaient de se consumer, les deux chandelles qui avaient servi de phare au brigadier.

Le dénonciateur, gardé par deux agents, attendait debout et adossé à la muraille.

Pigache lui mit, sans cérémonie, sa lanterne sous le nez et dit à Maxime :

— Voilà le monsieur qui prétend vous avoir vu à votre cercle.

Le monsieur était un homme d'une quarantaine d'années, très soigné dans sa mise et porteur d'une figure avenante.

— Il se peut que M. de Chalandrey ne se souvienne pas de moi, dit-il avec un calme parfait. J'ai eu cependant assez souvent l'occasion de le rencontrer au cercle. J'ai même eu deux fois l'honneur de jouer au billard avec lui.

Maxime le reconnut parfaitement. C'était un habitué de la salle de billard et il ne mentait pas en disant qu'il avait fait la partie de Maxime.

Il aurait pu ajouter qu'il avait fait souvent celle du commandant d'Argental et, qu'étant de première force, il avait toujours battu l'oncle et le neveu.

— En effet... je me rappelle, murmura Chalandrey, stupéfait de retrouver là un ancien *partner* qu'il avait toujours pris pour un homme comme il faut.

— Je m'empresse d'ajouter que je ne remettrai plus les pieds à ce cercle, continua ce singulier personnage. Je viens de m'en exclure moi-même en me mettant à la disposition de monsieur le chef de la police de sûreté. Vous n'aurez donc plus, monsieur, le désagrément de m'y voir.

— Pas tant de phrases! dit brusquement Pigache. J'ai reçu vos déclarations et j'ai pris mes mesures en conséquence. Nous saurons tout à l'heure si elles étaient exactes. Si vous m'avez trompé, il vous en cuira. Vous paierez pour les autres. Mais, en attendant que nous marchions, répondez aux questions que monsieur et moi nous allons vous poser.

Monsieur a intérêt à savoir quel rôle ont joué certaines personnes, et je l'autorise à vous questionner... quand j'aurai fini.

— Je suis prêt à répondre.

— A quelle époque êtes-vous entré dans l'association?

— Presque à l'origine... mais je n'ai jamais été qu'affilié très subalterne.

— Qui l'a organisée?

— Un homme qui avait gagné de l'argent dans des entreprises de terrassement et qui a eu l'idée de creuser des souterrains pour introduire des alcools dans Paris, sans payer les droits.

— Oui... feu Grolu, dit Pigache.

— Alors, il était déjà riche, quand il a commencé à frauder l'octroi? demanda Maxime.

— Certainement. Les travaux préparatoires ont coûté beaucoup d'argent qu'il a fourni en grande partie. Et, dès le début, il s'est associé avec Tévenec... qui était agent d'affaires et qui a apporté aussi des capitaux.

Personnellement, je n'ai pas connu Grelin... mais j'avais travaillé chez Tévenec et c'est lui qui m'a initié.

— Les opérations n'avaient pas d'autre but que la fraude?

— Pas d'autre... du moins tant que Grelin les a dirigées... et elles ont produit des bénéfices énormes. Moi, je ne connaissais que Tévenec et j'étais employé à placer les marchandises qu'on emmagasinait dans des locaux que vous avez découverts... boulevard Bessières, autrefois... et plus tard, rue Gazan. Je touchais de fort belles commissions, mais, après la mort de Grelin, les affaires sont devenues beaucoup moins productives, parce qu'elles ont été mal conduites... et l'association a changé de but.

Maubert y a introduit des gens capables de tout. On a commandité des voleurs de toute espèce... des escrocs qui trichaient au jeu dans les cercles et dans les villes d'eaux. Maubert s'est fait recéleur et il a fini, avec d'autres bandits de son espèce, par assassiner un complice qu'il soupçonnait de l'avoir dénoncé... Ce qu'il y a de joli, c'est que ce n'était pas vrai... je le connaissais, ce malheureux... il était du cercle, lui aussi.

— Si nous les manquons ce soir, gare à vous! ils
ne vous manqueront pas, dit avec mépris le sous-
chef de la Sûreté.

— Oh! ils ne me font pas peur. Du reste, je ne les
aurais jamais livrés, s'ils ne m'avaient pas volé indignement. Maubert était dépositaire de mes fonds...
je les lui avais confiés sans exiger un reçu... Hier,
quand je les lui ai réclamés, il a nié le dépôt, en me
mettant au défi de porter plainte. J'aurais peut-être
hésité à le dénoncer, parce que je ne voulais pas
perdre Tévenec qui, jusqu'alors, ne m'avait pas fait
de mal... mais Tévenec vient de se conduire avec
moi de telle sorte que je suis dispensé de le ménager.

Il a refusé de me payer vingt-cinq mille francs
qu'il m'avait promis pour arranger l'enlèvement de
madame de Pommeuse.

— Quoi! s'écria Maxime, c'est vous qui...

— Oui, monsieur. Je m'étais chargé de cette affaire, parce que je savais que la vie de madame de
Pommeuse ne courrait aucun danger. Si elle vous a
raconté son aventure, elle a dû vous parler de la
visite que je lui ai faite dans la maison de la rue Gazan... j'étais envoyé en ambassade par Tévenec...
qui espérait, en l'effrayant, la décider à le suivre en
Angleterre où il aurait eu beau jeu pour la dépouiller de sa fortune.

Vilaine mission qu'il m'avait donnée là!... je
m'en suis acquitté consciencieusement... et je suis très
content de n'avoir pas réussi. La comtesse de Pommeuse ne se plaindra pas que j'aie manqué d'égards
avec elle.

— Osez-vous prétendre qu'elle vous doit de la reconnaissance? demanda ironiquement Chalandrey.

La cynique impudence de ce drôle le dégoûtait.

— Assez d'explications là-dessus! s'écria Pigache.
Vous soutenez que vous n'étiez pas de ceux qui ont
étranglé un homme dans le pavillon. Il faudra le
prouver. Nous verrons ce qu'en dira Maubert.

— Il est capable de m'accuser à faux... mais la
meilleure preuve que je n'en étais pas, c'est que madame de Pommeuse ne m'a pas vu... et elle a assisté au meurtre.

— Qu'en savez-vous?

— Je l'ai su par Tévenec qui l'avait su de Maubert.

— Et Tévenec, en était-il ?

— Non. Tévenec n'a jamais tué personne. Tévenec
est pour les moyens doux... et quand il a appris ce
qu'avait fait cette brute de Maubert, il est entré
dans une colère épouvantable.

Du reste, quand vous les aurez pris, vous n'aurez
qu'à les interroger pour savoir à quoi vous en tenir.
Je vous dis la vérité, parce que, au point où j'en suis,
je n'ai plus aucun intérêt à mentir. J'ai brûlé mes
vaisseaux avec les compagnons de l'*Œil de chat;*
j'espère qu'on me saura gré de les avoir livrés... et
et si la police veut bien m'employer, par la suite, je
tâcherai de la bien servir.

— Je ne vous promets rien, dit sévèrement Pigache. C'est le juge d'instruction qui décidera si vous
serez compris dans les poursuites contre l'ancienne
bande... celle qui ne faisait que la fraude... vous en
étiez, si vous n'étiez pas au pavillon, le jour de l'as-

sassinat... et tous ceux qui en ont été auront des
compte à rendre... Mais nous n'en sommes pas là...
et l'heure s'avance.

Monsieur de Chalandrey, avez-vous autre chose à
demander, avant que nous nous mettions en route?

— Deux questions à poser, répondit Maxime.

Et s'adressant au dénonciateur:

— Vous avez rencontré au cercle un Américain,
nommé Atkins. Est-ce un affilié?

— Non, monsieur. C'est, je crois, un aventurier;
mais il n'a jamais fait partie de la bande... ce qui
ne veut pas dire qu'il n'a pas d'autre méfaits sur la
conscience.

Tévenec, qui le détestait, je ne sais pourquoi,
s'est vanté devant moi d'être en mesure de le faire
arrêter quand il voudrait, mais il ne m'a pas raconté l'histoire de cet individu.

Cette réponse ne rassura pas tout à fait Maxime
qui redoutait toujours que madame de Pommeuse
ne se trouvât compromise. Elle lui prouva du moins
que la proche parenté de la future femme de Lucien
Croze avec le faux Américain, condamné par contumace, n'était connue que du seul Tévenec.

Et il se hâta d'éclaircir un point qui l'intéressait
tout autant.

— Vous avez dû voir quelquefois le caissier de
Maubert? demanda-t-il, sans transition

— Le jeune homme que Maubert a chassé en l'accusant de l'avoir volé. Je l'ai vu très souvent. J'avais
un compte dans la maison... et quand je venais toucher de l'argent, c'était lui qui me payait. Encore un

que Tévenec exècre et, cette fois, je sais pourquoi. Tévenec s'est figuré que ce garçon plaisait à la comtesse de Pommeuse, et pour le perdre de réputation, il a conseillé à Maubert de lui imputer un vol imaginaire.

— Alors, le caissier est innocent ?

— Absolument. C'est Tévenec lui-même qui me l'a dit. Il riait beaucoup du tour qu'il lui avait joué. Nous verrons bien s'il osera le nier devant moi.

— Je n'ai plus rien à vous demander, dit Maxime complétement satisfait.

— Alors, marchons ! commanda Pigache. Il est l'heure.

— Je suis à vos ordres, répondit le dénonciateur.

— Je vous préviens que je vais vous mettre à l'avant-garde. Si les brigands se défendent, vous recevrez les premières balles. Et les deux agents qui vont vous escorter ont l'ordre de vous tirer dessus, si vous décampez en route.

— Il faudrait que je fusse bien bête pour essayer de me sauver et je n'en ai nulle envie. Je tiens trop à ma vengeance. Je ne serai content que quand je verrai mettre les menottes à Tévenec et à Maubert.

— En route, vous autres !... cria Pigache à ses agents.

Ils sortirent à la file, emmenant l'affilié qui n'avait rien perdu de son assurance. Maxime et leur chef sortirent après eux.

Cabardos et la mère Caspienne les attendaient dehors, sous la pluie qui commençait à tomber.

Une douzaine d'agents, dispersés autour de la

Grange Rouge, s'étaient rassemblés pendant la conférence et formaient le cercle autour de l'ancienne cantinière et de l'ancien maréchal des logis.

M. Pigache partagea sa troupe en deux pelotons, — un en tête, un en queue — et donna brièvement ses dernières instructions.

Cabardos prit le commandement du premier peloton.

Virginie Crochard marcha avec l'arrière-garde.

Pigache et Chalandrey, au centre, entre les deux escouades.

— Expliquez-moi donc ce que nous allons faire, demanda Maxime. Arrêter Maubert et Tévenec, je le sais bien. Mais où sont-ils ?

— Pas loin d'ici, répondit Pigache. Tévenec, qui ne se refusait rien, s'est offert, il y a quelques années, une villa dans la plaine de Montrouge, à proximité de la maison de la rue Gazan, qu'il habitait, mais qui appartient à l'association. Il l'a fait bâtir pour son usage particulier, cette villa où il ne couchait que rarement et où il n'a jamais reçu que ce drôle qui l'a dénoncé, après avoir été son âme damnée.

Tévenec, en homme prudent, s'était ménagé un refuge en cas de malheur.

Quand les affaires de la bande ont commencé à mal tourner, il a songé à se mettre à l'abri et il est venu se cacher dans sa maison des champs, avant de passer en Angleterre. C'est là qu'il a organisé le guet-apens tendu à madame de Pommeuse. Il se flattait, comme vous savez, de la décider à le suivre à l'étranger.

Il n'y a pas réussi et il se prépare à filer, mais avant de partir, il avait des comptes à régler avec Maubert et il lui a donné rendez-vous pour cette nuit.

Maubert, que j'ai fait surveiller à partir de l'instant où il est sorti du cabinet du juge d'instruction, Maubert, se sentant perdu aussi, s'est décidé à voir son complice qui lui avait offert de partir avec lui.

Il est sorti de Paris, en omnibus, à la tombée de la nuit. Il est descendu à Arcueil et il est venu trouver son compère, à pied, à travers champs, sans s'apercevoir que deux de mes hommes le *filaient*. J'ai été averti immédiatement. Déjà, dans la journée, j'avais reçu la visite du dénonciateur qui m'avait raconté le projet d'entrevue que Tévenec avait eu la bêtise de lui confier. Le rapport de mes agents m'ayant appris que le poisson était dans la nasse, j'ai préparé le coup de filet pour cette nuit.

— Il me semble que vous auriez pu le donner deux heures plus tôt.

— Non... je ne voulais pas les manquer et il me fallait le temps de rassembler la brigade que j'ai conduite moi-même à la Grange Rouge... cette masure où je vous ai attendu et qui m'a déjà servi de point de ralliement pour d'autres opérations.

Je tenais à avoir, avec moi, la femme Crochard, pour le cas où Tévenec nierait qu'il touchait les loyers des dépendances du pavillon légué par feu Grelin à ses associés. J'ai dû l'envoyer chercher au quartier des Épinettes.

Je tenais aussi, à vous amener et je vous ai dépêché Cabardos. Vous m'aiderez à confondre

Tévenec, s'il essaie d'équivoquer sur des faits que vous connaissez.

Et j'ai eu encore un autre motif pour retarder l'expédition. Il est possible que ces coquins se défendent, et je ne serais pas fâché de les surprendre au lit. Ils doivent y être maintenant, ou alors, c'est qu'ils ne se coucheront pas du tout, afin d'être prêts à filer au petit jour.

— Si les oiseaux étaient déjà envolés ?...

— Je le saurais. Six de mes hommes surveillent les abords de la villa... avec ordre d'empoigner tout individu qui essaierait d'en sortir et de m'envoyer chercher immédiatement à mon quartier général de la Grange Rouge. Et comme personne n'est venu, je suis certain que Tévenec et Maubert n'ont pas bougé... mais je n'espère pas trop les trouver endormis. Je croirais plutôt qu'ils discutent entre eux à propos du partage du fonds social... car je suppose qu'ils ne doivent pas être d'accord sur ce point ni sur d'autres.

— Est-ce qu'ils sont seuls dans cette tanière ?

— Ce n'est pas certain, mais c'est probable. Tévenec, quand il y venait, se passait de valet de chambre et, en son absence, la villa n'était gardée que par un jardinier, affilié subalterne, comme tous les gens que Tévenec avait à son service, rue Gazan.

J'ai de fortes raisons de croire qu'il a congédié récemment tout ce personnel de coquins. Je suppose donc que, pour la dernière nuit qu'il compte passer à la villa, il n'a amené personne avec lui.

— A moins qu'il n'ait convoqué tout son monde pour participer à la liquidation.

— Non. C'est déjà fait. Les inférieurs ont reçu de l'argent et l'ordre de se disperser. Les gros bonnets de la bande ont été avertis d'avoir à se mettre à l'abri. Ceux-là sont riches et ils ne viendront pas réclamer leur part.

Il vont se terrer comme des renards, et ce n'est pas le moment de chercher leurs terriers. Quand nous tiendrons les deux chefs, le juge d'instruction saura bien en tirer des aveux. Ils tâcheront de rejeter la responsabilité sur d'autres et ils nommeront leurs complices.

On y mettra peut-être six mois, mais on finira par les avoir tous.

Cette perspective d'un trop long procès n'était pas faite pour réjouir Maxime de Chalandrey, car ces misérables ne manqueraient pas de mettre en scène la pauvre comtesse, mais le sort en était jeté et il ne dépendait pas des amis de madame de Pommeuse d'empêcher que l'arrestation des deux chefs eût des suites.

Maxime souhaitait qu'ils résistassent et qu'on les tuât sur place, mais il ne l'espérait pas.

— Du reste, reprit M. Pigache, alors même que les sept assassins du pavillon seraient rassemblés cette nuit chez Tévenec, nous sommes en force pour les mater.

— Comment comptez-vous entrer dans la villa? demanda Chalandrey. Par escalade?... ou en enfonçant la porte?

— Pas besoin. Le dénonciateur connaît le secret pour l'ouvrir... la chose se fera sans bruit. Et ce ne sera pas long. Quand j'aurai confronté Tévenec avec vous et avec la femme Crochard, je le ferai enlever par mes hommes... Maubert aussi... j'ai commandé une voiture cellulaire qui attend sur le chemin de ronde, près de la porte d'Arcueil et qui emmènera notre gibier au Dépôt de la Préfecture.

Dès que j'aurai emballé ces messieurs, je ne vous retiendrai plus, et il ne me restera qu'à vous remercier du concours que vous m'aurez prêté.

Mais nous approchons... et maintenant, le silence est de rigueur.

Chalandrey avait beau regarder devant lui, il ne voyait rien, tant la nuit était sombre. Il pleuvait très fort et le vent faisait rage, de sorte que la marche devenait de plus en plus pénible.

— Tout est éteint, c'est bon signe, dit Pigache.

— Où donc est la maison ? interrogea Maxime.

— Au bas de la pente que nous descendons, depuis un instant.

Elle a été bâtie au fond d'une espèce de ravin qui coupe la plaine et on ne l'aperçoit que quand on a le nez dessus.

Chalandrey finit par distinguer une masse noire qui tranchait sur les ténèbres et presque aussitôt il se heurta contre un agent de l'avant-garde qui revenait sur ses pas pour prendre les derniers ordres de son chef.

La conférence fut courte.

— Avançons, dit Pigache. Le gredin qui nous a guidés n'attend que nous pour entrer.

Ils le trouvèrent, collé contre la grille de la villa où tout dormait sans doute, car on n'y voyait pas de lumière et on n'entendait aucun bruit.

Le sous-chef de la Sûreté prit ses dernières dispositions, après avoir interrogé Cabardos qui affirma que la maison était complètement cernée et que personne ne s'en échapperait en franchissant le mur du jardin, gardé par un cordon de sentinelles.

L'arrière-garde ne tarda pas à rejoindre, et avec l'arrière-garde, Virginie Crochard que M. Pigache interpella en ces termes :

— J'aurai besoin de vous tout à l'heure, mais on va peut-être nous recevoir à coups de revolver et ce n'est pas la peine de vous exposer. Vous pouvez rester ici jusqu'à ce que je vous fasse appeler.

— En réserve, moi qui ai servi aux chasseurs d'Afrique! jamais de la vie! s'écria la mère Caspienne. Je demande à entrer avec vous.

— Soit! à condition que vous vous tiendrez en arrière avec M. de Chalandrey. Je ne veux pas qu'on me détériore mes témoins.

C'est à moi de passer devant... à moi et à Cabardos.

Puis, s'adressant au dénonciateur, serré de près par deux agents, Pigache reprit :

— Êtes-vous prêt à marcher ?

— Quand il vous plaira, répondit le traître. Laissez-moi seulement chercher la serrure. J'ai ce qu'il faut pour l'ouvrir.

En même temps, il tirait de sa poche une petite

clé. Le sous-chef de la Sûreté fit un signe à ses agents qui s'écartèrent, et l'ex-employé de Tévenec se mit à tâter la grille, jusqu'à ce qu'il eût trouvé le trou de cette serrure, cachée à la base d'un des barreaux.

Il y introduisit doucement sa clé, et la lourde porte de fer tourna sans bruit sur ses gonds, huilés par ordre du propriétaire qui tenait à sortir et à rentrer sans qu'on l'entendît.

Pigache, comme il l'avait annoncé, passa bravement le premier. Cabardos vint ensuite et fit entrer les autres; Chalendrey et la cantinière, les derniers.

Sept hommes en tout, dont quatre agents bien armés.

La maison se présentait de flanc, à dix pas de la grille dont elle était séparée par une allée.

Au rez-de-chaussée, deux portes-fenêtres, garnies de persiennes et s'ouvrant au ras du sol.

A travers la claire-voie des persiennes fermées, filtrait une lueur.

— Ils sont là, dit tout bas le dénonciateur, et si vous voulez me laisser faire, Tévenec va ouvrir. Il reconnaîtra ma manière de frapper.

Rangez-vous le long du mur avec votre monde, et dès que Tévenec se montrera, sautez sur lui. Il faut le prendre avant qu'il ait le temps de se reconnaître. Après, on verra.

Pigache adopta ce plan sans hésiter. Il plaça lui-même ses hommes, deux de chaque côté de la porte-fenêtre la plus rapprochée, Maxime et la mère Caspienne, toujours en serre-file; puis, il revint avec

Cabardos prendre position derrière son auxiliaire et il lui souffla :

— Allez, maintenant !

Le traître s'approcha de la persienne et frappa, avec sa clé, trois coups espacés d'une certaine façon : deux, un et deux.

Un bruit de fauteuils remués répondit de l'intérieur à ce signal ; une ombre se dessina derrière la claire-voie, et presque aussitôt, on ouvrit.

C'était bien Tévenec.

Pigaché et Cabardos se précipitèrent, le saisirent au collet et le maintinrent, pendant que les quatre agents arrivaient à la rescousse le revolver au poing.

Judas, qui l'avait vendu, ne se montra point, Maxime et Virginie non plus.

Tout cela était convenu avec le sous-chef de la Sûreté.

Tévenec recula en se débattant et alla tomber assis dans un fauteuil, devant une table sur laquelle étaient étalés des papiers et plusieurs gros paquets de billets de la Banque de France.

Deux lampes à abat-jour éclairaient la scène, posées sur la table qui n'était pas loin de la porte-fenêtre, et donnaient une lumière que les envahisseurs auraient pu apercevoir du dehors à travers les persiennes fermées, mais le salon était très grand et le fond de ce salon se trouvait dans l'ombre.

Un homme s'y était réfugié, un homme que Pigaché fut le premier à apercevoir et à reconnaître.

Pigaché alla droit à lui en disant :

— Bonsoir, M. Maubert ! approchez-vous donc, je

vous prie. J'ai à causer d'affaires avec votre ami qui
est là et vous ne serez pas de trop.

— Je ne vous connais pas, grommela Maubert.

— Vous m'avez cependant rencontré hier, au Palais
de Justice, dans l'antichambre du cabinet de M. le
juge d'instruction. Sans doute, vous ne m'aurez pas
remarqué. Mais, moi, je vous connais parfaitement...
et je savais que je vous trouverais ici, cette nuit.

— Trêve de railleries!... que me voulez-vous?

— Vous devez vous en douter, mais je vais vous
le dire.

Je suis porteur d'un mandat d'amener con'
vous et je viens le mettre à exécution.

Vous vous rendez, n'est-ce pas ?... Je serais
désolé d'être obligé d'employer la force. Je vous
préviens seulement que j'ai beaucoup de monde avec
moi et que la maison est cernée.

Je vous invite donc à ne pas chercher la porte...
vous n'iriez pas loin... et à vous asseoir, comme l'a
fait monsieur qui me paraît comprendre mieux
que vous la situation.

Tévenec, en effet, semblait atterré. Il regardait
alternativement les agents qui le tenaient en respect
et les billets de banque étalés sur la table, ces billets
qui représentaient sans doute sa part du fonds social
des bandits et qu'il n'avait pas eu le temps d'em-
pocher.

Il n'essayait pas de résister, parce qu'il se sentait
perdu.

Maubert, au contraire, grinçait des dents comme
un loup pris au piège et il avait l'air si menaçant

que Cabardos se rapprocha, afin d'être à portée de secourir son chef.

— Ne me touchez pas ! dit Maubert d'une voix rauque. De quoi suis-je accusé ?

— D'assassinat, répliqua froidement Pigache, et de quelques autres crimes moins graves, qui ont précédé l'assassinat.

— C'est cette femme qui m'accuse, je suppose... cette folle qui me prend pour un autre.

— Madame de Pommeuse ? elle vous a reconnu devant le juge d'instruction, mais elle ne l'a pas revu depuis hier. Vous avez été dénoncé par un de vos complices... et celui-là, vous ne pourrez pas vous en défaire... nous ne sommes pas ici au pavillon du boulevard Bessières.

— Mettez-moi donc en présence de cet homme. Je veux voir s'il aura l'audace de soutenir devant moi que je suis un assassin.

— Je vous procurerai tout à l'heure cette satisfaction. Il faut d'abord que j'interroge monsieur et que je le mette à même de s'expliquer avec des personnes de sa connaissance.

Prenez patience. Votre tour viendra.

— J'y compte et j'attends, dit Maubert, en prenant un air de défi qui n'intimida pas du tout M. Pigache.

Ce banquier scélérat était d'une autre trempe que le cauteleux Tévenec, et Pigache aurait dû commencer par le faire empoigner pour le mettre dans l'impossibilité de nuire.

Mais le sous-chef de la Sûreté, par une sorte de

coquetterie professionnelle, tenait à ne pas laisser
voir qu'il se préoccupait de l'attitude de ce bandit
et à en finir avec l'autre coquin, plus retors et moins
redoutable.

Il lui suffisait que Maubert ne pût pas fuir et que
Cabardos ne le perdît pas de vue.

Il revint donc à l'associé, toujours affaissé dans
le fauteuil où il l'avait poussé.

— Vous êtes bien le propriétaire de cette villa, lui
dit-il ; et vous vous appelez Tévenec.

Pigache n'obtint pour toute réponse qu'un signe
équivoque.

— Vous avez été l'ami de feu M. Grelin et après
sa mort, vous avez administré la fortune de sa fille...

— Non... ce n'est pas vrai, murmura Tévenec.

— Vous fréquentiez du moins son salon. Il y a,
ici quelqu'un qui vous y a vu souvent.

— Je ne m'occupais pas de ses affaires.

— Vous vous occupiez, du moins, de celle de
l'association fondée par son père... cette association
qui avait son siège principal, boulevard Bessières...
dans un pavillon, où, dernièrement, on a étranglé
un homme.

— Je n'y étais pas.

— Le jour du crime, non. Mais, vous gériez les
immeubles qui en dépendent.

— C'est faux.

— Direz-vous que c'est faux à la femme Crochard
qui vous payait son terme tous les trois mois ?

Elle est ici, la femme Crochard. Voulez-vous que
je l'appelle ?

Tévenec baissa la tête et se tut.

— Je crois que c'est inutile, reprit, en haussant les épaules, le sous-chef de la Sûreté. Vous la verrez demain chez le juge d'instruction et, cette nuit, je n'ai pas de temps à perdre. Mais, dites-moi... vous étiez en train de régler vos comptes, quand je suis arrivé...

— Cet argent est à moi ! s'écria Tévenec, atteint à l'endroit sensible.

— Qu'il soit à vous ou à M. Maubert, il importe de le mettre en lieu sûr. Levez le tapis de cette table, vous autres, commanda Pigache aux deux agents qui n'étaient pas occupés à surveiller Tévenec ; levez-le avec tout ce qu'il y a dessus et nouez-le par les quatre coins pour en faire un sac... dont je vous confie la garde, brigadier Cabardos.

L'ordre fut exécuté et son exécution arracha un gémissement à Tévenec.

Maubert ne bougea point, mais ses yeux lançaient des éclairs.

— Je suis à vous, maintenant, lui dit Pigache, sans s'émouvoir. Vous m'avez demandé tout à l'heure de vous mettre face à face avec l'individu qui vous a dénoncé.

Y tenez-vous toujours ?

— Je l'exige, répliqua Maubert.

— Vous n'êtes pas en situation d'exiger, mais il me plaît de vous confronter avec cet homme.

Ayant dit, M. Pigache revint à la porte-fenêtre, qui était restée ouverte, avança la tête au dehors, et appela le traître par son nom.

Pigache n'avait plus de ménagements à garder vis-à-vis de personne, et Chalandrey, qui n'était pas loin, se rappela avoir entendu prononcer ce nom au cercle.

Celui qui le portait ne se fit pas prier pour entrer dans le salon. Il avait voué une haine féroce à ses complices et il lui tardait de jouir du spectacle de leur confusion.

Il ne vit d'abord que Tévenec et il allait l'aborder, mais Pigache lui cria :

— Laissez votre ancien patron en repos et venez vous expliquer avec M. Maubert, qui prétend que vous l'avez dénoncé à faux.

Le drôle fit aussitôt volte-face et vint se camper en face du banquier, en lui disant :

— Ah ! vous avez de l'aplomb, vous ! Avouez donc et nommez les autres... les six qui vous ont aidé dans le pavillon... ça vaudra mieux pour vous que de nier bêtement. Vous rendrez service à la société et on vous en tendra compte. Quand vous passerez aux assises, le jury vous accordera peut-être les circonstances atténuantes.

— Je te les refuse, Judas ! cria Maubert en tirant de sa poche un revolver tout armé.

Le coup partit et le traître, frappé au milieu du front, tomba raide mort.

Cabardos se jeta sur le meurtrier, au risque de recevoir une balle ; mais, d'un geste plus prompt que la pensée, Maubert tourna son arme contre lui-même et se fit sauter la cervelle.

—Deux scélérats de moins, dit froidement Pigache.

Ce fut leur seule oraison funèbre.

Les agents et Cabardos en avaient vu bien d'autres.

Tévenec ne pouvait que se réjouir d'être débarrassé d'un complice qui l'avait dénoncé et d'un autre complice qui ne se serait pas privé de le charger devant les juges.

Il ne les plaignait pas et il les regrettait encore moins.

Quant à Pigache, qui ne les plaignait pas non plus, il aurait préféré un autre dénouement et il se reprochait de ne pas avoir commencé par faire lier et fouiller ce Maubert qu'il croyait incapable d'une résolution énergique.

En se chargeant de diriger l'expédition, Pigache comptait bien ramener vivants les deux chefs de la bande, et il ne lui restait que Tévenec.

Mais Tévenec payerait pour les autres, quoiqu'il n'eût pas pris part à l'assassinat du boulevard Bessières, et quoique le dénonciateur ne fût pas là pour l'accuser.

Il ne s'agissait plus que de mettre en lieu sûr le Persécuteur de madame de Pommeuse, et ce n'était pas difficile, car il ne songeait guère à se défendre.

Au bruit des coups de pistolet, accoururent Chalandrey, Virginie Crochard et tous les agents que Pigache avait laissés dehors.

Ceux-là arrivaient trop tard, comme les carabiniers de l'opérette, et ils n'avaient plus qu'à attendre les ordres de leur chef, qui ne se pressait pas de leur en donner.

La mère Caspienne, sans se préoccuper des morts,

alla droit à Tévenec en lui montrant le poing et se
mit à l'injurier avec tant de virulence que Pigache
dut la faire taire, au lieu de lui poser des questions
inutiles.

Ses gestes et ses objurgations disaient assez qu'elle
avait reconnu du premier coup d'œil l'homme qui
touchait les loyers du cabaret de la cité du Bastion.

Chalandrey n'eut pas besoin d'interroger le sous-
chef de la Sûreté. Il comprit tout de suite ce qui
venait de se passer et il ne s'affligea pas de la disparition de ces sinistres drôles dont la comtesse aurait
eu tout à craindre, s'ils avaient vécu.

Maubert l'aurait accusée d'avoir mis la main à
l'assassinat, et le dénonciateur aurait probablement
essayé de la faire *chanter*.

Chalandrey se surprit même à regretter que Maubert, avant de se casser la tête, n'eût pas logé dans
la cervelle de Tévenec une balle de son revolver
à six coups, dont il venait de faire un si louable
usage.

Tévenec, qui survivait, était presque aussi dangereux que les deux morts pour madame de Pommeuse.

Pigache ne laissa pas au neveu du commandant
le temps de réfléchir sur place aux conséquences
possibles de ce nouveau drame.

Pigache le congédia en lui donnant rendez-vous
pour le lendemain dans le cabinet du juge d'instruction, et Chalandrey ne se fit pas prier pour partir
avec Virginie Crochard, autorisée aussi à se retirer,
aux mêmes conditions que lui...

Deux heures après, la brigade rentrait à la préfecture de police, amenant un prisonnier et deux cadavres.

C'était le dernier acte d'une tragédie à laquelle manquait l'unité de lieu, puisqu'elle finissait dans la plaine de Montrouge, après avoir commencé près de la porte de Clichy.

ÉPILOGUE.

Dans la vie, comme sur la mer, il n'est si violente tempête qui ne finisse par s'apaiser, et lorsque le calme a succédé à l'orage, les survivants oublient vite les dangers qu'ils ont courus.

Ils oublient même les naufragés qu'ils ont vu sombrer à côté d'eux.

Quelques mois ont passé sur le drame que nous venons de raconter et les acteurs qui y ont joué les premiers rôles sont si heureux, qu'ils pensent beaucoup plus à leur bonheur présent qu'à leurs périlleuses aventures de cet hiver.

Leur rêve s'est réalisé. Maxime et Lucien se sont mariés le même jour.

Odette n'avait rien à redouter, mais Octavie de Pommeuse ne pouvait guère espérer que son union ne serait pas retardée par des incidents judiciaires.

Le sort s'est lassé de la persécuter et, après tant de traverses, elle a eu la chance suprême d'échapper

aux conséquences presque forcées de la situation que
la fatalité lui avait faite.

Il n'y a pas eu de procès criminel.

Les morts ne parlent pas et, après le suicide de
Maubert, Tévenec s'est empoisonné dans la voiture
qui l'emmenait au Dépôt de la préfecture.

Tévenec avait prévu le cas. Depuis qu'il en était
réduit à se cacher, il portait toujours sur lui une
bonne dose de strychnine et il a eu soin de l'avaler
avant qu'on le fouillât pour l'écrouer.

M. Pigache a été blâmé, mais au fond, ses chefs
n'ont pas été trop fâchés que l'affaire si compliquée
du pavillon en restât là.

La victime n'intéressait personne et les fraudeurs
ne pouvaient plus continuer leur industrie depuis
qu'on avait découvert les souterrains dont ils se servaient depuis tant d'années pour voler l'octroi.

On les a cherchés partout et on ne les a pas trou-
vés, car les compagnons de l'Œil-de-Chat se sont
retirés du commerce après fortune faite.

En dehors des magistrats et de quelques hauts
fonctionnaires de la police, peu de gens ont connu
les dessous de cette affaire.

Les journaux les mieux informés n'y ont vu qu'un
crime vulgaire commis par des bandits sur un autre
bandit.

Personne, dans le public, n'a su d'une façon certaine que Maubert avait été le chef d'une association
de malfaiteurs, et son suicide a été attribué à de
désastreuses opérations financières qui l'auraient
ruiné.

Sa maison de banque n'avait jamais été honora-blement cotée sur la place de Paris, et elle n'était guère commanditée que par des capitalistes véreux qui n'ont pas réclamé leur part dans la liquidation après mise en faillite.

Le changement d'existence de la comtesse de Pom-meuse a fait plus de bruit dans un certain monde. On s'est un peu étonné de son mariage avec un petit employé sans fortune et de la vente de son hôtel de l'avenue Marceau; mais on a su vaguement qu'elle s'était dépouillée de ses biens, par scrupule de conscience, et ceux qui ont été mieux rensei-gnés n'ont pu qu'admirer ce sacrifice, inspiré par un sentiment presque exagéré de délicatesse.

Parfaitement édifié sur la cause de ce renon-cement héroïque, l'oncle d'Argental rend pleine jus-tice à madame de Pommeuse, sans regretter pourtant que son neveu ne l'ait pas épousée.

Le commandant a eu le malheur de tuer le frère de la pauvre Octavie, et, quoiqu'il lui ait rendu service en la délivrant de ce frère indigne, ce tra-gique événement a élevé comme une barrière entre elle et lui.

Il voit avec plaisir Lucien Croze qu'il estime fort, mais il évite de rencontrer sa femme.

Il a eu de la chance aussi, ce cher commandant, d'avoir eu à s'expliquer avec magistrat intelligent qui ne l'a pas poursuivi pour ce duel suivi de mort d'homme.

Goudal l'a bien soutenu, par un témoignage très net; Gabardos aussi, et il n'est pas jusqu'au voisin de la rue d'Edimbourg qui n'ait contribué à l'innocenter, en jurant que le combat a été loyal.

Goudal, de plus, a été discret, ce qui était très méritoire de la part d'un boulevardier de sa trempe. Il s'est abstenu de raconter l'affaire et la disparition du faux Atkins a passé presque inaperçue au cercle et ailleurs.

Les pontes auxquels il gagnait de l'argent tous les soirs sont les seuls qui le regrettent.

Et ceux qui connaissent bien les joueurs ne s'étonneront pas de cette bizarrerie.

Pierre d'Argental a repris ses habitudes, sauf qu'il a donné sa démission du cercle, et s'il se tient sur la réserve avec madame Croze, ci-devant comtesse de Pommeuse, il adore sa nièce qui le mérite bien, d'abord parce qu'elle est pleine d'attentions pour lui et surtout parce qu'elle a converti ce grand fou de Maxime de Chalandrey.

Maxime ne joue plus, Maxime ne dilapide plus sa fortune, Maxime est devenu le meilleur des maris, en attendant qu'il soit le meilleur des pères. Il chérit sa femme et, à son exemple, il s'est passionné pour les arts, surtout pour la peinture qu'elle continue à cultiver avec ardeur et avec succès.

Ils vont fort peu dans le monde et ils ne reçoivent que quelques intimes, mais les deux jeunes ménages ne se quittent guère, quoiqu'ils ne vivent pas tout à fait de la même façon.

Le train de monsieur et de madame Croze est plus modeste, quoique Lucien occupe dans une grande

administration financière un emploi largement ré-
tribué.

Octavie, qui n'a rien voulu garder de l'héritage
paternel, s'accommode à merveille de la médiocrité
et ne regrette ni le luxe, ni les fêtes.

Etre aimée lui suffit.

Ils habitent, tous, la maisonnette de la rue des
Dames, qui leur rappelle de dramatiques souvenirs.
C'est là que l'interrogatoire subi par la comtesse,
en présence de Lucien, a failli les séparer pour
jamais. C'est là aussi que leur amour naissant a résisté à cette épreuve, et ils savent presque gré à
M. Pigache de la leur avoir infligée.

Octavie, en renonçant à l'opulence, n'a pas
renoncé à faire l'aumône. Elle a toujours ses pauvres
et ceux-là ne se sont presque pas aperçus du changement de fortune de leur bienfaitrice.

Julie Granger ne connaîtra pas la gêne tant que
madame Croze vivra. Virginie Crochard n'a pas
repris possession de son cabaret. *Le Lapin qui saute*
est et restera fermé. Mais, avec l'argent qu'elle y a
gagné, elle a pu ouvrir dans l'avenue de Clichy un
restaurant qui prospère.

Le commandant y va déjeûner de temps en temps
avec de vieux camarades de Crimée, mais il n'y
amène plus son neveu, parce que Maxime ne pourrait pas y amener sa femme.

Cabardos, rentré en grâce auprès de ses chefs, est
en passe d'obtenir de l'avancement, et il aspire à
quitter le service de la Sûreté pour entrer dans les
commissariats.

Son rêve, c'est de porter un uniforme, et il est si bien noté qu'il y arrivera peut-être.

En attendant, il est fier d'avoir conquis l'amitié de son ancien supérieur, qui n'a pas de sots préjugés et qui lui doit, en grande partie, de n'avoir pas été inquiété après le duel.

Pierre d'Argental ne dédaigne pas d'inviter Cabardos et il s'amuse quelquefois à le taquiner en lui conseillant d'épouser la mère Caspienne, qui n'a pas la moindre envie de convoler en secondes noces.

Cabardos restera célibataire comme son commandant.

En revanche, le général Bourgas, éconduit par la comtesse, vient d'épouser une riche veuve.

On n'a plus entendu parler de M. Caxton, Américain de contrebande, comme son ami, le soi-disant Atkins, qu'il avait connu jadis à Vincennes, au bal d'Idalie.

La mort tragique de ce camarade de fredaines l'a effarouché et il est retourné à Chicago.

Le pavillon du boulevard Bessières tombe en ruines.

On a mis le séquestre sur les immeubles qui appartenaient à l'association fondée par feu Grelin et ils seront probablement vendus au profit de la Ville de Paris que les fraudeurs ont volée si longtemps.

La maison de la rue Gazan et la villa de la plaine de Montrouge y passeront.

Les billets de banque saisis ont été versés à la caisse municipale.

Les souterrains sont comblés et il ne se trouvera pas de sitôt des capitalistes pour en creuser d'autres.

Les Grelin sont très rares.

Plus rares que les sociétés de malfaiteurs qui exploitent Paris, comme on exploite les mines en Californie.

Tant qu'il y aura des cercles, il y aura des tricheurs et il arrivera qu'au lieu d'opérer isolément, les grecs se coaliseront et se soutiendront entre eux.

Et les voleurs feront de même, toutes les fois qu'il se trouvera un Maubert pour diriger et centraliser leurs opérations.

L'armée du crime est toujours sur le pied de guerre et, lorsqu'elle est commandée par un général intelligent, la police a fort à faire pour lui tenir tête.

Les bandes se dispersent quand les chefs disparaissent, mais elles se réorganisent peu à peu, et contre les malandrins la partie n'est jamais gagnée.

Il y a pourtant des trèves, et depuis la mort de Tévenec et de Sylvain Maubert, les compagnons de l'Œil de chat n'agissent plus qu'isolément.

La comtesse a gardé la bague qui fut leur signe de ralliement et qui lui venait de son père, mais elle ne la met plus à son doigt.

Elle se demande quelquefois si l'Œil de chat, qui passe pour porter bonheur, mérite la réputation qu'on lui a faite et elle est tentée de le croire, car après de cruelles épreuves, elle est parfaitement heureuse.

Elle bénit Dieu qui l'a protégée et elle pense, comme Lucien Croze, que « tout est bien qui finit bien. »

FIN

ÉMILE COLIN — IMPRIMERIE DE LAGNY